KiWi Paperback

KiWi

Über das Buch
Dieser Roman ist eine Entdeckungsreise in das wahre Mallorca, ins Innere einer Insel, die hinter den Mauern der Touristenghettos ihr eigenes Leben führt.
Michael Weidling, Fernsehjournalist im Bonner Politiktheater, steckt in einer Lebenskrise. Nach einem Blackout beim Kanzler-Interview kracht auch noch das Kartenhaus seiner Liebesbeziehung zusammen. An diesem Wendepunkt seines Lebens nimmt er sich eine Auszeit, geht vom Spielfeld und läßt sich auf das Abenteuer einer fremden Welt ein.
Es beginnt eine unerwartete Liebesgeschichte, eine deutsch-spanische Freundschaft mit Toni, dem mallorquinischen Architekten, und mit Tomeu, einem geheimnisvollen, mächtigen Mann, der ihm viele Türen und die Augen für eine unbekante Welt öffnet. Der Leser wird heimisch auf dem Marktplatz von Llucmajor, wo alle Fäden zusammenlaufen, und in der Bar Colón, wo der Losverkäufer Enrique und der Friseur Augustín die Inselgerüchte weitertragen. Mit den Augen der Hauptperson entdeckt er das andere Mallorca, seine Menschen, die uralten Traditionen und Feste, die fast unsichtbaren Machtverhältnisse, die etwas bizarre Kolonie der deutschen Inselbewohner. Vor dem Hintergrund der farbigen mediterranen Landschaften, die ihr Gesicht im Verlauf der Jahreszeiten verändern, erlebt der Leser, wie Michael Weidling gerade in der Fremde zu sich selbst kommt und auf der Insel heimisch wird.

Die Autoren
Heinrich Breloer, geb. 1942, TV-Autor und Regisseur für NDR und WDR, zahlreiche Preise und Auszeichnungen, vielfacher Adolf-Grimme-Preisträger.
U.A.: »Treffpunkt im Unendlichen – Die Lebenreise des Klaus Mann«, 1983, »Die Staatskanzlei«, 1989, »Kollege Otto – Die coop-Affäre«, 1991, »Wehner – Die unerzählte Geschichte«, 1993, »Einmal Macht und zurück. Die Karriere des Björn Engholm«. »Todesspiel – Von der Schleyer-Entführung bis Mogadischu«, 1997. Das Buch zum WDR-Film erscheint als KiWi 445.
Frank Schauhoff, geboren 1950, freier Autor. Lebt auf Mallorca und in Köln. Veröffentlichte zum Thema Mallorca zusammen mit Tonina Oliver im Dumont Verlag *Zu Gast auf Mallorca*.

Mitarbeit: *Tonina Oliver*, geboren in Palma de Mallorca. Studium der Psychologie. Früher Sprecherin des Kultusministeriums der balearischen Landesregierung. Verschiedene publizistische Arbeiten über Mallorca.

CAFECOLON
CAFE
COLON
CAFECOLON

Heinrich Breloer
Frank Schauhoff

Mallorca, ein Jahr

Ein Inselroman

Kiepenheuer & Witsch

Limitierte Sonderausgabe
Veröffentlicht im Verlag Kiepenheuer & Witsch,
Köln, Mai 2004

Gesamtherstellung Clausen & Bosse GmbH, Leck
Printed in Germany
ISBN 3-462-03357-3

Es geht nicht so sehr darum zu reisen, als abzureisen.
Wer von uns hätte nicht irgendeinen Schmerz
zu überwinden oder irgendein Joch abzuschütteln?
George Sand, 1855

Si hi ha solució, no et preocupis
si no, tampoc.
(Wenn es eine Lösung gibt, kümmer' dich nicht darum,
wenn es keine Lösung gibt, auch nicht.)
Mallorquinisches Sprichwort

CALA TUENT
PUERTO SOLLER
LLUC ALCARI
DEYÁ
SOLLER
BANYALBUFAR
TORRE MIRADOR
MIRADOR DE R. ROCA
VALLDEMOSA
ALFABIA
ESTALLENCHS
ALARO
ORAGONERA
RAXA
GALILEA
SANT ELMA
ANDRAITX
SON VIDA
CASTILLO BELLVER
PUERTO DE ANDRAITX
GÉNOVA
CAMP DE MAR
FORNELLS
PAGUERA
SANTA PONSA
PALMA
CALA MAYOR
ILLETAS
PALMA NOVA
MAGALUF
CAN PASTILLA
BANCO DE IBIZA
PORTALS VELLS
LAS MARAVILLAS
EL ARENAL
CALA BLAVA
LLUCMAJOR
CABO BLANCO
VALLGORNERA
SES COVETES
MITTELMEER
PUERTO CABRERA
CONEJERA

CASTELL DEL REI
SAN VICENTE
CABO FORMENTOR
POLLENSA
CALA MURTA
HOTEL FORMENTOR
CALA PI
PUERTO POLLENSA
MONASTERIO DE LLUCH
NTRA SRA DEL PUIG
CABO DEL PINAR
TOMIR
ALCUDIA
PUERTO DE ALCUDIA
CUEVAS DE CAMPANET
CAIMARI
SELVA
LA ALBUFERA
LA PUEBLA
CA'N PICAFORT
NCA
MURO
CABO FARRUCH
LLUBI
SANTA MARGARITA
CALA MESQUIDA
CAPDEPERA
MARIA DE LA SALUD
CALA GUYÁ
SINEU
CALA RATJADA
ARTÁ
CALA GAT
PLAYA DE SON MOLL
PETRA
SAN JUAN
TORRE DE CAÑAMEL
CUEVAS DE ARTÁ
MONTUIRI
BON ANY
SON SERVERA
PLAYA DE CAÑAMEL
COSTA DE LOS PINOS
VILLAFRANCA
CALA BONA
MANACOR
CALA MILLOR
PORRERAS
PUNTA DE AMER
CALA MOREYA
CALA MORLANDA
CUEVAS DELS HAMS
PORTO CRISTO
CUEVAS DEL DRACH
CUEVAS DEL PIRATA
CALA FALCÓ
CALAS DE MALLORCA
FELANITX
SAN SALVADOR
CALA DOMINGO
CALA MURADA
CASTILLO DE SANTUERI
PORTO COLOM
CALA MARSAL
SANTANY
CALA D'OR
PORTO PETRO
CALA MONDRAGO
CALA FIGUERA
CALA SANTANY
CALA S'AMONIA
CALA LLOMBARTS
CALA MARMOLLS

MALLORCA

1.

Der Schlüssel von Christiane und Blackout beim Kanzler

Kein Mensch erregt viel Aufmerksamkeit, wenn er in einem Reisebüro seinen Flug nach Mallorca bucht. Vor allem dann nicht, wenn nebenan gerade ein gutaussehender Mann eine Asienrundreise erster Klasse ordert und beiläufig erwähnt, daß sich die Platinum-Card-Leute um seine Hotelreservierungen und Städterundreisen kümmern.

»Hinflug Düsseldorf – Palma de Mallorca am 7. Oktober um 15.25 Uhr?!«

»Ja!«

»Und Rückflug?!«

»Am 6. Oktober!«

Die junge Frau blickte über den Rand ihres Buchungscomputers. Der Mann im Regenmantel mit seiner freundlichen Hornbrille hatte noch vor einer Minute so vernünftig ausgesehen.

»Ist das Ihr Ernst?!«

Michael hatte sich selbst gefragt, ob das eines Tages wirklich sein Ernst sein könnte. Bei der Asienreise nebenan war es ruhiger geworden. Man schien sich dort dieselbe Frage zu stellen.

»Genau so! Rückflug am 6. Oktober in einem Jahr«, hörte Michael sich sagen. Die Finger der Reiseverkehrsfrau trommelten ratlos auf dem Rand des Computers. Woher kannte sie dieses Gesicht? Vom Fernsehen?

»Tut mir leid. Das geht nicht mit dem Rechner. Ich glaube, da müssen wir ein ONE WAY buchen. Um den Rückflug kümmern Sie sich dann selber auf Mallorca.« Sie schenkte ihm ein kleines Lächeln. »Dann können Sie es sich ja immer noch überlegen, wie lange sie dort bleiben wollen, Herr Weidling!«
Endlich hatte sie es: Weidling. Reporter aus dem Bonner Studio. Michael kannte diesen ratlosen Ausdruck in den Gesichtern der Leute kurz vor dem Wiedererkennen. Das Fernsehen machte sie alle für die Zuschauer jünger und größer. Ein Kollege von einer Münchner Zeitung hatte ihm einmal bei einem Pressegespräch mit Helmut Schmidt erschrocken zugeflüstert: »Ich wußte gar nicht, daß Deutschland von einem Zwerg regiert wird!«
Michael setzte sich auf den Stuhl, während das Ticket ausgestellt wurde. Gab es noch etwas zu überlegen? Das Wetter vor dem Reisebüro war die Antwort. Hier war wieder einmal bereits im September November. In dünnen Fäden trieb der Wind den Sprühregen gegen sein Gesicht, als er wieder auf der Straße stand. Fast war es schon dunkel geworden. Im Zwielicht des Nieselregens schoben sich die Autos mit nervösem Hupen durch den Kreisverkehr vor dem Reisebüro. Das Menschenknäuel an der Ampel drängte über den Zebrastreifen in den Feierabend. Michael ließ sich im Strom vorantreiben. Seine Hand ruhte auf dem Ticket in der Manteltasche. Viel zu überlegen gab es jetzt nicht mehr.
Im Bekanntenkreis hatte sich schnell herumgesprochen, daß Michael ein Jahr auf Mallorca verbringen wollte. Freunde, Bekannte und Leute, die er kaum oder nur vom

Hörensagen kannte, riefen an und beglückwünschten ihn. Ebenso seine Kollegen. Ermutigungen, Schulterklopfen und freundliche Ratschläge wurden dem Reisenden mit auf den Weg gegeben.
Plötzlich stellte sich heraus, wie viele Mallorca-Fans es in der Bekanntschaft gab. Sogar sein Steuerberater, der trockene Schleicher, kam ins Schwärmen und beschwor die Bucht von Pollença als den Ort seiner Träume.
»Seit 14 Jahren mache ich dort in einem kleinen Haus Urlaub. Port de Pollença kenn' ich noch als kleines Fischerdorf. Warum haben wir nie darüber gesprochen?«
Die Post vom Finanzamt würde er ihm im Sommer persönlich vorbeibringen. »Aber vielleicht kaufen Sie sich da was, wie die vielen anderen Kollegen, die ich betreuen darf?« Ein Haus auf Mallorca – das beste Invest, zu dem er im Augenblick raten könne. Michael versuchte, noch einen Blick auf das Familienfoto seines Ratgebers zu werfen. Die Rückseite des Rahmens auf dem Schreibtisch kannte er seit Jahren. Jetzt mußte er sich für die Vorderseite interessieren, um zu sehen, welcher Besuch ihn da im Sommer auf Mallorca erwartete.
Auf diese Weise erhielt der Reisende in den nächsten Wochen von überall her Adressen, und dann bekam er sogar den Zweitschlüssel für ein Haus an der Nordwestküste von den Möllers aus Düsseldorf, mit denen er nun wirklich nicht gerechnet hatte.
»Fühlen Sie sich dort ganz zu Hause«, sagte Petra Möller, als sie ihn bei einem Abendessen in Bonn mit dem Schlüssel überraschte. »Bedienen Sie sich im Weinkeller! Die Weine in den Holzkisten lassen Sie aber bitte stehen. Trinken Sie die

nicht. Mein Mann versteht sich als Sammler. Da ist er ganz pingelig. Rufen Sie Antonia, unsere Putzfrau, an. Wir freuen uns, wenn das Haus bewohnt wird. In der Zeit vom 23. Dezember bis zum 10. Januar sind wir leider selber auf der Insel. Aber bis dahin haben Sie sicher etwas gefunden.«
Petra Möller lächelte ihm aufmunternd zu: »Michael – da unten werden Sie schnell Anschluß finden. Keine Sorge!«
Soviel freundliche Anteilnahme war erstaunlich. Wer machte sich hier Sorgen? Wollten sie ihn nicht gehen lassen, oder waren sie so irritiert, daß sie den Ausbrecher im Blick behalten wollten?
Einen Schlüssel mußte er auch abgeben, den zur Wohnung seiner Freundin Christiane. Die hatte erst sehr spät von seinen Plänen gehört – und nicht einmal von ihm. Sicher war es die gibbelige Petra, die sich aus Langeweile in jedermanns Schicksal einmischen mußte. Eine menschliche Nachrichtenbörse und ein inoffizielles Eheinstitut für das gesamte Rhein-Main-Gebiet. Der Abend mit Christiane war das traurige Ereignis in der Kette fröhlicher Abschiede. Vor zwei Jahren war er mit ihr einfach ausgerissen. Über Nacht die Koffer gepackt und über die Alpen ab nach Italien. Damals kannten sie sich gerade mal drei Monate, die Fotografin und der Herr Korrespondent. Sie hatten gemeinsam an einem Buch *Raumschiff Bonn* gearbeitet. Christiane entwickelte die Fotos in ihrem Atelier. So war er in ihre Dunkelkammer geraten, wollte ihr nur mal bei der Arbeit über die Schulter blicken. Schnappschüsse der Bonner Elite schwammen dort im Fixierbad, geheimnisvoll beleuchtet vom Rotlicht der kleinen Kammer: Minister, die beim Bundespresseball ihre Frauen zum Schautanzen ausführen. Das geile

Grapschen am kalten Buffet, und immer wieder Würdenträger und glitschige Lobbyisten, deren Begleitungen teuren Schmuck über gerösteten Dekolletés zur Schau trugen. Christiane hatte ein Auge für den Moment, in dem die Kontrolle über die Gesichter verlorenging. Dann drückte sie auf den Auslöser, und man sah Gesichter voller Traurigkeit und Einsamkeit, arme reiche Leute. Sie sah Bilder von Geschichten, die Michael so ähnlich erlebt hatte. In dem bleiernen Schwarzweiß, zu dem sich die Menschen im Entwickler aufbauten, wirkten sie wie Zombies, die sich nach Leben und Wärme sehnten. Die Krankheit der Politik, die Seuche des Zynismus hatten viele von ihnen gezeichnet. »Es ist schwer, in dieser Stadt davon nicht infiziert zu werden«, hatte er ihr gesagt, während sie ihr Panoptikum auf die Leine hängte.

»Wenn du jahrelang beobachtest, wie hinter den Kulissen die Strippen gezogen werden, welch ein Personal hier zunehmend Hauptrollen spielt . . .« Sie sah ihn an, und was er sagen wollte über Hochstapler in Politik und Journalismus, vom neuen Typ des Operettenmenschen war nicht mehr notwendig.

Sie hatten dann das große Glück in ihrem Sommer in Italien: Lucca, Florenz, Siena, unter den Klängen seiner Musikkassetten flog der Wagen über die Hügel der Toskana bis nach Elba. Wo sie auch landeten – es war schön, es gab immer ein Zimmer, das frei war, und an jedem Abend fand sich eine Trattoria, in der man auf das freundlichste mit Pasta und Vino Bianco bewirtet wurde. Das Land schien auf sie nur gewartet zu haben.

»Michi – mio amore«, sagte Christiane immer wieder, fast sang sie es in sein Ohr, so hochgestimmt waren sie damals.

Michael konnte in diesen Wochen alles, was hinter ihm lag, abstreifen, wenn sie sich beide am Tag voller Begeisterung für die Schönheit der Landschaft und der Städte treiben ließen und sich sicher waren, daß ihnen auch die Nacht gehörte. Das Leben trug ihn damals so hoch oben auf der Welle, daß er mit Christiane zum erstenmal von seiner Jugend sprechen konnte.

Er war auf dem kleinen Gutshof seines Onkels im Rheinland aufgewachsen. Seine Mutter hatte sich 1945 aus dem Osten zu ihrem Bruder gerettet. Als der Vater zwei Jahre später aus der Kriegsgefangenschaft heimkehrte, war er ein gebrochener Mann. Düstere Erinnerungen an einen cholerischen Mann, der Mitte der fünfziger Jahre plötzlich an einem Herzschlag starb, überschatteten Michaels frühe Jahre in seinem Paradies: der Hof mit den Pferden, die Wiesen, Wälder und Bäche waren sein Reich für Abenteuer aller Art. Im Frühling Treckerfahren mit den Landarbeitern, im Sommer Erdbeeren in den Plantagen und hoch oben auf dem Leiterwagen zum Dreschen, im Winter auf den zugefrorenen Weihern Schlittschuhlaufen. So hätte es weitergehen können: ein Leben lang. Aber alles zerbrach in seiner Erinnerung an einem Tag. Gerade mal zehn Jahre alt, saß er neben seiner Mutter im Zug und fuhr über die belgische Grenze in die Stadt Brüssel. Ganz anders als die geschminkten Trümmerstädte zu Hause war diese Stadt mit ihren breiten Boulevards unvorstellbar vornehm und fremd zugleich. Neun Jahre Verbannung in einem Internat lagen vor ihm. Jemand hatte den Teppich weggezogen und darunter eine Falltür geöffnet. Vor allem in den ersten Monaten war es schrecklich, auch weil der kleine Michael, »le Boche«, sich in Belgien schämen sollte, für das, was Deutsche in den Jahren der Besatzung dort angerichtet hatten. Der Boche mußte sehr schnell ihre Sprachen lernen, Französisch und Flämisch. Anfangs wurde er nachts auf dem Zimmer verprügelt, bis er im Internat das Boxen lernte. Er ging täglich zum Training, und aus dem schmächtigen Deutschen wurde ein Kämpfer. Einmal hatte er seiner Mutter in einem Brief auf die Frage nach dem Leben in der fremden Welt geantwortet: »Ich lach' mir einen Ast und setz' mich drauf.« Aber es war eben nichts mehr wie vorher gewesen. Niemals würde er den Tag vergessen, als er vor dem riesigen Gebäude mit den vielen Zimmern allein stehengelassen wurde. Lange nicht. Er hatte es nie ganz verwunden und seitdem nie darüber gesprochen. Bis zu dem Tag, als er Christiane kennenlernte.

»Bella mia«, Küsse unterm Sternenzelt, und immer wieder das Staunen über den Zauber der Nähe und Berührungen. Unverschämt war sie und frei, das war die Faszination, die von dieser Frau ausging, in einsamen Badebuchten fiel sie über ihn her. Und Michael lebte in diesen Tagen in einer anderen Welt, ihrem Kontinent aus Rausch, Kitsch und Glück, so daß er sich zu fragen begann, wie er von dort jemals heimfinden sollte in irgendeinen Alltag, in sein Bonner Büro. Christiane duldete keine anderen Menschen in ihrem Zauberland. Sie war die Göttin, die dann in der Folgezeit auch am Rhein unerbittlich jeden mit Eifersucht verfolgte, der sich zwischen sie stellen wollte. Freunde, Termine und Dienstreisen fragte sie argwöhnisch auf möglichen Verrat ab.

An den Wochenenden wurde gekocht. Mit Musik, rotem Tüll über den Stehlampen, ihren strahlenden Augen und der bebenden Stimme – »Michi! Mio amore!« – konnte sie einen so besonderen Raum im Alltag herstellen, daß Michael wie ein Süchtiger immer wieder hinauf in ihre Dachwohnung stieg. War erst die Tür hinter ihm ins Schloß gefallen, verschwand für beide die Welt draußen zu einem grauen Nichts. Mitgerissen von ihrem großen Schwungrad an Leidenschaft, holte sie ihn hoch, brachte sein Herz auf Tempo und ließ seinen Atem laufen. Das besondere und einmalige des Moments, gerade der einen Berührung eben, dieser erste Kuß jetzt und hier – das Spiel gelang ihnen immer wie eine erste Begegnung. Er kannte sie von den vielen Nächten zuvor, und dennoch gab es immer wieder ein erstes Mal. Er ahnte, daß es ein langes Spiel war, und er wollte es so. Aber Christiane verlangte Ewigkeit. Sie hatte ja recht – man muß es wenigstens einmal im Leben versuchen. Ihr Wunsch nach Nähe, andauernder Nähe und fester Bindung erschreckte Michael immer mehr. Er konnte nur das weitergeben, was er selber in seinem Leben erlebt hatte – unverbindliche Freundlichkeit und ein großes Mißtrauen. Und jede Menge Bühnenbau. Es war dann wohl sein böser, zergliedernder Blick auf die Inszenierung, die in diesen luftleeren Raum die Bedenken hereinholte, so daß allmählich die Unschuld verlorenging und er immer deutlicher als Schauspieler mit Maske und Text diese Bühne betrat, um das aufregende Finale auf ihrem Lager, überwölbt von künstlichen Orangenbäumen und Hibiskusblüten, so lange wie möglich en suite zu spielen. Für einige Monate sollte er dann damals den Kollegen in Brüssel vertreten. Er nahm die Aufgabe dankbar an. Nach seiner Rückkehr hatte er sie dann weniger oft gesehen. Einmal, bei einem Geschäftsessen in einem Restaurant, hatte er sie am Nebentisch übersehen und bekam sofort ein Ungewitter von mediterranen Ausmaßen mit Blitz und Wirbelsturm vor Ort über den Kopf, so daß er sich monatelang in diesem Lokal nicht mehr sehen ließ. Aber das Band zu Christiane war immer noch fest geknüpft: Das Finale fand wieder hoch oben in ihrem Atelier statt.

Nun saß sie beim Griechen Michael, dem Verräter, gegenüber. Sie war ruhig, nur an der Eiseskälte in ihren Augen und am Zittern ihrer Hände spürte Michael etwas von dem Herzbeben, das er bei ihr ausgelöst hatte. »Das war's ja dann wohl«, sagte sie nur trocken, als Michael nach langem Hin und Her mit der Wahrheit über Mallorca herausgerückt war. Dann verlangte sie ihren Schlüssel und verließ noch vor dem zweiten Gang das Lokal. Für Christiane war es die Trennung. Das Ende aller Versuche mit diesem unsteten Reisenden, der sich am liebsten in Hotels aufzuhalten schien. Er hätte sich gerne alle Optionen offengehalten. War das alles wirklich so dramatisch? Andererseits hatte sie recht. Ihre Wohnung war keine Pension und sie – Christiane – nicht sein Zimmermädchen. Und was Liebe ist, »wirkliche Liebe«, davon verstand er anscheinend nichts. So saß er nun allein beim Griechen, und die ewige Jiddelmusik in dieser vergipsten Grotte ging ihm noch mehr auf die Nerven als an anderen Tagen. Sie würde sich zu trösten wissen, hatte Christiane ihn zum Abschied deutlich wissen lassen. Als er es am Abend vor der Abreise noch einmal oben an ihrer Klingel versuchen wollte, öffnete schon einer der Burschen aus dem Verlag. Knechte, die schon immer um sie herumgeschwänzelt waren, hatten endlich ihre Tür aufbekommen.

»Sag ihm, daß ich beschäftigt bin. In der Dunkelkammer«, rief sie aus der Tiefe des Ateliers.
Als er vorbei an dem Kerl ins Atelier vorgedrungen war, sah er, wie sie schweigend eine Schublade öffnete und einen Stoß Fotos herausnahm, die sie in Italien aufgenommen hatten. Dann marschierte sie mit bösem Schmunzeln zum Küchentisch, auf dem die kleine silberne Spaghettimaschine stand, die sie sich damals aus Lucca mitgebracht hatte. Sie nahm das erste Foto und drehte den Traum vom Glück durch den Wolf: Christiane und Michael im Schatten eines Hotelgartens. Ein Kuß mit Selbstauslöser in schönem Schwarzweiß kam als feine Spaghettini am Ende der Maschine wieder zum Vorschein. Ihre lachenden Gesichter auf Elba, das gelungene Portrait von Michael an einer Quelle mit Weinlaub im Haar – ein Foto nach dem andern zerschnetzelte sie so vor seinen Augen. Dann verpackte sie die Luftschlangen ihrer Geschichte in einem kleinen Müllsack, reichte ihm das Päckchen und zeigte ihm den Ausgang. Michael hörte noch, wie sie den Schlüssel im Schloß drehte.

*

Der LTU-Tristar war fast ausgebucht. Oktober, die Zeit der Kegelclubs, die mit ihrer Clubkasse durchbrannten. Einmal im Jahr. Es gab offenbar ein stillschweigendes Abkommen, auch die Frauen hatten ihre Kegelwoche. Urlaub von der Ehe.
Michael war zwischen sie geraten. Aufgekratzt liefen sie in den Gängen umher, als ob sie im Zug reisten. Einige Resi-

denten, die in der Maschine saßen, erkannte man am Dauerbraun und dem kleinen Gepäck. Ein Herr in einer roten, wattierten Weste wies schon mit seinem aufgenähten Golfschläger auf seine Absichten hin. Mit einem Handbuch der Golfplätze Mallorcas bereitete er sich auf den Vier-Sterne-Urlaub vor.

Eine Gruppe von zwanzig bis fünfundzwanzig Frauen fiel durch ein besonderes Erkennungszeichen auf: An einer Kordel um den Hals trugen sie alle eine Muschel. Pilger vielleicht, dachte Michael, und da tauchte auch schon vor ihm der Herr Pfarrer auf, der von Reihe zu Reihe seine Schäfchen besuchte und mit seiner Videokamera von der ersten Stunde an Erinnerungen einsammelte.

»Mia! Hierher! Heinrich, guck doch mal ins Video.« Dem Dialekt nach kamen sie aus dem Sauerland. Und dann hatte Hochwürden Michael entdeckt.

»Herr Weibling! Ich kenn' Sie doch vom Fernseher.«

»Weidling«, korrigierte Michael noch, da blickte er schon in das Rotlicht.

»Ich darf doch mal«, entschuldigte sich Hochwürden leutselig, »Sie sind das ja gewohnt!«

Michael schlug seine Zeitung auf. Er wollte endlich raus aus diesem katholischen Video, das bald in irgendeiner Kirchengemeinde abgespielt würde.

»Danke!« Er winkte ab. »Jetzt ist's doch genug.« Michael setzte sich die Kopfhörer auf und drehte mit dem Regler an der Armlehne den geschwätzigen Justus Frantz und sein notorisches Klassikprogramm auf Null. Hochwürden kurvte nach vorne zum Cockpit, und Michael warf einen Blick auf die Zeitung.

Das Titelfoto zeigte den Kanzler beim Staatsbesuch. Michael schlug die Augen zu. Fast mußte er dem Mann auf dem Foto dankbar sein. Es war genau vor vierzehn Tagen, als ihn das Leben durch einen kleinen Zufall dazu zwang, endlich Bilanz zu machen.

Die Szene im Bonner Studio war schon eingeleuchtet, aber der Kanzler – leicht verspätet – saß noch in der Maske. Vor ihm kniete Michael mit seinem Fragezettel, und während sein prominenter Gesprächspartner hergerichtet wurde, erläuterte er seinen Fragenkomplex noch einmal. Der Kanzler hörte nur mit mäßigem Interesse zu und unterbrach dann ungeduldig:

»Wieviel haben wir denn eigentlich?«

»Fünf dreißig, vielleicht sechs Minuten«, sagte Michael und fügte hinzu: »Ich werd' gleich noch mal die Regie fragen.« Er wollte gerade zur Tür raus, als ihm die Maskenbildnerin nachrief:

»Sind die Hände im Bild?«

»Selbstverständlich!« Und schon legte der große Politiker brav seine Pranken auf den Schminktisch, damit sie mit Make-up behandelt und dem ewigen Sommerbraun der Politiker im Gesicht angepaßt werden konnten. An den Händen erkennt man immer ihr wahres Alter, dachte Michael, als er ins Studio ging. Erst wenn wir ihnen ihre Furchen in den Gesichtern zugeschmiert haben, wenn alles auf Hochglanz poliert und ins helle Licht der Studios getaucht ist, wenn sie dann elektronisch abgetastet und von uns rausgeputzt werden – ja dann sehen sie alle wie kleine, unschuldige, rosige Marzipanschweinchen aus. Er hatte sich in seinen Vitrasessel gegenüber dem Kanzlerplatz fallen gelassen. Seit zwanzig Jahren saß er in solchen Sesseln, neben ihm das Glas Wasser, und wartete auf das Rotlicht der Kamera. Eine merkwürdige Arbeit, simpel und ohne großes Geheimnis, wenn man erst einmal über Jahre seine Brückenköpfe in den Parteizentralen und Ministerien aufgebaut hatte und von dort in dieser ständigen, vertrauensvollen Zusammenarbeit immer wieder signalisiert bekam, zu welchen Fragen welcher Politiker zu haben war. Ja, manchmal hatte er wegen dieser Beziehungen auch als erster ein Thema ausgraben und als News verkaufen dürfen. Mit der immer heftiger werdenden Konkurrenz zum privaten Fernsehen hatte das allerdings in den letzten Jahren deutlich nachgelassen. Sein Sender war nicht mehr die erste Adresse.

Er war damals, in den turbulenten Tagen des Mißtrauensvotums gegen Willy Brandt, nach Bonn gekommen, hatte die Kanzlerschaft Helmut Schmidts begleitet und die langen Jahre des Kanzlers Kohl reportiert. Diese Wechsel auf der Bonner Bühne waren ihm immer notwendig und selbstverständlich vorgekommen, sie machten das Ganze auch interessant. Aber in den letzten Jahren hatte sich ein großer Mehltau auf seine Arbeit und sein Interesse an der Politik gelegt. Es gab nur noch ein Zentrum der Macht, das in dieser kleinen Stadt funktionierte, das war der Kanzler und das Kanzleramt. Das Fernsehen hatte sich in den letzten Jahren grundlegend verändert – bis hin zur Banalität. Die Politik, das Fernsehen, auch Michaels Lebensgefühl veränderten sich in diesen Jahren. Eine große Langeweile hatte in seinem Leben Platz genommen, und gerade während der aufregenden Monate der deutschen Vereinigung war es ihm aufgefallen. Für einen Moment war es damals noch einmal wie zu Beginn seiner Arbeit gewesen: Unangemeldet konnte er mit laufender Kamera in Amtsstuben eindringen oder vor dem Fernsehen flüchtende Minister der Modrow-Regierung auf der Straße stellen. Aber bald war ihm auch das langweilig geworden. Vor ihnen mußte man sich ja nicht fürchten. In Bonn war alles beim alten geblieben, auch in den neuen Bundesländern war bald das große Arrangement in Gang – und er war nur einer der vielen Statisten auf der Fernsehbühne, die anderen die Stichworte für ihre kleinen und großen Auftritte lieferten. Auch die Frechheiten, die er sich bewahrt hatte, seine kecken Nachfragen, für die er bekannt war, ließen das Spiel nur noch echter erscheinen. Die Regie zählte über Lautsprecher die Sekunden bis zum Beginn des Interviews herunter: Countdown bis zum Rotlicht. Dann trug Michael artig seine erste Frage zu den Kosten der Deutschen Einheit vor. Er kannte die Antwort schon im voraus, aber heute beobachtete er mit ungewöhnlichem Interesse die Varianten, mit denen der Kanzler seinen angestaubten Ideen Glanz und Frische zu geben versuchte. Und seltsam – je länger er zuhörte und zu verstehen suchte, desto weniger begriff er, was der Mann vor ihm sagen wollte. Einschläfernd deckte der Kanzler Michael mit seinem weichen Dialekt und einem Bündel unwiderstehlicher Plattheiten zu. Allmählich wurde ihm ganz dumpf im Kopf. Die Digitaluhr unter dem Monitor zählte erbarmungslos die Sekunden der Sendung herunter: 4-46, 4-45, 4-44, 4-43. Michael spürte mit einem leichten Schrecken, wie ihn eine fremde Kraft allmählich aus der Szene »Inter-

view mit dem Kanzler« herauszog. Der Kanzler war die Macht, und es ist gemütlich, sich der Macht hinzugeben. Stichworte zu liefern, die mit anerkennendem Lächeln belohnt und in besonderen Fällen mit der Namensnennung »Sie fragen zu Recht, Herr Weidling« zurückgespielt wurden. Er war darauf trainiert, sich diesem Sog zu widersetzen. Aus der Nähe betrachtet schwitzte die Macht, sie lispelte und zeigte in dem improvisierten Allerlei immer wieder Angriffspunkte, wenn man sich konzentrieren könnte, ja wenn man nicht so unendlich müde wäre. Michael hatte plötzlich die Kontrolle über die Situation verloren. Er war ausgestiegen, und so sehr er sich bemühte, er fand keinen Weg zurück in die Sendung, die er sonst wie im Schlaf kontrollierte. Eigentlich »VON WEIDLING«, dachte er noch, als von der Regie die Einblendung seines Namens herausgenommen wurde, aber ich habe ja in den verrückten 60er Jahren auf mein kleines »von« verzichtet. Der da würde darüber lachen. Tatsächlich lächelte der Kanzler, als er herübersah, und hinter ihm fuchtelte aufgeregt der Aufnahmeleiter mit den Händen.
Sein Blick hatte sich vor dem Interview plötzlich verengt. Wie durch einen Trichter hatte er nur noch den Mund des Kanzlers gesehen, der sich öffnete und schloß und wieder öffnete ... Luftblasen wie bei einem Karpfen, aber jetzt blieb der Mund geschlossen, und es wurde ganz still im Studio. Michael spürte wohl, daß er nun irgend etwas fragen sollte, damit der Karpfen weiterhin seine Luftblasen ablassen konnte. Was war es nur? Er kramte nach seinem Zettel in der Jackentasche. Sein Blick fiel auf den Monitor vor ihm. Dort saß er – ein Mittvierziger in einer Zweiereinstellung

neben dem Bundeskanzler. Mit dem Wechsel der Einstellungsgröße fuhr die Kamera näher an ihn heran, die beigefarbene Hornbrille paßte doch vorzüglich zu seinem dunkelblonden Haar. Einige graue Strähnen waren schon sichtbar und gaben der Person etwas von britischem Understatement. Wer ist dieser Mann, fragte sich Michael erstaunt, als die Regie seinen Namen einblendete. MICHAEL WEIDLING.

Der Gau, hatte er gedacht, das ist der GAU. Wie oft hatte er sich in den ersten Jahren davor gefürchtet, aber die Routine hatte ihn das vergessen lassen. Jetzt war es wieder da. In einer Live-Sendung mit dem Kanzler hatte er einen Blackout, der einfach nicht aufhören wollte. Endlich kam die Erlösung: Wie von fern hörte er die Stimme des Kanzlers. »Wenn Sie mich fragen würden, Herr Weidling, wie ich vor vier, fünf Jahren darüber gedacht habe, dann muß ich Ihnen ehrlich sagen . . .« Der Politprofi hatte die Sendung an sich gerissen, und wie so oft stellte er sich selber die Fragen, die er gerne beantworten wollte.
Zwei Stunden später, kurz vor Mitternacht, saß Michael immer noch in seinem Büro. Nach der Sendung hatte Werner, der Regisseur, ein alter Freund, noch mal den Kopf zur Tür hereingesteckt: »Mach dir nichts draus, Michael, wie man's auch dreht und wendet, am Ende hat es sich versendet.«
Er blickte in die Dunkelheit auf die Lichter des langen Eugen, das niedliche Provinzpanorama der alten Bundeshauptstadt. Ein Luxusghetto, hatte er gedacht, aber wenn ich jetzt nicht aufstehe, hab' ich hier lebenslänglich.
Es war dann einfacher gewesen, als er gedacht hatte. Der

Sender hatte ihm ein Jahr unbezahlten Urlaub zugestanden, und Michael wußte, daß dieses Arrangement nun als Lex Weidling die Runde machte.
»Meerstern, ich dich grüße. O Maria hilf!« Das Kirchenlied der katholischen Pilgergruppe brachte Michael in die Gegenwart zurück. Hochwürden hatte sich auf seinem Sitz umgedreht und dirigierte die trostreichen Gesänge während der Landung. Die Kegelbrüder prusteten vor Lachen. Der Malermeister aus Meschede strahlte seine Frau an, und beide klatschten begeistert. Sie waren froh, wieder festen Boden unter den Füßen zu haben. Dieser Applaus, der sich in einer Welle von hinten nach vorne im Flugzeug ausbreitete, ließ Michael etwas tiefer in den Sessel rutschen. Es war ihm peinlich. Aber warum eigentlich? Es waren doch auch seine Zuschauer, die da klatschten, seine Einschaltquote, darüber hatte er sich nie Illusionen gemacht. Sie waren nicht die Vielflieger - wie Michael und seine Kollegen, die mit den Gebühren dieser Menschen Flüge, Reisespesen und Hotels bezahlten.
Über vierzehn Millionen Menschen werden jährlich nach Mallorca geflogen. In der Hauptsaison landen an manchen Tagen bis zu fünfhundert Flugzeuge. Mehr als in Frankfurt oder New York. An diesem dritten Oktober waren es nur noch hundertfünfzig Landungen, und die Maschine war an diesem Sonntagabend das letzte Flugzeug aus Deutschland. Michael war überrascht. Kaum, daß er sich im Terminal die Zigarette angezündet hatte, setzte sich bereits das Laufband in Bewegung. Auf einem der Gepäckwagen schob er seine beiden großen Koffer zum Taxistand vor dem Flughafengebäude. Auf der Gangway war ihm ein heißer Wind ins

Gesicht geschlagen. Hier war die Luft jetzt schon etwas klarer, und er freute sich auf den Moment, in dem er – endlich auf der Finca angekommen – diese ganz eigene Luft Mallorcas atmen und fühlen durfte. Das war eine der Erinnerungen an die Insel von einem viele Jahre zurückliegenden Urlaub, die er nicht hatte vergessen können.
L'heure bleue, die Blaue Stunde, wenn er aufs Meer geschaut und diese unvergleichlich seidenweiche Luft auf seiner Haut gespürt hatte. Nur zwei Flugstunden vom Ruhrgebiet entfernt, und eine völlig andere Welt.
»Taxi, señor?« Michael nickte, und im Nu hatte der kleine drahtige Spanier die Koffer hochgerissen und auf dem Dachgepäckträger verzurrt. »A dónde vamos, señor?« Michael suchte vergeblich den Zettel mit der Adresse.
»Einen Moment – Momento«, er bemerkte, daß ihn seine Spanischkenntnisse sofort im Stich ließen. Man lernt in Deutschland immer die falschen Vokabeln. Der Fahrer hatte inzwischen das Taxi gestartet, war aus der Reihe gefahren und wartete auf Anweisung. Michael kramte verzweifelt in seinen Taschen und in seiner Erinnerung ... »Luck?!« glaubte er sich zu erinnern.
»Monasterio Luck?« schlug der Taxifahrer vor und reichte ihm eine Liste mit sämtlichen Fahrzielen und Preisen auf der Insel herüber. Michael fuhr mit dem Zeigefinger über das Alphabet der Liste und fand den Ort. Mit dem Finger zeigte er auf die Zeile.
»Este Lluc es mi destinación!«
Endlich war es wieder da, sein bißchen Spanisch. Es liegt in der Luft, das hatte er doch immer gesagt. Michael rutschte entspannt in den Sitz, kurbelte das Fenster herunter und

ließ den Fahrtwind über Kopf und Haare streichen. Das Flughafengebäude verschwand in der Dunkelheit. Ein schöner Spätsommertag war in eine lauwarme Nacht übergegangen. Sicher noch zweiundzwanzig Grad, dachte Michael noch, bevor ihm die Augen zufielen. Im Rückspiegel sah der Taxifahrer, wie sein Fahrgast eingeschlafen war. Gente loca, estos extranjeros. Trabajan todo el año como locos y quieren recuperarse en una semana o dos. Verrückte Leute, diese Ausländer. Arbeiten das ganze Jahr und wollen sich in einer oder zwei Wochen erholen. Ihm konnte es recht sein. Aber es war schon eine verdrehte Welt. Man konnte sich doch nirgendwo besser erholen als zu Hause. Darüber hatte er sich oft mit seinen Kollegen unterhalten, wenn sie in der Reihe am Flughafen warteten. Aber er hatte Glück, dieser alemán wollte nicht nach Arenal oder Paguera. Immerhin, eine 30-Minuten-Fahrt.

Als Michael die Augen aufschlug, fuhr das Taxi schon eine Zeitlang hinter einem seltsamen Umzug her.

2.

Der falsche Ort, der richtige Mann: Toni und Llucmajor

Am Ende des Sommers, wenn die Touristen die Insel verlassen haben, kehren auch die Bewohner wieder zu ihrem normalen Leben zurück. Es ist dann die Zeit der *firas*, eine Mischung aus Landwirtschaftsausstellungen und Volksfesten. An diesem ersten Sonntag im Oktober wurde in Llucmajor die *fira de tardor*, das große Herbstfest der Stadt, gefeiert. Stiere, Kühe, Schafe und sogar Hunde wurden auf Wagen durch die Stadt gezogen. Bauern im Sonntagsanzug auf den Traktoren zeigten ihre Tiere in einem Wettbewerb um die beste Zucht vor.

Die Stiere auf dem Wagen, hinter dem Michaels Taxi nun Schritt fahren mußte, trugen noch die farbigen Preisrosetten mit dem roten Band. Die fröhliche Menschenmenge vor und hinter den Wagen brachte das Taxi bald zum Stehen. Es war ein Fest ganz nach dem Geschmack der Mallorquiner: Feuerwerk, Tanz, Kapellen auf den Plätzen, Essen und Trinken in allen Bars und Häusern. Ein ständiges Kommen und Gehen, begleitet von Erzählungen und Gelächter. Das erste große Beisammensein der Einheimischen zu Beginn des Herbstes.

Der Taxifahrer hatte Michael noch den Weg zum Marktplatz gezeigt. Mit seinen beiden Koffern schob er sich nun dicht an den Häusern vorbei durch diesen späten Karneval.

Plötzlich fühlte sich Michael ganz verloren. Niemand beachtete den Fremden, der mit seinen Koffern mitten in diesem bunten Treiben auf dem Marktplatz stand. Dabei hatte er gerade zwischen den spanischen Geldscheinen den Zettel mit der Anschrift gefunden. *Lluc-Alcari* stand darauf und das Hotel *Costa D'or*, wo ihn an der Rezeption Pepe erwarten würde, um ihn zur Finca der Möllers zu fahren. Nichts war an diesem Ort so, wie es ihm die Freunde seiner Bekannten geschildert hatten. Dieser Marktplatz hier schien so groß wie das ganze Lluc-Alcari. Er bereute es, sich so früh von seinem Taxifahrer verabschiedet zu haben. Michael stand vor einer Bar. Auf einer Leuchtreklame las er *Bar Colón*. Ein großer Wartesaal mit raumhohen, offenen Doppelflügeltüren, verschlossen nur durch Perlenvorhänge, durch die die Menge herein- und herausschob. Er steuerte mit seinen Koffern auf die große Theke zu, die die ganze rechte Seite des Lokals begrenzte, und bahnte sich den Weg zum Telefon, das er wie einen Rettungsanker ergriff. Er wählte die Rufnummer des Hotels, die er auf seinem Zettel notiert hatte, und dann war alles klar, er war im falschen Ort gelandet, und Pepe würde am nächsten Mittag zwischen zwölf und eins wieder auf ihn warten. Die Umstehenden hatten ihm mittlerweile erklärt, wo er sich befand: Llucmajor. Schlimmer hätte es nicht kommen können. Es war genau das andere Ende der Insel. Michael war wütend über den Streich, den er sich selbst gespielt hatte. Niedergeschlagen saß er auf seinen Koffern, als ihm ein Glas Rotwein gereicht wurde.

»Salud caballero.« Er sah ein fröhliches Lachen über sich.

»Muchas gracias, señor«, kramte er in seinem Spanisch, »si yo puede oferecer a usted un asiento« und wies mit einladender Geste auf den zweiten Koffer. Wahrscheinlich der

einzig freie Platz in diesem Bienenkorb. Tatsächlich nahm der Mann mit den Jeans und dem gestreiften Hemd die Einladung an.
»Ustedes se van o vienen?« – Kommen Sie oder gehen Sie? fragte er. »Ich bin gekommen und muß wieder gehen. Ich bin am falschen Ort.« Michael hatte sich ins Französische gerettet und war über die Antwort erstaunt. »Llucmajor c'est toujours le bon endroit et surtout aujourd'hui!«
Damit hatte er nicht gerechnet. »Michael aus Deutschland«, stellte er sich vor, um noch irgend etwas zu sagen.
»Toni aus Llucmajor«, war die Antwort.
»Merci, Toni«, Michael hob das Glas, trank es in einem Zug aus und fühlte sich schon nicht mehr ganz so verloren wie einige Minuten zuvor. Irgendwie war die heitere Zuversicht, die von diesem Mann ausging, ansteckend. Zwischen dem grauen Drei-Tage-Bart und den kurzgeschnittenen, graumelierten Haaren lachten ihn ein paar Augen an, die viel jünger waren, als der Mann sein mochte. Kein Bauer, kein Kaufmann, ein Rechtsanwalt vielleicht, dachte Michael, und irgendwie schien es ihm, als ob von diesem Mallorquiner mit dem Lausbubengesicht voller guter Laune etwas ausging, das die Probleme, die er mit seinem Koffer in diese Bar geschleppt hatte, lösen würde. Aber das war vielleicht nur der leichte Nebel, der vom Rotwein in seinen Kopf gestiegen war, und die Erleichterung, denn bald hatte man schon das dritte Glas miteinander geleert. Toni hatte sich den Zettel angesehen, die Geschichte verstanden und war kurz verschwunden. Als er wiederkam, hatte er zwei Stücke »coca de trampó« in der Hand, eine Art Blechkuchen mit Paprika, Zwiebeln und Petersilie belegt.

»Wir Mallorquiner trinken nicht, ohne zu essen, Michael.« Als sie wieder auf den beiden Koffern saßen, stellte sich Toni noch einmal vor. Er war Architekt in Llucmajor, und er war auch schon einige Male in Deutschland gewesen.
»Ein biesgen Deutsch kann ich«, sagte er. Michael erzählte, teils in holprigem Spanisch, teils in Französisch, wie er hierhergekommen war.
Immer wieder wurde Toni von Freunden begrüßt, die sich zu ihnen stellten und immer wieder lachend auf Michaels Unglück anstießen, denn Toni konnte nicht oft genug die Geschichte der Verwechslung zwischen Llucmajor und Lluc-Alcari erzählen. Man beglückwünschte Michael geradezu zu dieser Verwechslung. Hier, so sagten alle, war Michael wirklich in Mallorca. Lluc-Alcari war schließlich nur ein Touristennest oben im Norden, bei den verschrobenen Bergbewohnern, die jeden Quadratmeter Land an extranjeros und forasteros verscherbelten.
»Todo el invierno sin sol en la costa del norte«, Toni mußte Michael immer wieder das Mallorquín seiner Freunde übersetzen. »Den ganzen Winter ohne Sonne da oben, das ist sehr schlecht, muy mal – da verliert man die gute Laune – Du kennst doch das Buch ›Ein Winter auf Mallorca‹ von George Sand, die haben sich auch den falschen Ort ausgesucht.«
Toni sprach mit seinen Freunden Mallorquín. Michael blieb dabei außen vor, seine spanischen Vokabeln boten ihm keinen Eintritt in diese Welt. Es klang eher nach Französisch, und manchmal verstand er über diese Brücke das eine oder andere Wort. »Com va això« zum Beispiel klang doch ganz ähnlich wie »comment ça va«, und der »vi« war genau der Wein, den er aus Frankreich kannte. Später erklärte ihm

einer von Tonis Freunden: Das *mallorquín* war eine eigene, mediterrane Sprache. Ihm wurde bald klar, daß man mit dem *castellano*, dem Spanischen, diese Insel und ihre Menschen niemals verstehen würde. Das Mallorquín war der Schlüssel, und zwei Worte und eine Redewendung hatte er schließlich an diesem Abend schon gelernt. Nach und nach waren die Gäste der Bar Colón nach Hause gegangen, und Michael, der mit Toni noch immer auf den Koffern saß, sah auf die Uhr. Mitternacht war lange vorbei.

»No te preocupes, mach dir keine Sorgen«, sagte Toni. Ein Satz, den Michael noch oft auf der Insel hören sollte, eine Art Grundmelodie des Alltags. Aber in dieser Nacht, als er diese Worte zum erstenmal hörte, war der Trost nötig. Und wirklich, Toni hatte schon alles arrangiert.

»Wir nehmen noch einen letzten Wein, dann fahre ich dich ins *Es Recó de Randa*, ein kleines Hotel mit einem guten Restaurant einige Kilometer von hier entfernt in Randa. Dort ist schon ein Zimmer für dich bestellt.«

Als Michael bezahlten wollte, winkte Lorenzo, der Wirt hinter der Bar, nur ab.

»Ya está pagado!« Merkwürdig, dachte er, alles arrangiert, alles bezahlt.

Als Michael am nächsten Morgen die Fensterläden seines Zimmers aufstieß, traf ihn das helle Licht der Morgensonne wie ein Blitz. Der gute Landwein der letzten Nacht brachte sich noch einmal in Erinnerung. Bald hatte er sich aber an das helle Licht gewöhnt und erkannte zuerst am Horizont eine bewaldete Hügelkette, die an einigen Stellen den Blick bis aufs Meer freigab. Davor lagen grüne Felder, frisches Grün, vom ersten Regen im Herbst gewachsen. Sie

wechselten zu roten Äckern, auf denen Bauern mit Traktoren die ersten Furchen zogen. Direkt vor ihm lag der kleine Ort Randa. Er blickte auf rotgelbe Ziegeldächer, die von der Kirche mit einem Turmdach, das einem Helm glich, überragt wurden. Stimmen und Geräusche aus dem Dorf vermischten sich mit dem an- und abschwellenden Geräusch der Traktoren in der Ferne und drangen zu ihm herauf.
Unter seinem Fenster war eine Terrasse eingedeckt und lud zum Frühstück ein. Was für ein Platz, dachte Michael, als er den ersten heißen *café con leche* trank. Der Kellner hatte ihm dazu eine *ensaimada* gebracht, das leichte, frische Schmalzgebäck, das ausgezeichnet zum Kaffee schmeckte.
Dann hörte er einen Wagen vorfahren und erkannte Tonis Stimme an der Rezeption, genau das fröhliche, etwas rauhe Lachen, das ihn durch die letzte Nacht getragen hatte. Eigentlich hatte er das nicht ernstgenommen, Tonis Versprechen, zu später Stunde, aber nun war er wirklich gekommen, um ihn nach Lluc-Alcari zu fahren, wo Pepe auf ihn wartete. Die beiden großen Koffer konnten sie nur mit Mühe in Tonis altem Alfa Romeo unterbringen. Eine abenteuerliche Kiste, verstaubt und voller Beulen. Mindestens fünfzehn Jahre alt, und jedes Jahr davon konnte man deutlich erkennen. Michael wollte eigentlich eine Freundlichkeit anbringen: »Tolles Modell, Veloce Sprint, wenn man den restaurieren würde – ein Wertgegenstand.«
Toni staunte: Unter keinen Umständen würde er auch nur einen *duro*, ein Fünf-Peseten-Stück, in so einen Schrotthaufen investieren: »Solange er anspringt, fahre ich noch damit, dann kommt er weg.«

»Dann ist er nicht mehr zu verkaufen.«
»Ich will ihn nicht verkaufen, er wird nur abgestellt.« Damit war das Thema besprochen.
Der schwarze Alfa rollte den Berg von Randa herunter in Richtung Algaida, wo sich nach einer letzten Erhebung vor ihnen das flache Land öffnete. Große Fincas, landwirtschaftliche Betriebe, fruchtbares Land, das andere Mallorca, von dem Michael eigentlich nicht viel wußte. Er kannte nur die schönen Postkartenbilder, die sein Sender den Zuschauern so oft als Zwischenschnitt zum geheimnisvollen Mallorca, untermalt von mallorquinischer Folklore, verkauft hatte.
»Das ist das eigentliche Mallorca, das Herz der Insel, da kommen wir alle her – davon leben wir«, sagte Toni.
»Die Leute, die ich hier kenne«, sagte Michael, »kaufen nur Häuser mit Meerblick, am liebsten direkt am Strand.«
Toni lachte: »Den Strand auf Mallorca haben die *extranjeros* entdeckt. Für uns war das *El Arenal*, der Sand, die Wüste. Das war der Erbteil für den Jüngsten oder für den Taugenichts der Familie, das Grundstück am Meer. Unfruchtbares Land, nicht zu gebrauchen. Der Streifen Sand mit der *garriga*, da ist niemand hingegangen.« Aus dem Wagen konnte Michael kaum über die Natursteinmauern sehen, die rechts und links den engen, alten Fahrweg begrenzten. Johannisbrotbäume, seltener Olivenbäume, ragten über die Mauern und warfen ihre Schatten auf die Straße. In der nächsten Kurve trat Toni auf die Bremse. Eine Ziegenherde zog mekkernd über die Straße. Ihre hellen Glöckchen läuteten noch aufgeregter, als der *ca de bestiar*, ein großer mallorquinischer Schäferhund, sie zusammentrieb. Toni bot Michael eine

Zigarette an, und während er ihm Feuer gab, sagte er: »Du glaubst mir wohl die Geschichte mit dem Strand nicht? Ich kann mich erinnern, als ich ein kleiner Junge war, da fuhr ich mit meinem Großvater noch mit der Eselskarre von Llucmajor nach Ses Covetes ans Meer zum Fischen. Das Boot unserer Familie lag in einer der *covetes*, die kannst du heute noch sehen. Den Tag werde ich nie vergessen, ich war damals sechs oder sieben Jahre alt. Wir fuhren gerade durch den Wald vor den Dünen, da liefen uns ein paar Kinder entgegen, die riefen: ›Da sind Leute am Strand. Da sind Leute am Strand!‹ So etwas hatten wir noch nie gesehen. Wir sind dann sofort hingelaufen, und da lagen schon zwanzig Kinder in den Dünen auf dem Bauch und beobachteten, was sich unten am Meer abspielte. Ich weiß noch, wie mein Großvater sagte: ›Deben ser ingleses.‹ Er glaubte, es waren Engländer, er hatte sie wohl an der Sprache erkannt. Tatsächlich hatten sich drei, vier Leute am Strand niedergelassen. Sie saßen da unter Sonnenschirmen auf Handtüchern, hatten Lunchpakete dabei. Wir kannten ja das Picknick nur vom Land und fragten uns, ob die sich im Platz geirrt hatten, dort, in der heißen Sonne, in dem glühenden Sand. Ich hab' damals den Großvater gefragt, was die da machen. ›Das sind Touristen‹, sagte er. Damals habe ich das Wort ›Tourist‹ zum ersten Mal gehört. Als sie dann tatsächlich ins Meer gegangen sind, um zu schwimmen, sind wir Kinder alle aufgesprungen und haben vor Vergnügen getanzt und gejohlt. Die Engländer haben sich wahrscheinlich über uns genauso gewundert.«

»Schau dir heute, vierzig Jahre später, Arenal an!« sagte Michael. »Du hast damals einen Blick in die Zukunft getan.«

»El Arenal, das heißt bei uns ›der Sand‹, und für mich bleibt das auch so. Mich wirst du nicht am Strand und nicht schwimmen sehen. Sand bleibt Sand!«
»Goldener Sand«, lachte Michael, als Toni den Gang einlegte und wieder Fahrt aufnahm.
Sie hatten Algaida hinter sich gelassen und waren auf die Hauptstraße nach Palma eingeschwenkt, um nach einigen Kilometern rechts auf die große Bergkette, die *Serra de Tramuntana*, zu kommen, die im Nordwesten die Insel zum Meer begrenzte. Die Tausender lagen noch weit vor ihnen, aber dort lag Lluc-Alcari. Toni zeigte auf diesen japanischen Scherenschnitt eines Gebirges und sagte: »Dort müssen wir hin.« An der Abzweigung hatten sie ein merkwürdiges Gebäude mit Türmen und Zinnen passiert, vor dem Dutzende Reisebusse parkten. Ein spanisches Gemäuer wie aus Disneyland.
»Was machen die da? Wird dort ›El Cid II‹ gedreht?« fragte Michael. Toni zeigte mit dem Daumen der linken Hand nach hinten: »Sieh mal hinter die Kulisse.«
Michael drehte sich um und erkannte hinter dem altspanischen Bühnenbild eine riesige Fabrikhalle.
»Die produzieren Glassouvenirs für Touristen. Schade, das waren früher richtige Handwerksbetriebe, wo zum Beispiel Glasglocken für die Melonenfelder hergestellt wurden.«
»Glasglocken für Melonen?« staunte Michael.
»Ja, Hunderte von diesen Glasglocken waren damals über die Melonenfelder verteilt, für jede Melone ein Treibhaus. Heute werden Aschenbecher und Nippesfiguren gemacht.«
»Grüße aus Mallorca«, ergänzte Michael.

An Santa Maria vorbei, Bunyola rechts liegen lassend, waren sie vor Esporles, Richtung Valldemossa, ins Gebirge hochgefahren. Der Wagen schlängelte sich auf den Serpentinen bergan, und das Stadtpanorama von Valldemossa rückte von Minute zu Minute näher. Die Kartause von Valldemossa mit ihrem breiten Kirchenschiff und dem kleinen Turm aus sandfarbenem Maresstein überragte die Häuser des Ortes, die sich unten an die mächtigen Mauern anlehnten. Wer nicht wußte, daß Michael erst einen Tag auf Mallorca war, hätte die beiden für alte Freunde halten können. Michael kam plötzlich der Gedanke, wie ungewohnt die Situation mit Toni eigentlich für ihn war. Zu Hause in Deutschland war es ihm noch nie passiert, bereits nach einem Tag mit einem Menschen, den man gerade vierundzwanzig Stunden kannte, ein so angenehmes Gefühl der Vertrautheit zu spüren. Und hier war einer, den er gerade mal gestern nacht kennengelernt hatte.

»Vierzehntes Jahrhundert«, sagte Toni, der bemerkt hatte, daß Michael am liebsten an der Kartause angehalten hätte, »die steht auch nächste Woche noch da . . .«

Die nächsten zehn Minuten waren ein Cinemascopefilm. Nach der letzten Steigung hinter der Ortsausfahrt von Valldemossa in Richtung Deià führte sie die Straße in schwindelerregender Höhe einige Kilometer direkt an der Küste entlang. Vor sich sahen sie das gewundene Band des Höhenweges, das zwischen jahrhundertealten Olivenhainen und von den Arabern angelegten Terrassengärten in die herabstürzenden Felsmassen der Serra de Tramuntana eingemeißelt schien. Aus einem azurblauen Meer erhob sich der graue Granit mit grünen Flecken von Nadelhölzern und Garriga. Eine hochstehende Sonne beleuchtete das Panorama und zog den Blick bis zum Horizont, wo die Felsen ins Meer tauchten und ihre Ausläufer in der Ferne immer blasser erschienen, bis sie schließlich zu einer graublauen Wand wurden. Unter großen Mühen waren dem Felsen oberhalb und unterhalb der Straße kleine Plateaus abgerungen worden, auf denen kleine Villen und große Residenzen standen; Logenplätze für das großartige Naturschauspiel, das hier Himmel und Wasser in endlosen Variationen täglich vorführten.

Als Tonis antiquarisches Sportcoupé mit den ausgeschlagenen Stoßdämpfern auch die letzte Haarnadelkurve überstanden hatte, war Michael froh, als der Wagen vor dem Hotel Costa D'Or ausrollte. Ein Gasthof, der wie ein zweistöckiges Landhaus mit kleinen Balkonen und einem riesigen Portal aus der Toskana wirkte. Pepe saß vor der Tür und regte sich nicht. Er erwartete einen Gast aus Deutschland, einen Bekannten der Familie Möller, und konnte sich nicht vorstellen, daß dieser Deutsche in solch einem Auto vorfahren würde. Toni lud die Koffer aus.

»Caballero, adios! Hasta muy pronto. Mi casa es tu casa, mein Haus ist dein Haus«, sagte Toni mit einem Schulterklopfen, und bevor Michael sich bedanken konnte, war Toni in seinem Coupé vom Hof gefahren. Es war nicht so, daß Toni sich nicht weiter um seinen Gast kümmern wollte, vielmehr war es eine Art natürlicher Diskretion, daß er seine Nase nicht sofort in die neuen Verhältnisse hier hineinstekken wollte. So stand Michael also mit seinen Koffern vor dem Hostal und sah Pepe an. Pepe wiederum sah ihn an.

»Yo soy Michael Weidling! Es usted Pepe?« Pepe sprang auf und reichte ihm beflissen die Hand.
»Entschuldigung, Señor Weinlin – Ich wußte nicht . . .«, und während er Michaels Koffer auf dem grünen, halboffenen Landrover absetzte, ihm sogar die Tür aufhielt und ihn dann den Berg hoch zum Haus der Möllers chauffierte, erkundigte er sich immer wieder nach den Einzelheiten der unglücklichen Umstände, die Michael als Gast auf Mallorca zu erdulden gehabt hatte.
Pepe war vor Jahren in einer Baumschule von Möllers Nachbarn als Gärtner abgeworben und an eine Reihe deutscher Residenten und Hausbesitzer weiterempfohlen worden. Er hatte offenbar die Manieren angenommen, die die Deutschen von ihm erwarteten. Mit den Jahren war aus dem spanischen *jardinero* Pepe eine Art eingedeutschter Gärtner für die höheren Ansprüche geworden. Pepe führte den Gast der Möllers durch das Anwesen wie ein kleiner Hoteldirektor, der auf die Vorzüge und Bequemlichkeiten des Hauses hinwies.
»Und hier meine Telefonnummer«, sagte Pepe noch. Michael war müde und ahnte, daß er Pepe nur mit einem ordentlichen Trinkgeld loswerden konnte. Dann war er endlich allein. Allein mit sich in einem schönen Haus. Erste Herberge für die Zeit bis Weihnachten. So hatte er es gewollt, eine Art Laborversuch mit der Person Michael Weidling ohne das Netz der zahllosen Freunde, Bekannten und Arbeitskollegen, der Ansprüche und Verpflichtungen, die ihn auf so vielfältige Weise in Deutschland angebunden, aber auch durchs Leben getragen hatten. Er wollte wissen, was von seiner Person bleibt, wenn man all das von ihm

abzieht, und noch viel wichtiger: was aus ihm werden könnte. Sein Blick fiel auf das Telefon. Verlockend, sich in Deutschland zu melden, eine vertraute Stimme zu hören. Er stellte den Anrufbeantworter ein und dann den Fernseher: Deutsches Fernsehen, seine Kollegen vom Mittagsmagazin bei der Arbeit. Er stellte den Ton leiser und sah das werbende Lächeln der Moderatorin, die dem Zuschauer irgendwelche Kinkerlitzchen als Sensationen zu verkaufen hatte. Die ganze Suppe von Nachrichtenmaterial, die jeden Tag über die Zuschauer ausgekippt wurde und ohne die viele Menschen nicht mehr leben konnten. Michael zog den Stecker aus der Dose. Das Bonner Parlament und irgendein aufgeregter Redner schrumpften zu einem weißen Punkt und waren dann endgültig verschwunden.

3.

Das Leben ist einfach – Barbara und ein altes Steinhaus in Deià

Bis zum unteren Dorf Deià, dem *Es Clot*, hatte sich herumgesprochen, daß der Gast der Möllers endlich angekommen war. Antonia, die vom ersten Tag an bei den Möllers als Hilfe im Haushalt arbeitete, hatte bereits am Vortag das Haus in Ordnung gebracht. Jetzt überlegte sie, ob es richtig sei, noch vor dem Ende der Siesta hochzugehen, um nach dem Gast zu schauen.

Auf der anderen Seite des Tals, oberhalb Deiàs, lebte Barbara Mühlmann in einem alten Natursteinhaus, das sie vor fünfzehn Jahren gemeinsam mit ihrem Mann renoviert hatte. Die ersten Jahre waren sie noch zusammen auf die Insel gefahren, hatten hier schöne Sommer und erholsame Abstecher in Herbst und Frühjahr erlebt. Dann besuchte Peter Mühlmann seine Frau irgendwann nur noch für wenige Tage während seines Urlaubs, und schließlich kam er gar nicht mehr. Er hatte sich einfach aus ihrem Leben geschlichen. Barbara Mühlmann siedelte dann ganzjährig auf die Insel über. Noch besuchten sie die Kinder im Sommer. Ihren Mann überließ sie seiner neuen Freundin und dem Stahlgeschäft. Keine Scheidung selbstverständlich. Monatlich kam der Scheck. Das Haus wurde ihr überschrieben. Ein Arrangement.

Ein Anruf ihrer Freundin Petra Möller hatte sie auf den Besuch aus Deutschland vorbereitet. Ein delikater Fall:

Erfolgreicher Fernsehmann hatte alle Zelte über Nacht abgebrochen, denkt, er könne allein ein Jahr auf der Insel leben. »Melde dich bei ihm. Er sieht übrigens ganz gut aus. Vielleicht . . .«

Barbara hatte sich vorbereitet. Wenn man das ganze Jahr auf der Insel verbringt, ist ein gewisser Schlendrian unvermeidlich. Warum wöchentlich zum Friseur, wenn man jeden Tag schwimmen geht? Warum die Figur täglich trimmen, wenn interessanter Besuch so selten ist? Nicht anders war es mit der Kleidung. Barbara hatte sich vor den Spiegel gestellt und gesehen: Hier war eine Menge zu tun. Das war vor etwas mehr als einer Woche, und nun hupte Pepe unten und gab ihr Zeichen. Michael Weidling war eingetroffen. Sie kannte ihn aus dem Fernsehen und war gespannt, ihn kennenzulernen.

Nach dem Besuch von Antonia aus dem Es Clot war Michael im Garten im Schatten eines Feigenbaums eingeschlafen. Als die Sonne hinter den Bergen verschwand, fuhr bald ein kühler Wind durch den Garten, und Michael wachte leicht fröstelnd auf. Es war sechs Uhr. Zeit genug, einen Spaziergang ans Meer zu machen.

Ein alter Ziegenpfad führte ihn durch Olivenhaine, vorbei an steinernen Stallungen und herunter ans Wasser. Dort, wo die Vegetation endete und die Felsen einen großen Vorsprung ins Meer bildeten, erkannte er ein kleines Plateau, das ein Stück über dem Wasser schwebte. Michael setzte sich auf die Steine. Am Horizont war hinter den Bergen die Sonne als rote, leuchtende Scheibe wieder aufgetaucht und schickte ihr flüssiges Kupfer über die Wellen hin bis zu seinen Füßen, wo die Brandung gegen den Felsen schlug, so daß die Fetzen der Gischt immer wieder sein Gesicht trafen.

Deutlich konnte er das Salz auf der Zunge spüren. Allmählich ließ er sich von dem monotonen Rhythmus der großen Bewegung ergreifen. Wie das wohl war, als vor fünfzig oder sechzig Millionen Jahren dieses Meer verdunstet und ausgetrocknet und nach und nach das Leben vom afrikanischen Kontinent in dieses Becken vorgedrungen war? Er sah sie vor sich, die Antilopen und Elefanten, wie sie in der Steppe ihre Bahnen zogen, bis sich nach einer weiteren Million Jahren die Meerenge bei Gibraltar wieder öffnete und die Wassermassen der Ozeane wie ein tausendfacher Niagarafall in diese Tiefebene strömten. Gemessen an einem Tag war das Kapitel der menschlichen Zivilisation nur die letzte Sekunde in der gewaltigen Geschichte des Planeten.

Eine Vorstellung, bei der ihm immer ganz schwindelig wurde. Ganz so wie in den Alpen, wenn er sich bei seinen Wanderungen mit Christiane oben auf einem Dreitausender über die Kante gelehnt hatte, um den Sog und die Kraft der Tiefe zu spüren. Christiane hatte darüber gelacht: »Herr Weidling liebt den Schwindel, er ist ja schwindelgeil. Michi, mi amor! « Es war schon pikant, wie diese Frau mit ihm spielen konnte, vom Du zum Sie hin und her wechselte. Ihn von sich wegstellte, um ihn dann im nächsten Moment – »Michi, mi amor« – ganz dicht an sich heranzuholen.

Eine Wolkenbank schob sich vor die flimmernd rote Scheibe, die nun fast das Meer berührte. Die Blinkfeuer eines Flugzeugs senkten sich langsam über die Insel. Sechsundvierzig Jahre kroch ein Menschlein namens Weidling bereits über diese Kruste – ein Nichts. Diese etwas sentimentalen Gedankengänge führten ihn direkt in seine letzten Jahre zu Hause. Wie wichtig hatte er sich genommen, wenn er seine kleinen Neuigkeiten mit bedeutungsvollem Blick aufgeregt in die Mikrophone gekräht hatte, damit die Millionen vor dem kleinen Kasten den Reporter aus Bonn erkannten und seinen Namen auswendig lernten. Schwindel, alles Schwindel. Christiane hatte schon recht. Er war schwindelgeil. Gegen die Masse der Menschen ohne Namen hatte er sich einen Namen gemacht, sich selber vor dem Grusel, nicht erkannt zu werden, eine Rolle oben auf der Bühne zugeschrieben. Und jetzt war ihm der Text abhanden gekommen. Was für ein Glück, daß ich in diesem Studio den Faden verloren habe, dachte Michael, ich hätte sonst endlos weitergesabbelt. Er wandte sich um und holte aus einem Beutel das heraus, was er sich oben im Haus eingepackt hatte. Eine Flasche Wein, ein Brot, das Antonia mitgebracht hatte, und etwas Käse.

Sonne hebt die Röcke
Setzt den Arsch ins Meer
Geile Wolkenböcke
Stoßen hinterher.

Dieser Vers aus der Schülerzeit fiel ihm ein. Wie anders sie alle damals gewesen waren! Die Oberstufe bestand nur aus Architekten, Kapitänen, Journalisten, Chefärzten, Malern und großartigen Strafverteidigern. So einfach und klar war das gewesen. Ob man noch einmal zurück konnte in das Gefühl und die Entschlossenheit dieser Jahre? In die kraftvolle Blindheit vor allen späteren Erfahrungen? Ein Leben ohne diesen Rucksack voller Einwände, Vorurteile, Vorsicht und

Verbote? War es wirklich so unvernünftig, daß er etwas von diesem Gepäck abwerfen wollte?!
Ein frischer Wind kam über das Wasser. Michael suchte sich im Geröll eines nahegelegenen *torrent*, von den Bergen heruntergespültes Gezweig und Äste, die er zu einem Haufen schichtete. In der Dämmerung zündete er ein kleines Feuer an, und von der Ferne sah man nur noch den Schatten eines Mannes, der eine Flasche hob und trank.
Michael schlief auf der Empore, zu der man vom Wohnzimmer aus über eine kleine Holztreppe gelangte. Ihm gefiel es, in einem einzigen Raum zu wohnen und zu schlafen. Die anderen Türen ließ er geschlossen. Nur das Bad der Möllers benutzte er. Von seinem luftigen Schlafplatz blickte er durch eine Reihe alter Balken in den großen Wohnraum und auf zwei Doppelflügeltüren im spanischen Landhausstil, die den Blick auf eine Sitzgruppe unter einer Pergola freigaben.
Als Michael zum ersten Mal von Pepe in diesen Raum geführt wurde, war er erstaunt gewesen über den Luxus und Aufwand, mit dem die Räume ausgestattet waren. Die Stirnwand wurde von einem großen, mit weißem Marmor umrandeten Kamin französischer Provenienz beherrscht. Zwei in die Wand eingelassene Bücherregale mit Holzapplikationen rahmten ihn ein und lenkten die Aufmerksamkeit auf einen Druck, der in den freien Raum über dem Kamin aufgehängt war. Ein »Miró« – unschwer zu erkennen: blaue, schwarze und rote Figuren schwammen auf graubraunem Grund wie über dem Meeresboden, ein Bild, das wahrscheinlich auf Mallorca entstanden war. Rechts und links von einem niedrigen Tisch aus Glas waren zwei wuchtige blaue Sofas unter den Regalen aufgestellt.

Michael hatte sich gefragt, was diese etwas unangemessene Ausstellung von Geschmack und Geld zu bedeuten hatte. Er hatte sich vorher nie Gedanken darüber gemacht, wie so ein Ferienhaus ausgestattet sein müßte. Er meinte jetzt, daß solche Räume von außen, von der Lage, dem Land, der Insel hier und den Menschen mit ihren einfachen Lebensabläufen bestimmt sein müßten: ein Tisch, ein Stuhl, ein Bett. Die Häuser der Mallorquiner sahen sicher anders aus. Dabei ertappte er sich, daß er darüber nachdachte, wie ein Haus für ihn selbst auszusehen hätte.

Der Regen trommelte aufs Dach und weckte Michael an diesem Morgen früher, als er es sich vorgenommen hatte. Ein schwerer Nordwestwind trieb vom Atlantik ein Unwetter bis vor die Nordküste Mallorcas, und schwarze Regenwolken waren an dem Tramuntana-Gebirgszug hängengeblieben. Ein kräftiger Wind blies um das Haus und ließ die *persianas* unten auf der Seite der Pergola auf- und zuklappen. Michael war gezwungen, aufzustehen und hinunterzugehen. Arme und Beine waren vom nächtlichen Aufstieg zerkratzt. Mehrfach war er im Dunkeln vom Weg abgekommen und hatte sich mühsam durch Gestrüpp, über Mauern und Zäune seinen Weg gesucht. Es war noch eine schöne, warme Nacht gewesen, und so hatte er die Türen aufgelassen. Nun regnete es.

»Schlechtes Wetter für euch, Señor Michael, aber gutes Wetter für Mallorca«, sagte Antonia, die am Morgen hinaufgekommen war, um im Haus zu arbeiten, und auf den Garten zeigte, der im Regen dampfte.

»Aber morgen ist es wieder ganz anders. Das ist der Oktober: Wir sagen hier: ›Octubre, mes de tardor, un dia de fred,

s'altre de calor‹, Oktober, der Herbstmonat: ein Tag kalt, ein anderer Tag warm.« Sie übersetzte für ihn das Mallorquín ins Spanische und sprach absichtlich sehr langsam.
Michael konnte es recht sein. Er hatte sich einen ganzen Stapel Bücher mitgebracht, die er in der Abgeschiedenheit, von der er träumte, endlich einmal wieder lesen wollte. Richtig lesen, nicht wie ein Student, der ein Referat zu schreiben hat, oder wie in seinen ersten Jahren beim Hörfunk, als er Literatur für Sendungen zu verwerten hatte. Als stumme Mahnung, Anspruch und Angebot hatten sie schon seit Jahren in seinem Bücherregal gestanden. Aber Michael hatte sich und den Büchern einfach nicht die Zeit eingeräumt, die dazu nötig gewesen wäre. Thomas Mann, Tolstoi, Feuchtwanger, Faulkner und Flaubert waren darunter. Bücher – was für ein intelligentes Medium, dachte er, als sich die Schätze aus seinem Koffer vor ihm aufstapelten. Jahrelang liegen sie da und schweigen. Es braucht keinen technischen Apparat, keinen elektrischen Strom – du schlägst eine Seite auf, und sie fangen an, zu sprechen. Auf der Pergola im Schatten der weißen Glyzinien würde er sitzen und sich Geschichten erzählen lassen. Thomas Mann, zum Beispiel. »Buddenbrooks«, das war es als erstes jetzt. Das Leseexemplar aus den späten sechziger Jahren des cand. phil. Michael Weidling war voller Unterstreichungen, und immer wieder fanden sich hier mit dünnem Bleistift Seitenzahlen am Textrand, mit denen er sich damals das Gewebe von Leitmotiven, Vor- und Rückverweisen in diesem literarisch-musikalischen Kunststück zergliedert hatte. Damals war es der Blick auf die Rückseite des Teppichs, dort wo die Fäden sichtbar heraushängen, die vorne das schöne geheimnisvolle Bild zusammenhielten.

Diesmal war es ein doppelter Blick: Er konnte sich bezaubern lassen und zugleich mit Staunen dem Handwerk dieses Zauberers zusehen.
»Thomas Mann ist einfach albern«, damit hatte ihm in der Vorlesung sein Freund Uwe, der linke Uwe, der schon im SDS die großen Töne gespuckt hatte, das »Epische Theater« von Brecht auf den Tisch gelegt. In den sechziger Jahren wurde Thomas Mann für viele Freunde zum Repräsentanten der muffigen, bürgerlichen Gesellschaft. Auf den Müllhaufen der Geschichte wollten sie ihn packen, bestenfalls als Steinbruch für soziologische Studien verwenden. Nun, die Geschichte hatte gezeigt, wie albern es sein konnte, am Fliegenfänger einer großen Ideologie zu kleben und im Tausch für die »wissenschaftliche Erkenntnis der Gesellschaft und Geschichte« seine persönliche Wahrnehmung, das zentrale Organ eines Künstlers, aufzugeben. In diesem Punkt hatte Thomas Mann gegen Bertolt Brecht recht behalten.
So las Michael bis tief in den Nachmittag in dieser deutschen Familiengeschichte. Es war allerdings verflixt: Immer wieder schoben sich die Kinofiguren aus der Verfilmung des Romans zwischen ihn und den Text. Hansjörg Felmys Stimme war zu hören, wenn der Senator Buddenbrook anhob, und der traurig-komische Hans Lothar sprach die Texte seines liederlichen Bruders Christian. Tony, ihre Schwester, hatte das Gesicht von Lilo Pulver. Da war nichts zu machen. Aber von Seite zu Seite entstand doch ein neuer, anderer Film in ihm, in den sein eigenes Leben mit hineinspielte und aufleuchtete. Als Morten, der scheue Sohn des Lotsenkommandanten, endlich wagte, das hochgestellte

Fräulein Mademoiselle Tony Buddenbrook zu küssen und sie dann doch nicht bekommen sollte, war es dieser traurig schöne Moment von einem verfehlten Leben, an dem er angelangt war, als sich das Gartentor öffnete. Ein Pagenkopf mit Sonnenbrille lächelte ihn an. Barbara Mühlmann hatte für ihren ersten Besuch lässige Shorts ausgesucht. Auch das weiße Hemd und die Segeltuchschuhe paßten gut zu ihrem matten Bronze-Braun, mit dem sie aus dem Garten auf die Natursteinterrasse trat. Sie überreichte ihm einen Strauß wilder Rosen.

»Für Sie, Michael! Herzlich willkommen in Deià.« Michael ließ das Buch sinken, nahm die Rosen und stach sich dabei in den Finger.

»Ist ja märchenhaft«, sagte er nur.

»Um Gottes willen, ich habe mich noch nicht einmal vorgestellt. Und dann das!« Während sie ihm ein Taschentuch reichte und mit den Rosen in die Küche ging – »Ich kenn' mich hier bestens aus« –, erzählte sie von ihren Freunden, den Möllers, und daß man sie am Telefon gebeten hatte, sich etwas um Michael zu kümmern.

»Natürlich nur, wenn es Sie nicht stört, wenn ich Sie nicht belästige.« Damit saß sie neben ihm. Sie hatte aus dem Wohnzimmer eine Flasche *Suau*, einen mallorquinischen Weinbrand, und zwei Gläser mitgebracht. Michael war sprachlos, brachte immerhin ein »durchaus nicht« hervor und schenkte höflicherweise selber den Begrüßungstrunk ein. Er erinnerte sich: Der Name Mühlmann war in Deutschland gefallen. Aber es war fast ausnahmslos von Herrn Mühlmann die Rede gewesen. Nun saß also seine Frau vor ihm, mit der erkennbaren Absicht, sich umfassend um ihn zu kümmern. Sie hatte viel Zeit, sie lebte solo. Hinter der Maske ihrer forschen Aufgeregtheit spürte Michael eine Spur von Hilflosigkeit.

»Ich laß Sie auch sofort wieder alleine. Sie müssen mir nur eines versprechen: Ich darf Sie heute Abend abholen und Ihnen Deià zeigen, dort kann man wunderbar essen . . .«

»Ich kenn' das schon aus dem Fernsehen . . .«, versuchte Michael abzuwehren, »Hotel Paradiso . . .«

»Nein, nein, in Wirklichkeit ist hier alles ganz anders!«

Er war für den Abend verabredet.

Das Restaurant *El Olivo* in Deià gilt als eines der schönsten auf der Insel, ob es auch die beste Küche hat, darüber streiten sich die Gourmets. Das Restaurant und das dazugehörige Hotel La Residencia waren am Ortsrand in einem alten mallorquinischen Herrenhaus untergebracht. Den großen Saal des Restaurants hatte man in einem Nebenhaus eingerichtet. Vier Meter hohe Doppelflügeltüren gaben den Blick auf das obere Dorf von Deià und weiter unten auf die Steilküste frei. Fast sieben Meter hoch ragten die warmgelb verputzten Wände, die im hinteren Teil von einer Galerie mit einem schweren Holzgeländer unterbrochen waren. Handgeschöpfte rotbraune Terracottaplatten waren in den Boden eingelassen. Korbstühle standen um schneeweiß eingedeckte Tische; dazwischen meterhohe Palmen, die den Raum aufteilten. Ein großer, verputzter Rundbogen gegenüber den Fenstern bildete einen Durchgang und vervollständigte den Eindruck einer Vier-Sterne-Rustikalität. Nicht unangenehm, aber in seiner raffinierten Auswahl und Zusammenstellung mallorquinischer Kulissen war das Kalkül auf diejenigen Gäste erkennbar, die aus Düsseldorf oder Hamburg angereist waren, um sich an diesem Platz ihre Vorstellung von mediterraner Kultur bestätigen zu lassen. Hier hatte Barbara einen Tisch unter den großen Fenstern für den Abend reserviert. Für einen Aperitif hatten sich die beiden zunächst an der Hotelbar niedergelassen. Zwei Gläser mit Champagner standen vor ihnen, und während sie sich mit einem ersten Schluck in Stimmung brachten, weihte Barbara Michael in die Geheimnisse und Hintergründe dieser Herberge ein:

»Als ich noch mit Peter zusammen war und wir unser Haus renovierten, begann auch das hier gerade. Axel aus Düsseldorf hat damals fast das ganze Dorf Lluc-Alcari gekauft, die Häuser in Tranchen aufgeteilt und zu horrenden Preisen Stück für Stück an das wohlhabende Deutschland verkauft. Nachdem er die Residenten angesiedelt hatte, konnte der schlaue Bursche seinen Gästen von dem Gewinn auch das entsprechende Restaurant einrichten. Wo sollten sie auch sonst am Abend hingehen? Für Besucher wurde ein Hotel gebaut. Jetzt ist hier ein englischer Milliardär eingestiegen.« Zwischen den Gläsern, die mit Champagner nachgefüllt wurden, stand Barbaras kleine Taschenlampe, das sichtbare Kennzeichen der Residenten von Deià. Michael, der nur mit mäßigem Interesse den Geschichten vom erfolgreichen Kauf und Verkauf von Häusern zuhörte, kam von einem merkwürdigen Bild nicht mehr los. Als sie vom Haus der Möllers die Bergstraße zu Fuß hochgingen, hatte Barbara ihre Taschenlampe angeknipst, und immer wieder begegneten sie Fußgängern mit Lichtern in der Hand.

»Das brauchen wir hier. Einmal, um unseren Weg zu finden, zum anderen ist es lebensgefährlich, auf der Bergstraße ohne Licht herumzulaufen«, hatte Barbara erklärt.
»Lauter Glühwürmchen, DM-, Dollar- und Pfund-Glühwürmchen, die hier herumsurren«, hatte er etwas gehässig geantwortet.
»Nein, nein«, widersprach Barbara, «das sieht nur so aus. Unter den Residenten sind immer noch eine ganze Reihe Künstler, die ja schließlich den Ruf von Deià begründet haben.« Mit der Aufzählung kam sie dann allerdings nicht weit. Robert Graves, der Schriftsteller, war schon tot. Den Maler Mati Klarwein kannte Michael nur als den Schöpfer eines Jimmy-Hendrix-Covers, und die anderen Namen sagten ihm gar nichts! Die Basteleien und Batik-Sachen im Hippie-Laden, an dem sie vorbeigekommen waren, waren nur biederes Kunsthandwerk. Allerdings, Jakov Lind und Edna O'Brian kamen wohl zeitweise hierher. Das waren Namen, mit denen sich der Künstlerort Deià schmücken konnte.
Manche der Deià-Künstler, die sich hier früh ein preiswertes Haus gekauft hatten, hatten irgendwann den Mehrwert realisiert und waren wieder weggezogen.
»Ist ja märchenhaft«, staunte Michael wieder einmal, als sie jetzt den Speiseraum betraten und von einer freundlichen jungen Bedienung an ihren Fensterplatz geführt wurden. Der Raum war jetzt in das Licht zahlloser Kerzen eingetaucht. Barbara bestellte einen Gemüseteller, aber Michael mußte unbedingt etwas Typisches von der Insel kennenlernen, und weil die *dorada* hier gefangen wird, entschied er sich für Zahnbrasse mit Thymian. Dazu tranken sie einen trockenen weißen *Ribas* aus Consell.

»Fällt Ihnen das auch auf«, fragte Michael, als er später die Dessertkarte studierte, »in diesem Lokal wird hauptsächlich Deutsch gesprochen – vielleicht noch Englisch, aber kein Spanisch.«
»Das fällt mir gar nicht mehr auf. Wir leben hier praktisch in einer deutschen Kolonie. Untereinander sprechen die Engländer englisch und wir deutsch. Früher, am Anfang, war das hier noch spanischer.«
»Sprechen Sie Spanisch?«
»Selbstverständlich spreche ich inzwischen genug Spanisch, um mit Putzfrauen, Gärtnern und in den Geschäften klarzukommen . . .«
»Und Mallorquín?«
»Mallorquín?! Die Mallorquiner sprechen doch Spanisch.«
Barbara empfahl die Crème brulée: »Das ist eine Art Crème caramel, ganz raffiniert. Man brennt mit einem glühenden alten Bügeleisen eine Zuckerkruste ein. Köstlich! Das müssen Sie probieren.«
Während des Essens hatte sie schon ein bißchen in seiner Biographie gestöbert und gleichzeitig immer wieder freimütig aus ihrem Leben erzählt.
»Was suchen Sie eigentlich auf der Insel?« fragte sie schließlich. »Soweit ich weiß, haben Sie hier schließlich weder Freunde noch Bekannte – von den Möllers mal abgesehen, Sie kennen hier doch niemanden!«
Er zögerte, und bevor er antworten konnte, drehte Barbara die handgeschriebene Speisenkarte um und reichte ihm ihren silbernen Kugelschreiber herüber.
»Sie wollen doch wohl kein Autogramm?«
Michael schob das Papier zurück.

»Fast so etwas wie ein Autogramm«, Barbara strahlte ihn an, »ein Experiment. Bitte malen Sie einen Baum für mich. Ganz spontan, ohne nachzudenken, das liegt Ihnen doch sicher!«
Während auf der Speisenkarte vor ihm ein Baum in die Luft wuchs und erst an den Grenzen der Speisenkarte haltmachte, entschuldigte sich Michael mehrmals:
»Also ich kann eigentlich nicht zeichnen. Das wird hier eher eine Eichentanne, so was wie der Baum an sich.«
Barbara freute sich gerade über diesen Urbaum, den Michael ihr rüberschob.
»Genau was ich gedacht habe! Das Papier reicht Ihnen nicht aus. Bis an den Rand stoßen ihre starken Äste. Wunderbar!«
Mit der Rückseite ihrer Gabel malte sie eine Wellenlinie auf die weiße Tischdecke.
»Das sind Sie. Ich brauche gar nicht zu raten: ein Wassermann!«
Michael staunte über den astrologischen Zauber.
»Treffer. Siebzehnter Zweiter. Wie kommen Sie darauf?«
»Luft«, sie ließ die Crème brulée stehen. Ihre Hände flogen hoch und flatterten über dem Dessert: »Ihr Element ist die Luft.«
»Meinen Sie, ich bin ein Leichtgewicht?«
»Um Gottes willen«, Barbaras Finger landeten wieder auf dem Tisch, »keine Erdberührung. Immer den Kopf in den Wolken! Und Sie akzeptieren keine Grenzen. Wassermänner sind Lebenskünstler, Freigeister und Erfinder!«
Der Espresso kam mit einem *Eau de vie mirabelle*. Die Flasche blieb auf dem Tisch. Michael genoß es, den klaren Obstler

mit dem süßen Sud vom Kaffee über die Zunge zu schicken. Er spürte jetzt die kleine angenehme Explosion über dem Zwerchfell. Als er nachschenkte, wurde er hellwach und leicht zugleich. So beobachtete er amüsiert, wie Barbara ihr großes astrologisches Besteck vor ihm ausbreitete und mit diesem Schlüssel von Minute zu Minute tiefer in seine Wassermannexistenz vordrang. Eigentlich war er ein Vogel, ein Lebewesen, das sich von oben die Welt mit ihrem Getriebe spöttisch betrachtet. Soweit hatte sie vielleicht recht. Aber es war für Barbara wohl mehr als ein Gesellschaftsspiel. Glück und Gefühle der Menschen füreinander, ja der gesamte Lebensweg schien ihr vom Stand der Gestirne geführt und bestimmt. Den Zufall, eine von Michaels Erklärungen für seinen Aufenthalt in diesem Labyrinth – genannt Leben –, wollte sie nicht akzeptieren.

»Warum sitzen wir hier, wir beide?«

»Ich hatte Hunger!« gab Michael zu bedenken. Aber Barbara schüttelte energisch ihren Kopf.

»Im weitesten Sinn, vielleicht. Sie müssen wissen, vor Ihnen sitzt eine Waage. Ebenfalls ein Luftzeichen. Diese luftige Existenz, das ist es, was Wassermänner für Waagefrauen so interessant macht. Vielleicht hab ich es deshalb so schnell erraten.«

Michael langte zum Eau de vie und schenkte nach. Sie tranken. Als er dann sein Geburtsjahr nannte, wurde aus dem Vogel eine Ratte. Barbara hatte das chinesische Horoskop hinzugezogen, und wiederum fügte es sich so, daß die Sterne Barbara und Michael seit Jahren diesen Tisch in Mallorca reserviert hatten. Michael stemmte sich vergeblich gegen den Lauf der Himmelskörper und ließ sich von Glas zu Glas

in dieser Nacht immer tiefer in die Welt der Aszendenten, Himmels- und Feuerzeichen einführen. Mit Hilfe des Sonnenstandes bei seiner Geburtsstunde wurde er in ein viertes Haus einquartiert, und er ließ sich dort bequem nieder. Zweiundzwanzig Uhr, das wies auf große Sensibilität hin. Nicht schlecht. Damit ließ es sich leben.
Barbara überhörte den milden Spott. Sein Lebensbuch lag nun einmal aufgeschlagen vor ihr, und sie las ihm daraus vor. Er sah sie sich dabei an, eine Frau, die für ihn – eingetaucht ins Lebenswasser – Minute für Minute schöner wurde. Ohne die Sonnenbrille erkannte er ein Paar smaragdgrüne Augen, und jetzt glaubte er sogar, einen Schimmer von Bernstein darin zu sehen. Sie trug ein lachsfarbenes Bustier, darüber eine schwarze, durchsichtige Chiffonbluse. Der Rattenvogel liebte das Unverbindliche, den Flirt. Ja, sie hatte ihm schon wieder eine Wahrheit aus seinem Himmelsbuch vorgelesen.
»Aber trifft das nicht auf so viele Skorpione, Jungfrauen und untreue Löwen zu?«
»Michael – Sie glauben an die Macht der Gene und des Kontos. Aber es gibt noch andere Erbteile, die wir bei der Geburt mitbekommen. Möglichkeiten und Anlagen, die in uns liegen und die sich entwickeln wollen. Ihr Wunsch, aus Deutschland abzureisen – Sie sehen das wie Ihren eigenen Entschluß an. Aber früher oder später mußte der Wassermann in Ihnen seine Fesseln sprengen! Dieser Blackout beim Kanzler, das war Ihr gutes Gestirn. Daß ihr klugen Kerle das nicht verstehen wollt!« Barbara zog seine Hand an sich heran.
»Es ist die alte Wahrheit der Märchen. Da sitzt ein Frosch vor mir, und der möchte gerne erlöst werden. Deshalb sind Sie auf der Insel.«

Seine Anlagen wollten sich verwirklichen - soweit hatte sie schon recht. Auch der Frosch in Michael ahnte langsam etwas von einem märchenhaften Aufstieg in ein königliches Bett. Und während sie von Häusern und Möglichkeiten redete, dachte auch Barbara immer deutlicher an ihr Haus oben am Hang. So war es nicht verwunderlich, daß sie sich vor der Tür die Sterne ansahen, die ihnen das alles eingebrockt hatten. Dabei schwankte die Waage an der Seite des Wassermanns bedenklich.

»Luftzeichen sind wir beide«, sagte Barbara und leuchtete mit ihrer Taschenlampe in den Himmel.

»Unser Symbol ist die Verbindung von Uranus und Venus.« Dabei führte er sie den Weg zum Steinhaus hoch. Schließlich hatten sie nur eine Taschenlampe.

»Allein, ohne Licht, Michael, von hier zu Ihrem Haus, da könnte Ihnen was zustoßen. Das kann ich nicht verantworten.«

Noch einmal an diesem langen Tag, zum dritten Mal, konnte Barbara Michael überraschen. Sie war für einen Moment im Badezimmer verschwunden. Das war, nachdem sie zur Musik von Nat King Cole ein bißchen getanzt hatten. Das alte Steinhaus war nur von wenigen Kerzen erleuchtet. Das, was er hier sah, gefiel ihm viel besser als bei den Möllers. Die Natursteinterrasse ging in den Wohnraum über, und die im Putz noch sichtbaren, aus dem Felsen geschlagenen Steine stammten von dem Berg, auf dem das Haus stand. Ebenso fügte sich die bescheidene und unaufwendige Einrichtung der Räume in das gesamte Bild ein. Den großen, alten Holztisch umgaben Sessel mit kräftigem Strohgeflecht und farbigen Kissen. Eine kleine Sammlung von *greixoneras*, dem feuerfesten, irdenen Kochgeschirr der Mallorquiner, ein alter Spiegel und die Vasen auf dem Brottisch waren sicher über Jahre mit viel Liebe auf der Insel zusammengesucht worden.

»Quizás, quizás, quizás, estás perdiendo el tiempo – wer weiß, wer weiß, vielleicht verlierst du deine Zeit . . .«, sang jetzt der Plattenspieler, als Barbara die Badezimmertür wieder öffnete. Und das, was Michael dort als Schattenriß gegen das helle Licht im Türrahmen erkennen konnte, bestätigte ihr Horoskop auf der Stelle: Uranus erkannte Venus. Er ging auf die grünen Augen zu. Ihre Lippen kamen näher und öffneten sich.

»Ich hab' es dir gesagt: Das Leben ist einfach, und hier auf der Insel . . .« Vielleicht hätte sie noch sagen wollen »ganz besonders« oder »wirst du es kennenlernen«. Michael lernte es kennen.

4.

Treiben im Strom:
Das Paradies und seine Umgebung

»Oktober, ein Tag kalt, der andere warm«. Antonias Vorhersage war schon richtig gewesen. Sie hätte auch sagen können: vormittags Sonne, nachmittags Regen. Es gab Tage, die wie ein strahlend schöner Sommertag einsetzten; die Temperaturen stiegen mittags noch bis weit über zwanzig Grad und lockten Michael mit seiner Badetasche nach unten an den Strand.

Selbst an dieser Küste, wo die Felsen tief ins Meer abfielen, hatte sich das Wasser erst auf achtzehn, vielleicht neunzehn Grad abgekühlt. Schöne Stunden am Meer waren das noch, in denen Michael allein auf seinem Plateau saß, und dann immer wieder der Augenblick, wenn er nach einem schnellen Spurt, mit dem er sich im frischen Wasser warmgeschwommen hatte, auf den Rücken drehte, um sich treiben zu lassen. Flaschengrün war jetzt das Meer, das ihn trug, und auf den Felsen, die graugelb im Sonnenlicht aufleuchteten, standen vom Ufer hoch und dicht die knorrigen »pinos« mit ihren immer grünen, vom Wind verformten Wipfeln, zwischen denen sich die weißen Flecken der Landhäuser und Stallungen, an denen er gerade noch vorbeigekommen war, deutlich abhoben. So ließ er sich von der Strömung ein Stück an der Küste entlangtreiben. Ihm wurde dabei ganz leicht zumute. Die Welt war schön. Zumindest dieses Stück von der Welt. Das waren dann Augenblicke, in denen er mit

sich selber und mit seiner Entscheidung einverstanden war.
Über den Bergen sah er noch das klare Blau, da hatten sich in seinem Rücken bereits graue Wolken zusammengezogen. Ein heftiger Wind türmte die Wellen plötzlich zu unerwarteter Höhe auf, und Michael - obwohl ein geübter Schwimmer - hatte Mühe, sein Plateau wieder zu erreichen. Ein Platzregen begleitete ihn den Bergpfad hinauf, so daß er völlig durchnäßt in seinem neuen Zuhause ankam. Herbstlich kalt war es plötzlich, so daß es sich lohnte, ein Feuer im Kamin anzuzünden. Antonia hatte alles vorbereitet und sich im übrigen gewundert, warum Michael den Kamin nicht schon am Abend zuvor benutzt hatte.
So ging das auch in den nächsten Tagen. Bis tief in die Nacht saß er dann am Feuer und las, um dann in einen langen, traumlosen Schlaf zu fallen. Überhaupt schlief er viel in diesen ersten Tagen, länger und tiefer, als er sich je erinnern konnte.
Einmal fand er einen Strauß roter, wilder Rosen vor seiner Tür, die ihn an ein Paar smaragdgrüner Augen erinnerten. Michael hatte mit Barbara vereinbart, daß er sich bei ihr melden würde. Sie hatte verstanden. Nun dufteten wilde Rosen in seinem Garten, und es freute ihn. »Das Leben ist fácil«, hatte sie gesagt. Als er in der ersten Nacht auf den Schattenriß in der Tür zugegangen war, hatte er kaum die Bewegung gespürt, mit der sie sich ihm geöffnet hatte, wie sie sanft seinem Körper nachgab. Die Anstrengungen ihrer überdrehten Unterhaltung zuvor waren dann mehr und mehr von ihr gefallen, als sie spürte, daß sie Michael mit sich nehmen konnte. Als Barbara dann tief aufseufzte, sprach sie seinen

Namen, als ob er nun für immer bei ihr bleiben sollte. Er sah Tränen in ihren Augen. Sie hatten nicht darüber gesprochen, waren einfach eingeschlafen. Später am Morgen, als er in ihrem Haus mit dem Blick über Deià aufwachte, war sie bereits angezogen und hatte unten etwas Ordnung gemacht. Sie nannte ihn jetzt Michael und »du«, aber es klang doch ganz anders. Ein festes Kleid aus Worten, vielen Worten, Redensarten und Planungen für die kommenden Tage hatte sich wieder um sie gelegt. Dies alles sah Michael vor sich, als er den Bund wilder Rosen fand. »Fácil« war das nicht, das war klar. Aber was war es dann?

Für die nächsten Tage hatte er sich ihrer freundlichen Führung durch den Ort Deià und die Umgebung unterworfen. Einmal waren sie durch die Gassen des oberen Ortes hinauf zur Kirche neben dem alten Friedhof gestiegen. Ein Weg, der vorbei an Bildern der Leidensgeschichte Jesu führte, die in den Bruchsteinmauern am Wegrand eingelassen waren. Ein Kreuzweg, der, wie auch an anderen Orten der Insel, den Opfergang Jesu von Nazareth hinauf zum Ölberg darstellt. Mit kindlicher Gläubigkeit und naivem Realismus waren hier die biblischen Szenen aufgemalt, so daß die Gläubigen, die hier ihren Rosenkranz auf dem Weg bis hin zur Richtstätte beteten, immer wieder an die Einzelheiten dieser Geschichte erinnert wurden.

»Das katholische Spanien«, Barbara zeigte auf die mit soviel Eifer aufgemalten Blutstropfen, »das darfst du nicht vergessen. Mit ihrer Seele leben die Menschen hier noch tief in dieser religiösen Tradition.«

»Aber nur mit einem Teil«, entgegnete Michael, »die andere Seite kannst du am Strand – oben ohne, FKK – und am Kiosk besichtigen.« Soviel hatte er auch schon in Deutschland den Illustrierten entnehmen können. Die spanische Schikkeria beim Wasserski, die Models und ihre neuesten Liebschaften, das sind die Götter, die jetzt auch hier angebetet werden.

Barbara schüttelte den Kopf.

»Das ist wie ein Sturm über sie hereingebrochen. Ich hab' das zum Teil noch miterlebt. Nachdem nach Francos Tod einmal die Schleusen geöffnet waren . . ., und jetzt geht der Riß mitten durch die Familien. Die Jungen probieren begeistert diese neuen Freiheiten, die Älteren schauen dem oft verständnislos zu.«

Nach dem steilen Aufstieg in der Sonne war es angenehm und erfrischend, durch das kühle Kirchenschiff zu gehen. Sie landeten vor einem Bild des heiligen Sebastián, der sich, an seinen Marterpfahl gefesselt und von Pfeilen durchbohrt, in Schmerzen wand.

»Ein Ferrán«, sagte Barbara. Sie hatte Michael erzählt, daß sie ihr Studium der Kunstgeschichte abbrechen mußte, als sie Peter Mühlmann kennengelernt hatte und dann sehr schnell die ersten Kinder kamen.

»Ich hab' mich damals schon für die spanische Kunst interessiert«, ergänzte sie beim Herausgehen, »aber das ist jetzt fast alles weg. Obwohl ich eigentlich Zeit hätte – diesen Faden habe ich nie wieder aufgegriffen. Man versinkt hier in soviel Alltagskram, in Nichtigkeiten, Bequemlichkeiten und sinnlosen Gesellschaften. Auch wenn man das ganze Jahr für sich hat. Du wirst lachen, am Ende kommt dabei nichts herum, auf das man stolz sein könnte. Wenn man allerdings eine Aufgabe hätte . . .«

Michael antwortete darauf nicht.
Nach dem Abstieg setzten sie sich in die Bar. Michael bestellte sich in Erinnerung an seine erste Nacht in Llucmajor mit Toni einen *vino con sifón*.
»Das war unser Erfrischungsgetränk, bevor es Coca Cola gab«, hatte Toni ihm damals erklärt.
Diese Bar war der Drehpunkt dessen, was Residenten und Touristen sich unter dem dörflichen Leben einer Künstlerkolonie vorstellten. Dort landeten die beiden seit Tagen immer wieder, angezogen von einem Treiben, das ihnen stets dieselben Personen in wechselnden Konstellationen wie auf einer Bühne vorführte. Eine Art touristischer Kunstbetrieb, der den Touristen in langsam vorbeifahrenden Reisebussen von Reiseführern über Lautsprecheranlagen erläutert wurde. Touristen als Statisten für andere Touristen. Nur wenige Figuren, wie der berühmte Scotty aus Key West, schienen hier weiter ihr eigenes Leben zu führen. Viele andere wurden zu Anhängseln eines Unternehmens, das unter dem Label »Deià« ziemlich erfolgreich war. Nur Scotty kümmerte sich nicht darum. Wie eine Art distinguierter *Don Quijote* mit weißem Haar und herabhängendem Bart, saß er neben seinem Ibicenquer Windhund, streichelte ungerührt seinem vierbeinigen Ebenbild das Fell und trank – Asket, der er war – stets Wasser.
»Eine Figur wie aus dem 19. Jahrhundert«, sagte Michael.
Barbara hatte ihm erklärt, daß er ein Amerikaner war, der seit vielen Jahren von Mai bis Oktober auf die Insel kommt, um der Hitze von Key West zu entfliehen.
»Lange wird er aber nicht mehr bleiben.«

Der Wirt und sein Sohn, die hier aufgewachsen waren, und die die eigentümliche Verwandlung ihres Ortes von der Theke ihrer Bar aus bestaunten, hatten es aufgegeben, die Attitüden ihrer merkwürdigen Kundschaft zu verstehen. Sie duldeten sie mißmutig und kassierten. An manchen Tagen, wenn Barbaras altes Steinhaus am Morgen noch in den Wolken lag, wanderten sie durch den Nebel herab in den Ort, um auf dieser Terrasse ganz allein ihren Café con leche zu trinken. Die ersten Strahlen der tiefstehenden Sonne trafen dann schon die Terrasse, und allmählich öffnete sich der große Vorhang über ihren Köpfen, so daß sie Barbaras Haus und die Gipfel der umliegenden Berge nach und nach immer deutlicher erkennen konnten.
Ein Nachmittagsspaziergang führte sie einmal hinunter zum *Torrente des Salt*. Einer der tiefen Einschnitte im Gebirge, durch den sich seit Jahrzehnten die Wassermassen in der Regenzeit ihren Weg hinunter ins Tal suchten. Im Torrente des Salt hatten die Anwohner mit einem künstlichen Flußbett das Wasser nutzbar gemacht. Bis ins Tal waren hier kleine Gemüsegärten, die den Bedarf einer Familie während des ganzen Jahres deckten, angelegt. Überall wuchsen Oliven, Feigen und Aprikosen. Eine Oase zwischen den kahl gewaschenen Felsen des Torrents. Auch in den heißen Sommermonaten führten die Felsformationen dicht unter der Oberfläche noch genügend Wasser. Hoch über ihnen auf der Bergstraße fuhren die Besucher von Deià vorüber.

*

Nach vierzehn Tagen hatte Barbara einen besonderen Vorschlag.
»Im Port d'Andratx gibt es morgen abend eine Party mit viel Prominenz.«
»Deine deutschen Freunde.«
»Sicher auch, wir kennen uns ja fast alle. Man weiß aber vorher nie genau, wer kommt und wie so ein Abend ausgeht.«
»Es sind doch sicher immer dieselben Gesichter, die man da sieht – wie in Bonn auch, oder? Wenn ich daran denke: die Landesvertretungen, Botschaften und Konsulate, man kann jeden Abend auf ein anderes Land die Tasse heben. Ziemlich langweilig, ich bin nur hingegangen, weil es für mich Arbeit war.«
»Natürlich werden auf so einer Party auch hier Geschäfte angebahnt und Neuigkeiten ausgetauscht. Findest du das nicht interessant? Meine Freundin hat mir gesagt, daß vielleicht Michael Douglas vorbeikommen wird.«
So fuhren sie am nächsten Tag bereits am späten Vormittag mit Barbaras altem R 5 die geschwungene Küstenstraße in Richtung Valldemossa entlang. Die Sonne schien durch das offene Schiebedach. Die Fahrt in Richtung Valldemossa war weniger spektakulär als die Fahrt mit Toni nach Deià. Der leicht ansteigende Fahrtweg und der weit ins Meer hinausragende Felsausläufer, hinter dem sich Son Marroig verbarg, verhinderten, daß man irgendwo weiter als zwei bis drei Kilometer in die Ferne sehen konnte. Dafür erkannte Michael jetzt kleine Quellen am Straßenrand, an denen Autos parkten, deren Fahrer Plastikkanister abfüllten.
»Kristallklares Bergwasser«, sagte Barbara. »Ich habe heute morgen unseren Tee damit zubereitet.«

Hohe Stützmauern aus Naturstein sicherten die Quelle und den Fahrtweg gegen Steinschlag. Als Folge der extremen Witterung lösten sich manchmal überraschend Felsbrocken und stürzten auf die Straße. Zwischen den Felsmauern sah man immer wieder schmiedeeiserne Tore, an denen Barbara den Wagen langsamer laufen ließ, damit Michael durch die Einfahrten einen Blick auf die Residenzen und Villen werfen konnte, die versteckt dahinter lagen.
»Da wohnen also die ausländischen Millionäre, die sich hier eingekauft haben«, sagte Michael.
Barbara schüttelte den Kopf: »Nicht nur. Die besten Stücke behalten die Mallorquiner gern für sich selber. Dieses Haus da drüben, das ganz mit dem grünen Efeu und dem roten Wein zugewachsen ist, gehört dem Eigentümer der Coca-Cola-Abfüllung Mallorca. Zufällig war ich mal eingeladen, ein Glücksfall, jemand hat mich mitgenommen. Von einem Mallorquiner in so ein Haus eingeladen zu werden, das kommt ganz selten vor. Das ist eine andere Welt. Ein unvorstellbarer Reichtum: Kommoden, Gemälde und Porzellan. Alles diskret versteckt, hinter großen Mauern, die nichts vorzeigen. Ich leb' jetzt schon fast zehn Jahre hier und könnte dir nicht sagen, was sich hinter den Mauern der meisten Anwesen der Mallorquiner abspielt.«
»Aber in Deià kennt doch jeder jeden!« Michael lachte.
»Ja, aber nur unter den Zugereisten. Das werden wir immer bleiben, Zugereiste! Zu Hause, in der Fremde.«
»Leidest du darunter?«
»Man kann es eben nicht ändern.«
»Hast du es versucht?«
»Nichts zu machen. Die mögen, glaube ich, nur unser Geld.«
»Das glaub' ich nicht«, sagte Michael, »ich möchte es wenig-

stens versuchen«, und er erzählte ihr von Toni und von Llucmajor.

Nach einer Kurve von fast 180 Grad tauchte plötzlich Son Marroig vor ihnen auf. Wie ein großes, mächtiges Schiff war dieser Wohnsitz auf den Felsen gesetzt. Barbara spielte die Reiseleiterin:

»Eines der Anwesen, in denen Erzherzog Luis Salvador gelebt und Anfang des 19. Jahrhunderts die wichtigen Bücher über die Balearen geschrieben hat. Eine Bestandsaufnahme von Land und Leuten.«

»Manchmal bringen die Fremden eben doch mehr mit als nur das Geld.«

Barbara legte die Hand auf Michaels Knie.

»Vor allen Dingen sich selber. Weißt du, wer ihn dort besucht hat? Sissie, die echte Sissie.«

»So ein Bücherwurm, was wollte der mit Sissie?«

»Von wegen Bücherwurm. Unten am Haus hat er sich einen Liebestempel gebaut. Man kann ihn noch heute von der Galerie hinter dem Haus aus sehen. Ein herrlicher Ausblick übrigens von dort oben, schon allein damit hat er die Frauen rumgekriegt. Ich habe gelesen, er war ein Casanova. In dieser Gegend hat er um seine Betten die schönsten Häuser gebaut. In einem dieser kleineren Häuser, nicht weit von hier, hat sich jetzt Michael Douglas mit seiner mallorquinischen Frau einquartiert.«

»Schön zu wissen, daß die Tradition lebt«, sagte Michael.

Hier war die Küste viel sanfter und lieblicher als in Richtung Sóller, wo die Felsen schroffer ins Meer abfielen.

An einem fruchtbaren, grünen Hochplateau vorbei fuhren sie auf Valldemossa zu. Barbara zeigte mitten ins Land.

»Siehst du dort drüben das Herrenhaus? Das ist *Vistamar*, ein Hotel-Restaurant, es würde dir gefallen. Alles sehr mallorquín und ausgezeichnetes Essen.«
Der Wagen tauchte in die grüne, kühle Platanenallee ein, die sie zum Zentrum von Valldemossa brachte. Da sie bis zum Abend Zeit hatten, schauten sie sich die obligatorische Kartause an. Sie wurden noch soeben eingelassen und sollten sich beeilen. Durch die aus dem Mittelalter erhaltene Apotheke des Klosters folgten sie einem Kreuzgewölbegang, an dem die karg ausgestatteten Zellen der Kartäuser lagen. Sie betraten die kleinen Räume, in denen Frédéric Chopin und George Sand gelebt hatten. Einige Reliquien, echte und für echt erklärte Fundstücke sollten an den berühmten Besuch erinnern.
»Ein interessanter, aber nicht sehr amüsanter Winter war das, den die beiden hier verbracht haben. Sie sind im November gekommen und im Februar wieder abgereist.«
»Gott sei Dank, ich habe das ganze Jahr«, dachte Michael.
»Du kennst den Winter nicht. Der kann hier verdammt ungemütlich sein. Vor allem, wenn man allein ist. Die haben hier erbärmlich gefroren«, sagte Barbara und tastete nach seiner Hand.
»Aber sie hatten doch einen Frühling.« Mit diesem Satz zog Michael Barbara auf die Terrasse, den ehemaligen Mönchsgarten, ein Platz, der ihnen ein unvergleichliches Panorama bot. Sanft abfallend unter ihnen lagen die Gärten von Valldemossa. Dahinter verengte sich das Tal, und wie durch ein großes Schlüsselloch sahen sie die weite Ebene, die sich bis ans Meer hinzog, da, wo das Häusermeer von Palma zu erkennen war.

»Die schönste Lage der Welt«, hatte George Sand geschrieben.
»Wie wahr«, dachte Michael und sagte: »Eine Zelle im Paradies.«
Michael drehte sich um. Er musterte noch einmal die engen Räume der Abgeschiedenheit und verglich sie dann mit dem überraschenden Blick in die Weite der Landschaft.
»Die Kartäuser haben hier etwas gefunden, das ausreicht für ein ganzes Leben.«
Barbara lachte: »Ganz einfach, sie warteten auf das Paradies. Da waren sie sich ganz sicher. Und du? Willst du jetzt auch die Kutte nehmen? Das fände ich persönlich sehr schade.«
Michael trat einen Schritt vor, an die Brüstung.
Ein neuer Reisebus, der sich aus dem Tal hochkämpfte, zersägte ihre Sätze.
»Du solltest das einmal bei Nacht sehen, das Lichtermeer von El Arenal.«
Barbara drehte sich um. Hinter ihnen rasselte der Wärter ungeduldig mit seinem Schlüsselbund.

Danach fuhren sie schweigsam durch die dunklen Schatten der Platanenallee hinaus aus Valldemossa in Richtung Andratx. Nach einigen Kilometern kurvenreicher Fahrt erreichten sie wieder die Küstenstraße, dann tauchte Banyalbufar vor ihnen auf. Schon weit vor dem Ort waren Michael die Terrassenanlagen aufgefallen, die wie große Stufen sanft zum Meer herunterführten. »Banyalbufar – Bunida al Bahar, schöne Namen, und wie sie zu diesen Orten passen.« »Ich habe mal gelesen, wie der Name zustande gekommen ist – das arabische Erbe der Insel«, sagte Barbara, »buiola al bahar, das heißt ›kleiner Weingarten am Meer‹. So hieß der Ort vor mehr als siebenhundert Jahren.«

Barbara zeigte auf die Terrassengärten, die in mühsamer Kleinarbeit über die Jahrhunderte in die Steilhänge hineingebaut worden waren.

»Sieh mal, wie klug, die kleinen Weiher dazwischen, das sind die Wasserreservoirs, mit denen hier das ganze Jahr über bewässert wird.«

Michael sah die Felder mit Orangen, Zitronen, Wein und Gemüse. Dazwischen die farbigen Tupfer großer Strohhüte und Kopftücher; Bauern und Landarbeiterinnen in der Tiefe verschwindend klein.

Eine Viertelstunde danach hielten sie in Estellencs zur späten Mittagspause. Der Ort war um einen alten Wehrturm herum wie ein Adlerhorst an den steilen Berg gebaut. Auf der Höhe des Wehrturms hatten sie den Wagen abgestellt und stiegen die Treppen und Gassen in den unteren Stadtkern herab. Im Unterschied zu Banyalbufar mit den Palmen, Glyzinien, Hortensien und Bougainvilleas um die offen gebauten Häuser herum bot Estellencs ein ganz anderes Bild.

»Wie in den italienischen Dolomiten«, sagte Michael erstaunt. »Diese Häuser mit ihren dichten Natursteinmauern und dieses ganz andere Grün: Laubbäume, Zypressen und Platanen erinnern mich eher an Italien. Man glaubt nicht, daß man nur eine Viertelstunde gefahren ist.«

Sie betraten einen Estanco, einen kleinen Tabak- und Lebensmittelladen mit einer Bar im selben Raum. Hier dominierten die Frauen. Mit Kaffee, Wasser und Palo versorgt, saßen sie an den kleinen Tischen und spielten Karten. Auf den Tischen erkannte Michael blaue Schwerter, goldene Sonnen, rote Pokale und Edelleute in farbigem Wams auf den Spielkarten. Weiß Gott, wie lange sie heute schon dasaßen und seit wieviel Jahren sie sich damit die Zeit vertrieben, immer schwatzend und lachend.

»Es geht hier gar nicht ums Kartenspiel«, sagte Barbara, die sah, wie er staunte, »sondern um die Geschichten, die sie sich erzählen.« Barbara zeigte auf den Fernseher, wo sich ein Nachrichtensprecher vergeblich um die Aufmerksamkeit der alten Damen bemühte.

»Deine Kollegen, siehst du! Hier braucht man sie nicht. Die machen sich ihre Nachrichten selber.« Barbara kaufte ihm schließlich eines dieser Kartenspiele: »Für den langen mallorquinischen Winter, den du vor dir hast.«

5.

Zwischen Yoga und Yoghurt – Die Schönen und die Reichen von Port d'Andratx

Vor fünf Jahren, bei seinem ersten Besuch auf der Insel, hatte Michael schon einmal Freunde in Port d'Andratx besucht. Ein »MUSS«, hatte es damals geheißen. »DAS MUSST du gesehen haben.«
»Ein ganz idyllisches Fischernest, und dabei so vornehm.«
Tatsächlich waren Michael schon damals die Luxusyachten im Hafen, die exquisiten Geschäfte neben den noblen Restaurants aufgefallen. Von den Bergen, die das Hafenbekken einschlossen, zogen sich die Villen und Bungalows hinunter bis ans Wasser. Schlichtweg der ideale Ort für einen zweiten Wohnsitz auf Mallorca.

Der zweite Blick auf diese Anlage, jetzt, fünf Jahre später, machte Michael nachdenklich. Die beiden hatten sich am frühen Abend zu einem Aperitif in der Bar unten am Hafen niedergelassen. Es war noch etwas Zeit bis zum Beginn der Party bei den Rettigs. Die Sonne war schon hinter den Bergen untergegangen und zog absinkend allmählich das Restlicht aus dem Himmel. Überall waren die Lichter angegangen, und die Häuser auf den Hügeln, die Schiffe im Hafen und die Terrassen der Cafés waren in ein zauberhaftes Licht getaucht. Für einen Augenblick schienen der Ort und die Menschen losgelöst von der Mühsal der Vergnügungen und der Geschäfte. Die Tische in den Restaurants und auf den Terrassen am

Hafen waren schon eingedeckt. Die Kellner mit ihren weißen Schürzen warteten auf das Abendgeschäft. Hier unten wurde die Bühne für den Abend eingerichtet. Oben in den Villen zogen sich jetzt die Menschen für ihren Auftritt um.
Die ersten Beiboote von den großen weißen Yachten setzten ihre Passagiere am Hafenkai ab. Eine Gruppe gutgekleideter Franzosen in Weiß und Blau. Eine Gruppe Deutscher mit wilden Sechstagebärten, die offenbar plante, den Abschluß eines längeren Segelturns zu feiern, folgte ihnen.
»Gefällt's dir?« Barbara nippte an ihrem Aperitif.
»Irgendwas hat sich verändert in den letzten Jahren; kannst du mir sagen, was es ist?«
»Die Bogenlampen sind neu und die Palmen, aber die pflanzen sie jetzt überall . . .«
»Nein, nein, ich meine etwas anderes«, er blickte auf den Berg gegenüber.
»Natürlich ist hier auch gebaut worden, kräftig, das versteht sich.«
»Das war doch vor Jahren anders, lockerer, nicht so verbaut. Da drüben! Jeder Quadratmeter ist zugebaut. Bis runter ans Wasser. Der Berg ist verschwunden! Das ist es! Es ist jetzt ein Häuserberg!«
Michael war froh, seine anfängliche Irritation erklären zu können. Barbara dachte praktisch: »Hier wird jetzt jeder Quadratmeter verkauft. So etwas ist ja in Deià nicht möglich. Das ist eben Andratx. Du wirst die Leute ja kennenlernen. Von Susanne habe ich dir ja erzählt. Allerdings ist das schon ›Edelandratx‹.«
Die Rettigs hatten vor knapp einem Jahr von einem spanischen Bankier am Ostufer der Bucht, direkt am Wasser,

ein großes Anwesen erworben. Durch die weiträumigen Gärten behielt die Anlage zwischen den anderen Schwalbennestern ihre Exklusivität.
»Vier bis fünf Millionen«, hatte Susanne Barbara beim ersten Besuch zugeflüstert. Susanne nannte Barbara ihre engste Busenfreundin und bewunderte sie dafür, daß diese Frau allein und unabhängig dort irgendwo in den Bergen hauste. Barbara hingegen fühlte sich eher als Susannes Beichtvater, gelegentlich auch als Psychiaterin und Clearingstelle für Susannes ständig unaufgeräumten Seelenhaushalt, Ehestreitigkeiten und die ewig wiederkehrenden Überlegungen, sich endgültig von Rettig, diesem unsäglichen Dietmar Rettig zu trennen, dessen Leben nur noch aus Sonderabschreibungen bestand. Einmal, nachdem sie von einem befreundeten Anwalt ihren Ehevertrag hatte prüfen lassen, beichtete sie Barbara:
»Ich bin auch nur eine seiner Sonderabschreibungen. Wenn wir uns trennen würden, könnte ich mir nicht einmal selber eine eigene Hütte kaufen. Ich bin ganz auf seine Brieftasche angewiesen.«
Als sie sich dem Haus der Rettigs näherten, sahen sie schon von weitem die imposante Ansammlung von Luxuslimousinen, Sport- und Geländewagen und einigen Harley Davidson Motorrädern, die bereits viele hundert Meter vor dem Haus geparkt waren. Barbaras R 5 machte hier einen jämmerlichen Eindruck, fand allerdings dicht am Haus eine Parklücke. Hinter einer großen Glasfassade öffnete sich als ein Halbrund das Vestibül. Hier wurden sie von einem philippinischen Diener mit einer Gästeliste diskret nach ihrem Namen gefragt. Nach dieser Prüfung begrüßte sie dann ein

philippinisches Mädchen mit einer Cocktailauswahl. Barbara und Michael gingen mit einem Glas Champagner an einem Security-Mann vorbei und kamen durch die Doppelflügeltür in einen riesigen Wohnraum, dessen Frontscheiben weit geöffnet waren. Dahinter lag eine noch größere Terrasse, von der man den Hafen von Andratx mit dem kleinen roten Leuchtturm sah.

»Andratx! Unser Andratx, ist der Anblick nicht herrlich?« Susanne fiel Barbara um den Hals und begrüßte Michael.

»Schön, daß Sie mitgekommen sind, ich freue mich ja so für Barbara. Was sagen Sie?«

»Herrlich, Ihr Andratx«, sagte Michael. Er sah sich um, die Party war gut besucht. Die Leute standen überall in großen und kleinen Gruppen, plauderten und tranken. Am Ende der Terrasse, neben dem Pool, spielte eine Combo südamerikanische Musik. Die Rumbas rasselten, goldene Ohrringe und Armreifen antworteten im Takt. Es war überhaupt viel Cartier, Rolex und Designerschmuck unterwegs. Sebago-Bootsschuhe und Flechtlederslipper, China-Hosen von Ralph Lauren mit teuren Sportswear-Jacken oder Dinnerjackets. Dazwischen Chanel-Taschen und gespreizte Long Nails unter perlendem Champagner. So intensiv und lebendig die Gespräche zu sein schienen, konnte man doch beobachten, wie die Gäste ständig über den Rand ihrer Gläser, an dem Gesprächspartner vorbei, den Eingang im Auge behielten. Welch prominenter Gast wird als Überraschung auftreten? Wen kann ich vielleicht kennenlernen? Von wem werde ich gesehen? Der Auftritt eines beliebten deutschen Fernsehmoderators war etwa so eine Attraktion.

»Kinder, ich bin zu spät! Ihr müßt mich entschuldigen!« Sofort hatte er sein Publikum.
»Meine nächste Sendung steht noch nicht. Das Fax rattert den ganzen Tag. Es ist, als wäre Andratx nur ein Vorort von Köln.«
Michael ging in Deckung. Er zog Barbara über die Terrasse die Treppe zum Pool hinunter, wo an einem Grillstand Gambas und Langusten von einem Koch gewendet wurden.
»Por favor, una ración«, bat Michael. Der Grillkoch freute sich. »Con mucho gusto, señor«, und schob ihm eine Auswahl rüber.
»Todo muy fresco.«
»Gracias«, dankte Michael und sagte zu Barbara: »Wahrscheinlich der einzige Spanier auf dieser Party.«
»So ist das«, antwortete Barbara. Sie saßen an einem kleinen Tisch und puhlten die frischen Gambas.
»Hier ist man unter sich. Siehst du das Ehepaar da oben auf der Terrasse?«
»Der mit dem klassischen Anzug und der Achtziger-Jahre-Frau?« fragte Michael.
»Genau die, das ist der spanische Bankier mit seiner Frau, von dem Rettigs das Haus gekauft haben. Sie verabschieden sich schon. Das war nur ein Anstandsbesuch.« Susanne brachte einen smarten Mittfünfziger samt Ehefrau an den Tisch.
»Michael! Sie wollen einfach nicht glauben, daß Sie hier sind. Warum verstecken Sie sich auch hier unten? Man möchte Sie doch kennenlernen.«
Susanne stellte vor: »Familie Bläsfeld.«

»Meine Frau bewundert Sie«, ging Herr Bläsfeld auf Michael los. »Ja, ja, ich sehe praktisch keine Nachrichten mehr, seitdem Sie nicht mehr dabei sind«, fiel seine Gattin ein.
»Wir sind alle ersetzbar. Ich mach' mir da nichts vor.«
»Ganz im Ernst«, Bläsfeld setzte sich zu ihm an den Tisch, »und nicht so bescheiden! Nachdem wir gehört haben, daß Sie ausgestiegen sind, hab' ich gleich zu meiner Frau gesagt«, seine Frau nickte, »der ist zu schade für Mallorca, den holen wir zurück. Wir haben jetzt so viele private Sender. Michael, Ihnen stehen doch alle Türen offen. Leute wie Sie können doch froh sein, daß wir das verdammte Monopol geknackt haben. Denken Sie mal darüber nach!« Bläsfeld schob seine Visitenkarte über den Tisch.
»Wir wollen nicht länger stören, Sie sind ja in Begleitung.« Frau Bläsfeld knipste unter ihrem braungegerbten Indianergesicht ein Lächeln an: »Man sieht sich«, flötete sie süß und verschwand.
Und man sah sich. Susanne schleppte Michael von einem zum andern. Er sah den deutschen Konsul – »Wenn Sie Probleme haben, ich bin immer für Sie da« – und die beiden Amerikaner Thomas und Jeffrey, ganz ausgeschlafene Jungs im wahrsten Sinne des Wortes. Sie verwalteten von der Insel aus ihr Vermögen, schliefen tagsüber und saßen nachts am Reuter-Börsen-Computer.
»Nice place.«
Er sah den Immobilienkaufmann der Insel: »Objekte zwischen zwei und zweieinhalb Millionen gehen weg wie geschnitten Brot. Wir haben auch kleinere Objekte, Herr Weidling, ob am Golfplatz oder am Meer, an mir kommen Sie hier nicht vorbei!«

Er sah den deutschen Bierbrauer. »Dehnt sich enorm auf der Insel aus, macht das ganz schnelle Geld.«
So traf Michael den Yachtcharterer, den ganz großen Restaurantbesitzer, die gefragte Innenarchitektin, den Bauträger mit seiner blutjungen Freundin, den Musikproduzenten, steinreiche Rentner, die sich als Mittfünfziger verkauften, und erbarmungslos geliftete Endfünfzigerinnen mit gutaussehenden Tölpeln am Handgelenk. Und immer wieder der berühmte Moderator: »Mensch, Weidling, Sie hier, lassen Sie nicht den Kopf hängen!«
»Das wäre etwas für Christiane und ihre Kamera. Mein Gott, wenn diese Gesichter unter ihrem Blitz gefrieren würden, was für Bilder sie hier finden könnte.«
Das war ihm ganz beiläufig rausgerutscht, und Barbara fragte auch nur beiläufig: »Christiane? Welche Christiane?«
»Ach, eine Fotografin. Ich hab' mal ein Buch mit ihr gemacht. Das ist lange her.«
Er ging weiter durch diese Versammlung voller Wichtigkeiten und bemerkte nicht das feine Lächeln auf Barbaras Gesicht, die ihm in das Getümmel folgte.
In den Gesprächen ging es um Geld und Grundstücke, den Dalai Lama, Kräutergärten, die Wirkung der fünf Tibeter, Golf, die jüngste Entwicklung des Dow-Jones, Yoga und Yoghurt. Sicher waren auch ganz normale Menschen da, aber Michael lernte sie an diesem Abend nicht kennen. Als der Fotograf der deutschen Gesellschaftsillustrierten für seine Prominentenphotos schließlich die Gäste zu Paaren trieb, hatte sich Michael mit Barbara vor dem Blitzlichtgewitter an die Cocktailbar am Pool in Sicherheit gebracht.

Barbara hatte schon lange die fatale Wirkung dieses bunten Abends auf Michael bemerkt.
»Das ist«, versuchte Michael das Biotop aufgekratzter Herzen und blühender Brieftaschen zu beschreiben, »wie auf einer Operettenbühne ohne Zuschauerraum, wo die Schauspieler sich nicht zwischen ›Gräfin Marischka‹, ›Eine Nacht in Venedig‹ und der ›Lustigen Witwe‹ entscheiden können. Alles quirlt, alles perlt, und wenn Rettig gleich mit einem Zylinder auftritt und losträllert ›ob blond, ob braun, ich liebe alle Frauen‹, mich würd's nicht wundern.«
Der Auftritt kam – zwar nicht von Rettig, aber von einer deutschen Schauspielerin, die in Hollywood berühmt geworden war. Sie huschte mit verlegenem Lächeln durch die Flügeltür. Für einen Moment dämpfte sich die Unterhaltung, dann flammten die Akuleuchten auf. Hinter ihr schob ein Kameraassistent seinen Kameramann in den Raum. Sie war nur einen Moment allein. Eine Tonangel schob sich von oben in die Gruppe.
»Ein Feature über ihr Leben auf Mallorca – sie waren angemeldet. Ich weiß, ich hätte es dir sagen sollen«, entschuldigte sich Susanne.
»Bonn«, sagte Michael nur, »das ist ja alles wie zu Hause.« Dann wandte er sich an Barbara: »Zeig mir bitte den Notausgang aus diesem Schlaraffenland.«

6.

Ein Wassermann im Regen

Gewöhnlich brauchte Barbaras R 5 für die Strecke von Andratx nach Deià rund eine Stunde. In der Nacht konnte die Fahrt aber leicht eineinhalb Stunden und mehr dauern. In dieser Nacht stand Barbaras Wagen nicht um zwei Uhr und auch noch nicht um fünf Uhr vor ihrem Steinhaus in Deià, obwohl die beiden schon kurz nach Mitternacht ihre Flucht vor den Rettigs und ihrem pittoresken Andratx angetreten hatten. Alles begann mit einer harmlosen Frage von Michael, einer ziemlich dummen Frage, die er auch später bereute. Gewisse Fragen soll man gar nicht stellen. Schon gar nicht in einer Nacht mit zuviel Champagner und Gin Tonic.

»Sag mal, die Bemerkung von deiner Busenfreundin Susanne, ›Ich freu' mich so für Barbara‹, was wollte sie damit sagen?«

»Daß es sie freut eben«, Barbara war für einen Moment verlegen, »daß ich nicht mehr allein da oben in den Bergen hause.«

Sie wollte sich jetzt wirklich auf die Straße konzentrieren: ». . . für den Moment wenigstens. Sicher hat sie das gemeint.«

Auf der Steigung nach Estellencs mußte Barbara immer wieder die Gänge wechseln, um ihren Wagen in Fahrt zu halten. Hier oben in den Bergen hatte ein leichter Regen eingesetzt, der nun stärker wurde.

»So«, knüpfte Michael nach einer kleinen Pause an, »woher weiß sie dann diesen ganzen Wassermannquatsch, Aszendenten und Häuser, daß ich Luft bin und Waagefrauen meine ideale Ergänzung. Das hat sie mir alles heute abend unter die Nase gerieben, als ob sie mir hätte sagen wollen: Na, ist es nicht schön als Ratte mit einer Venus im Bett?«
Der Scheibenwischer schaffte es nur mit Mühe, gegen den nun prasselnden Regen ein Sichtfeld freizuhalten.
»Nach dem langen, heißen Sommer hätte ich die Wischerblätter austauschen sollen, es ist immer dasselbe.«
»Sicher hast du mit ihr telefoniert und ihr alles haarklein erzählt.«
Die Wischerblätter quietschten.
»Ich mache keine Reportagen von der Bettkante, Herr Weidling!«
Michaels Zorn hatte sie nach und nach angesteckt und stieg in ihr hoch; ein Gefühl wie Sodbrennen. Sie hätte jetzt ein Glas klares Wasser gebraucht. Dann wäre vielleicht alles gut gewesen. Aber der Mann neben ihr konnte sich nicht beruhigen:
»Aber du recherchierst. Du hast Erkundigungen über mich eingezogen, bevor wir uns überhaupt gesehen haben. Dieser ganze Wassermanntrick, meine Daten, die hast du doch von Petra Möller aus Deutschland!«
»Wenn du doch alles weißt! Natürlich haben wir über dich gesprochen. Sie ruft mich ja an, weil du das Telefon nicht abnimmst, Herr Allwissend Weidling.«
»Das ist ein Komplott, ein richtiges kleines Damenkomplott. Schlimmer als in Bonn!«
»Zwingen mußte ich dich aber zu nichts, hoffe ich!«

Barbara kämpfte gegen Tränen, die in ihr hochstiegen. Michael ließ aber keine Ruhe: »Und das alles geht jetzt über den heißen Draht zu Petra Möller. Wie konnte ich nur so blöd sein! Schon das Angebot der Möllers, das Haus, alles abgekartet . . .«
»Hör auf! Hör auf, Michael!«
»Und in Bonn und Düsseldorf macht es sicher jetzt schon die Runde – wie war er denn?«
Barbaras Hände zitterten am Lenkrad: »Schluß jetzt, Michael. Hör auf damit!«
Er überhörte die Warnung: »Müssen wir jetzt in wilder Ehe leben, damit du deinen Scheck weiterkriegst, oder wie ist der Deal?«
Die Bremsen quietschten. Der Wagen schleuderte und kam schließlich mit dem Hinterrad schräg zur Felswand über dem Abwassergraben zum Stehen. Barbara starrte ihn zornerfüllt an, dann spürte er einen zweiten Knall. Barbara hatte ihm ins Gesicht geschlagen.
»Raus! Raus aus meinem Wagen!«
Michael stieß die Tür auf. Er war erschrocken. Er war zu weit gegangen. Es tat ihm leid. Jetzt war er wieder bei sich. Michael ließ sich vom Beifahrersitz in den Wassergraben gleiten. Knietief rauschte hier die Regenflut bergab. Er sah, daß der Wagen mit dem Chassis voll aufgesetzt hatte.
»Tut mir leid, Barbara, ich bin zu weit gegangen, aber hier kommst du allein nicht mehr weg.«

Über das Steuer gelehnt schluchzte Barbara hemmungslos.
»Du bist selbstgerecht, selbstgerecht und gemein!«

Michael stand im Regen und wagte nicht, in diesem Moment etwas zu sagen. Barbaras Lippen zitterten. »Wie du alles verdrehst! Ich brauch' das Geld aus Düsseldorf und kann mich nicht mal so eben scheiden lassen! Verdammt – und ich mußte dir das erzählen!«

Sie weinte. Scham, Trauer und die Wut flossen in ihren Tränen zusammen. »Und wenn ich mich verliebt hätte? Ist das auch ein Komplott? Ist Liebe auch ein Komplott, Herr Weidling?!!« schrie sie, »Du siehst alles! Du weißt alles! Du bist so blind, daß du nicht mal siehst und spürst, was in deiner Nähe vor sich geht. Was du anrichtest mit deinem Gesäusel! Du bist doch erst zufrieden, wenn die Frauen bei dir weinen. Wenn du es so weit gebracht hast. Christiane, das ist lange her.« Jetzt spielte sie ihm seine verlogene Beiläufigkeit vor. »Mein Gott, das war doch erst gestern. Bonn ist ein Dorf, mein Lieber, und Petra Möller die Telegrafenstation. Damit du es nur weißt!«

Ein Wagen näherte sich schnell und fuhr hupend vorüber. Dann war es wieder ganz still und dunkel. Nur die Reflexe der Scheinwerfer auf der nassen Felswand beleuchteten ihre Gesichter. Michael hatte nicht einmal Zeit gefunden, dem fremden Auto ein Zeichen zu geben. Er versuchte aus dem Graben in den R 5 zurückzuklettern. Barbara beobachtete ihn dabei. Seine Haare, sein Anzug waren jetzt vom Regen ganz naß.

»Du kommst ja nicht mal allein ins Auto.«

»Entschuldige Barbara«, sagte Michael, »ich hab' irgendwo einen Webfehler.«

»Du hast keinen Webfehler, Michael, du hast die Motten!«

Damit reichte sie ihm schließlich die Hand und half

Michael auf den Beifahrersitz. Sie zündete sich eine Zigarette an.
»Die letzte«, sagte sie und bot ihm einen Zug an. Und schweigend reichten sie sich den rot glimmenden Punkt im Dunkeln hin und her. Sie blickte geradeaus in den Regen.
»Wir haben alle unsere Träume und Hoffnungen. Du und ich, jeder von uns.« Dann sah sie ihn an.
»La vida es fácil«, sagte Michael leise.
Aber nichts war einfach, und Barbara schon gar nicht. Es war diese Panne, die Michael brauchte, um zu verstehen, wie er wieder einmal in einen fremden Traum spaziert war. Sie erzählte ihm davon in dieser Nacht im Regen, und Michael sah sich in ihrer Geschichte. Er sah den Jungen vor der Falltür im Haus seiner Mutter, seine Tränen hinter der Grenze nach Belgien und dann den boxenden Oberschüler, der so stolz darauf war, niemals mehr zu weinen. Keine Träne. Für nichts und gar nichts auf dieser Welt. Es hatte sich so gefügt, daß andere um ihn weinten. Barbara hatte schon recht. Er hatte die Motten, und nun mußte er sehen, wie er diese Gespenster los wurde. Zeit genug hatte er ja nun.
Mitte Oktober war die Bergstraße in der Nacht kaum befahren. Als die Batterie im Auto immer schwächer wurde und sie fast in schwarzer Nacht dasaßen, konnte Michael endlich einen Kühlwagen anhalten, der schon früh in Richtung Andratx unterwegs war. Gemeinsam mit dem Fahrer gelang es ihm, den Renault wieder flottzumachen. Sie fuhren in Barbaras altes Steinhaus. Keiner wollte allein sein in dieser Nacht.

7.

Geschichten vom Mann aus Lluc-Alcari

Nach dem Sommer gewinnt das Leben in Mallorca wieder seinen alltäglichen Rhythmus von Arbeit und Ausruhen zurück. Große, ausgelassene Volksfeste, die *Grandes Verbenas*, die jeder Ort für seinen Schutzpatron ausrichtet, und die Sommerkirmes, die bis in die frühen Morgenstunden dauert und die beim ersten Sonnenstrahl mit Cuartos, diesen wunderbar leichten Bisquits und heißer Schokolade, beendet wird, all das liegt schon weit zurück. Die sommerliche Hitze weicht nach und nach den ersten Vorboten des Herbstes. Leichte, kühle Winde und die ersten lang ersehnten Regenschauer verändern das Leben. Das ist die Zeit, wo die Felder wieder bestellt werden müssen. Das Winterfutter wird ausgesät, Bohnen und Roggen vor allem. Der Oktober ist die Zeit, Kakteen zu pflanzen, deren Früchte dann im Sommer geerntet werden. Eine eigentümliche Frucht, die zu Marmelade verarbeitet wird oder frisch gepflückt als Nachspeise auf der Insel eine Spezialität darstellt. Alle Arten schattenspendender Bäume gehen besonders gut an, wenn sie im Oktober ausgesetzt werden.
Michael fuhr die Bergstraße von Valldemossa herunter, genau durch das Schlüsselloch, das er mit Barbara von der Terrasse der Kartause aus gesehen hatte. Vor ihm lag die Ebene von Palma. Er war auf dem Rückweg. In dem schönen Hotel in Randa, seiner ersten Station, hatte er sich für einige Tage ein Zimmer reservieren lassen. Keine zehn Minuten von

Llucmajor, dem »falschen Ort« der ersten Nacht. Außerdem war er diesem Mann mit dem gestreiften Hemd über der Jeans, diesem Fremden voller guter Laune, noch etwas schuldig.

Die Sonne brannte heiß vom Himmel, die Erde dampfte noch vom Regen der letzten Nacht. Saftiges, frisches Grün säumte den Weg. Immer wieder sah Michael auf seiner Fahrt von Deià nach Randa Familien und Bauern, die mit einer seltsamen Ernte beschäftigt waren. Mit Eimern und Tüten zogen sie an den Wegen und Straßen entlang und füllten ihre Gefäße. An einem Feld mit Johannisbrotbäumen hielt er an. Stolz zeigte ihm ein kleines Mädchen ihren Eimer. Es waren Schnecken. Helle und dunkle Schneckenhäuser waren zu sehen, und einige von ihnen waren schon auf dem Weg zurück in die Freiheit.

»Caracoles. Hembras y machos.« Die Kleine schob die Schnecken, die zu entweichen drohten, zurück in den Eimer.

»Para comer?« fragte Michael.

»Sí, arroz con caracoles, muy buenos«, sagte die Mutter, die dazugekommen war. Sie zeigte auf den wilden Fenchel, der zwischen den Johannisbrotbäumen wuchs.

»Cuando llueve hay muchos.« Der Fenchel bog sich unter der Last der Schnecken, und sie pflückten sie, wie man Beeren von den Sträuchern streift.

»Hasta luego! Adios!«

Auf der engen Straße von Santa Maria nach Santa Eugènia mußte Michael ein ganzes Stück hinter einem Eselskarren mit Kisten voller Feigen im Schrittempo herfahren. Er hatte

Zeit. Er sah, wie sich Scharen von Möwen hinter den Saatmaschinen kreischend auf den frischen Acker stürzten. Durch das offene Wagenfenster brachte der Wind ihm den würzigen Duft der frisch aufgepflügten Erde, vermischt mit dem herben Geruch von Johannisbrot und der fauligen Süße der reifen Feigen. Hinzu kamen die wildwachsenden Blumen und Brombeersträucher an den hohen Steinmauern am Straßenrand. All das war in dieser Luft und erinnerte Michael an etwas, das weit zurücklag. Das Männchen mit dem Strohhut, das auf seinem Karren schräg zur Fahrtrichtung saß, gab ihm ein Zeichen. Er sollte ihn endlich überholen. Michael hatte es einfach vergessen.

Es war Wochen hergewesen, daß Michael Weidling seine Verwechslung der Orte Llucmajor und Lluc-Alcari mit Toni in der Bar Colón unfreiwillig gefeiert hatte. Vergessen war das Ereignis dort nicht. Die Geschichte hatte sich, wie so viele kleine und große Begebenheiten, in den Erzählkreislauf um den Marktplatz eingefügt. Von der Bar Colón war der Bericht in den Friseurladen gewandert und hatte sich hier in einen Scherz verwandelt, der seitdem gern und oft in vielen Variationen ausprobiert wurde. Jeder, der sich in Llucmajor nicht wohlfühlte, dumme Fragen stellte oder mit der Zumutung unmöglicher Wünsche auftrat, wurde nach Lluc-Alcari geschickt. »Der gehört nach Lluc-Alcari«, hieß es dann harmlos. Und es war klar: Dieser Mann ist hier am falschen Ort.

Angefangen hatte es in Agustíns Frisiersalon. Es war am Tag nach der Abreise von Michael aus Randa nach Lluc-Alcari.

Jaume, der Bauer aus La Maimona, und Damián, der Schmied, langweilten sich in den uralten Frisiersesseln, als Enrique, der Losverkäufer, endlich mit Neuigkeiten hereinkam. Der Losverkäufer der O.N.C.E. hatte auf seinem Rundgang durch die Stadt wie immer Geschichten aufgeschnappt und trug sie durch den Ort. Heute war Michaels Verwechslungsgeschichte dran. Diese Touristen. Manche von ihnen sind so dumm, daß sie die Schweine beißen! In dem Augenblick betrat ein »forester«, ein Fremder, das Geschäft und erkundigte sich mit übertriebenem Aufwand bei Agustín, wann er denn einen Termin für einen Haarschnitt bekommen könne. Das war nun wirklich zuviel des Guten. Sah der Mann denn nicht, daß man sich hier unterhielt? Agustín drehte sich langsam um und musterte den eiligen Fremden, und während er sich wieder dem Winterhaarschnitt an Jaumes Kopf widmete, sagte er nur beiläufig:
»Bei uns in Llucmajor kommt einer nach dem anderen dran. Sofort und gleich – das gibt es nur in Lluc-Alcari!«
Mit seinem Kamm zeigte er die Richtung an: »Es geht da hinauf ins Gebirge!«
Der Forester verließ irritiert den Salon und sah durch das Schaufenster vier Männer, die sich über sein ratloses Gesicht gar nicht mehr beruhigen wollten und vor Lachen in den Sesseln nach Luft japsten.
Enrique trug die Geschichte durch die Stadt. Verschönt und ausgeschmückt wurde sie dann in der Bar Colón erzählt. »Man stelle sich vor, Agustín hatte bereits das Frisiertuch um den fremden Gast gelegt. Das Haar war schon gewaschen, die Schere klapperte schon, als der ungeduldige Mann zur Eile antrieb und ihn bat, seine Gespräche zu unterbrechen;

wir kennen ja Agustín, der bindet das Tuch los, reicht ihm seinen Kamm: ›Kämmen können Sie sich noch hier, geschnitten wird in Lluc-Alcari, da geht alles schneller‹.«
»Genauso war's«, sagte Damián, »ich war schließlich dabei.« Er kippte seinen Palo und stellte das Glas auf den Tisch. »Gezahlt wird in Lluc-Alcari.«
Lluc-Alcari war von da an eine Währung, mit der ziemlich viel gezahlt wurde in den nächsten Tagen. Suchte eine Frau ihren Ehemann in der Bar Colón, war er mit Sicherheit in Lluc-Alcari. Verabschiedete sich jemand aus einer Runde mit unbestimmtem Ziel – und sei es das *aseo* –, hieß es trokken: »Ich muß mal eben nach Lluc-Alcari.« Das kleine Nest in den Bergen war zur Freude der Einwohner von Llucmajor zu einem anrüchigen Örtchen geworden. Tonis Freund hatte Llucmajor eine schöne Geschichte beschert.
Das alles konnte Michael nicht wissen, als er vom Berg in Randa die drei Kilometer nach Llucmajor hinunterfuhr, um Toni in der Bar Colón zu suchen. Vor ihm lag der Ort mit der Kirche Sant Miguel. Stark und mächtig schien sie hoch über dem Ort und der Landschaft zu schweben. Über die Jahrhunderte hatten sich die Bewohner dieses Ortes nach dem Muster eines Schachbretts eine Stadt gebaut. Genauer gesagt, täuschten sie die Logik des Schachbretts nur vor. In Wahrheit hatten sie mit einem raffinierten System von Parallelstraßen, Querverbindungen und Sackgassen ein ausgeklügeltes Labyrinth geschaffen, in dem sich Fremde nicht so leicht zurechtfanden – und es auch nicht sollten.
In den Zeiten, als die fremden Besucher raubend über die Insel zogen, mochte das richtig gewesen sein. Seitdem die Gäste ihnen das Geld auf die Insel brachten, war es nicht

mehr zeitgemäß. Nicht einmal die Plaza España mit den vielen Bars und Geschäften, ein idealer Platz, um vom fremden Geld etwas im Ort zu behalten, war im Gewirr der Gassen und kleinen Straßen leicht zu finden. So fuhr auch Michael, der sich einmal grob die Richtung in Randa hatte erklären lassen, auf einer der vielen Parallelstraßen ohne Abbiegemöglichkeit direkt an der Kirche vorbei und gleich wieder aus dem Ort heraus. Am Ortseingang war die Kirche noch ein Orientierungspunkt gewesen, dann versank sie erstaunlicherweise wieder im Häusermeer der Gassen, so daß sich Michael wieder und wieder erkundigen mußte, um endlich den Platz zu finden.

Die Plaza España, auf der er in jener Nacht mit seinen Koffern vor der Bar Colón gelandet war, erkannte er kaum wieder. Es war, als ob die Schauspieler und die Beleuchter nach dem Finale einer großen Oper abgezogen waren. Vor ihm lag jetzt das leere Bühnenbild. Ein rechteckiger, sich nach unten leicht verengender Platz, umgeben von drei- bis vierstöckigen Häusern. In den unteren Etagen Bars, Bäcker, die Metzgerei, der Lebensmittelladen, Bank und Kiosk. Über den Geschäften im ersten Stock zog sich ein Band von Balkonen um den Platz. Dort standen noch einige Korbsessel und warteten auf das nächste Schauspiel. Auch die Stühle vor den Cafés waren unbesetzt. An der Stirnseite stand das große, alte Rathaus mit seinem Glockenturm. Dort oben schlug ein Hammer jetzt etwas blechern dreimal. Es hallte über den leeren Platz. Eine Nonne knatterte auf einem Moped am Rathaus vorbei, dann war es wieder ganz still.

Enrique, der Losverkäufer, kam aus der Polizeiwache und ging quer über den Platz hinüber in die Bar Tabú, zwei Häu-

ser neben Agustíns Frisiersalon. Mit seinen dicken Brillengläsern trottete er in kurzen Schritten an Michael vorbei, die Hosen bis unter die Achseln hochgezogen. Am Revers der Jacke bis runter zur Tasche hatte er sich seine Lose mit Klammern befestigt. Pfundweise hing ihm das Glück an der Joppe. Er wußte nicht, daß Michael der Mann aus Lluc-Alcari war, und Michael, der dieser wunderlichen Gestalt nachsah, konnte nicht wissen, daß Enrique der fleißigste Bote der Lluc-Alcari-Geschichte war.
Vor dem Viereck, das die Häuser bildeten, liefen die Straßen so, daß der Marktplatz, in der Mitte von Bäumen umgeben, von allen Seiten angefahren werden konnte. Dort stand noch der grüne, runde Pavillon, auf dem in der Nacht die Kapelle hoch über der Menge aufgespielt hatte. Ein schabendes, dann schrill kreischendes Geräusch kam vom anderen Ende des Platzes, dort, wo die Bar Colón lag. Ein Messer- und Scherenschleifer hatte sein Moped aufgebaut, einen Keilriemen umgelegt und trieb nun seinen Schleifstein an. Die Funken sprühten. Lorenzo stand vor dem Eingang der Bar Colón und sah zu, wie seine Messer über den Schleifstein von einem Kasten in den anderen wanderten.
»Hola«, sagte Michael und ging durch den braunen Perlenvorhang an ihm vorbei in die Bar. Lorenzo grüßte und lächelte, ließ sich aber nicht anmerken, daß er ihn erkannt hatte. Vier Dominospieler saßen an einem der Spieltische, über dem sich langsam ein Ventilator drehte. Lorenzo folgte Michael und brachte ihm einen Café con leche. Michael fragte nach Toni.
»Welcher Toni?« Lorenzo stellte sich ahnungslos.

»Toni con quien yo estaba aquí en el principio del mes – Toni, der, mit dem ich am Monatsanfang hier war«, er zeigte auf die Stelle vor der Bar, wo seine Koffer gestanden hatten, »encima de mis maletas – auf meinen Koffern.«

Gut, wenn der Gast darauf bestand, wollte sich Lorenzo für Michael erinnern und lachte ihn an.

»Sí! Ahora me acuerdo. Toni, sí! Un momento! – Ja, jetzt erinnere ich mich, Toni, klar, einen Moment bitte.« Er telefonierte und erklärte dem Mann aus Lluc-Alcari dann den Weg zum Hafen von Estanyol, wo Toni mit Reparaturarbeiten an seinem Schiff beschäftigt war.

»La cuenta«, Lorenzo wehrte ab.

»Está pagada.« Es war wie am ersten Abend. Alles bezahlt.

Toni stand auf dem Dach seiner alten *llaüt*, die im Hafen aufgebockt war, und winkte Michael von dort herbei. Estanyol war ein kleiner Fischerhafen, wo neben den flachen einmastigen Fischerbooten auch Motorboote und Segelyachten ankerten. Tonis *llaüt* hatte die klassische Form der Boote, wie sie sich seit Jahrhunderten bei jedem Wetter im Mittelmeer bewährt hatten. Vorne und hinten spitz zulaufende Wannen, die die Fischer auch bei rauher See sicher an die Mole zurückbrachten. Toni kletterte über eine Leiter, die an sein Boot angelehnt war, hinunter. Er schlug Michael auf die Schulter:

»Buenas tardes, caballero«, ganz so, als ob sie sich erst gestern verabschiedet hätten. Wieder trug er eine Jeans und ein blauweiß gestreiftes T-Shirt.

»Ich wollte mal nach dir sehen.«

»Und ich habe schon auf dich gewartet – wie war es denn an der Nordküste in Lluc-Alcari?«

Zwei lachende braune Augen sahen Michael an, und sofort stellte sich wieder jene Stimmung von Zuversicht und Fröhlichkeit ein, die sich schon am ersten Abend so direkt auf Michael übertragen hatte. Die kurzgeschorenen grauen Haare, der Dreitagebart, der diesesmal mindestens fünf Tage alt war und noch etwas von der ursprünglich schwarzen Farbe der Haare erkennen ließ, leuchteten in der Sonne und gaben diesem scharf geschnittenen Gesicht mit der leicht gebogenen Nase etwas Holzschnittartiges. Toni wartete die Antwort gar nicht ab und zog Michael in die Bar, die nur wenige Schritte weiter lag.

»Das Boot wird jetzt zu Wasser gelassen, wir trinken solange einen Kaffee und machen danach eine Probefahrt.«

Während der Hafenmeister den großen Kran dirigierte und die Alzina zu Wasser gelassen wurde, berichtete Michael bei einem »cortado« von der Nordküste. Nicht alles selbstverständlich, aber als er von seiner Bekanntschaft mit Barbara sprach, hatte Toni schnell verstanden:

»Tipi tim, tipi tam, so ist das hier auf der Insel in den Touristenorten, du brauchst nicht weiter zu erzählen.«

Die Party bei den Rettigs schilderte Michael zum Vergnügen von Toni in allen Einzelheiten. Toni wollte aber nichts zu dem merkwürdigen goldenen Ghetto der Fremden in Andratx sagen. Nur: »Dahin fahren wir nur mit dem Boot« und »Gut, daß wir hier sind.«

Die Probefahrt mit der generalüberholten Alzina führte die beiden an der Küste entlang, in Richtung Colònia Sant Jordi, vorbei am Yachtclub und Strand von Sa Rápita. Das Boot bewegte sich gutmütig durch die leichte Dünung, angetrieben von einem Motor. Toni saß im Heck. Einen Arm lässig über die Ruderpinne gelegt, steuerte er das Boot durch das tiefblaue Wasser an der Küste entlang. Die tiefstehende Sonne in ihrem Rücken ließ die scharfen Umrisse der Küste deutlich vor ihnen erscheinen.

»Das ist schon das Licht des Winters.«

Michael stand neben dem Mast in der Mitte des Bootes, an dem er sich festhielt, um das ungewohnte Schaukeln und Wiegen aus den Wellen auszugleichen. Hinter Sa Rápita sah er einen kilometerlangen, sanften weißen Strand, der allmählich in eine weitläufige Dünenlandschaft überging. Dahinter stand dichter grüner Pinienwald. Eine große, weich geschwungene Bucht, an deren Ende sich ein flacher Felsen ins Meer vorschob, auf dem eine Reihe kleiner Häuser standen.

»Ses Covetes – die Höhlen«, sagte Toni, »den Ort nennen wir nach den Bootshäusern, die in die Felsen am Strand gebaut sind.« Er zeigte ihm eines der bunkerartigen, flachen Gebäude, in denen die Fischerboote hinter einem Holzgatter abgeschlossen lagen. Das sind Leute, die in ihrer freien Zeit fischen, um hier, dicht am Wasser, das aus dem Meer zu holen, was sie für sich und ihre Familien brauchen. Nach der Landspitze von Ses Covetes setzte sich der Strand und die Dünenlandschaft in einer weit größeren Bucht fort.

»Ein herrlicher Strand«, sagte Michael, »wie in der Karibik.«

»Es Trenc! Der schönste Strand Mallorcas! Ganz feiner weißer Sand, wenn du am Morgen durch die Dünen kommst, leuchtet das glasklare Wasser hell- und dunkelblau, te va a gustar, Michael.«

In einem großen Bogen wendete er die *llaüt*, und sie fuhren

der untergehenden Sonne entgegen in Richtung Estanyol. Ses Covetes schien völlig unbewohnt. Die grünen, weißen und blauen Fensterläden der kleinen Häuserzeile auf dem Felsen waren alle geschlossen. »Wohnt hier eigentlich jemand?« wollte Michael wissen.
»Jetzt im Herbst bis zum nächsten Sommer nur ganz wenige Leute, aber im Juli und August sind in Ses Covetes alle Häuser bewohnt – Dios mio, die ruhigen Zeiten sind dann vorbei!«
Toni bemerkte, wie Michael von der Ruhe dieser natürlichen Landschaft mit ihrem einfachen Blau, Weiß und Grün angezogen wurde. Es freute ihn, es war sein Mallorca, das seinem Amigo alemán gefiel.
Gegen den schroffen Norden mit seinen steilen Felsen wirkte dieser Teil der Insel beruhigend, und der strahlende Toni paßte in diese Landschaft.

8.

Grüner Wald, Weißer Sand, Blaues Meer

Am Abend hatte Michael Toni in sein Hotel Es Recó de Randa zum Essen eingeladen. Beim *frito mallorquín* und einem Rotwein aus Binissalem überraschte ihn Toni mit einem Vorschlag. Er wollte mit Michael am nächsten Tag nach Ses Covetes fahren und ihm dort etwas Besonderes zeigen. Ein Haus, das Tonis Familie gehörte. Jetzt im Herbst stand es leer, und hier oben im Hotel kostete schließlich jede Nacht »tipi tim tipi tam«. Toni zählte einen Haufen unsichtbarer Peseten auf den Tisch. Ein überraschendes und verlockendes Angebot zugleich. Ein paar Wochen weg von Deià, das würde ihm gefallen, aber welches Interesse hatte der nette, grauköpfige Kaspar an ihm? Was hatte diesen Mann aus Mallorca dazu gebracht, so weit die Türen zu seiner Welt aufzusperren, daß Michael mühelos hineinspazieren konnte? Sympathie? Neugier? Als er die Frage nach der Bezahlung stellte, merkte er, daß er hier auf dem Holzweg war.
»Ya veremos«, sagte Toni. Er hätte auch genausogut sagen können: »Von Geld will ich nichts wissen«, eine Übersetzung, die Michael zu diesem Zeitpunkt noch nicht geläufig war. Toni dachte auch daran, daß das Haus am Meer über den Winter trocken gehalten wurde.
So kam es, daß Enrique, der Losverkäufer, auf seinen Rundgängen durch die Stadt den Faden seiner Fortsetzungsgeschichte weiterspinnen konnte.
»Imagínate! Der Mann aus Lluc-Alcari, der beim Fest mit

Toni auf den beiden Koffern vor der Bar Colón gesessen hat, ist wieder da. Dieser verrückte Alemán wohnt jetzt im Oktober in Ses Covetes. Ganz allein. Und Agustín, der Friseur, hat genau beobachtet, wie er neulich seine Koffer aus Lluc-Alcari geholt hat. Aber wer würde nicht seinen Koffer aus Lluc-Alcari holen? Da ist es ja selbst in Ses Covetes noch besser.«

Es war vor allem anders. Keine vertraute Gesellschaft von reichen Glühwürmchen, die sich abends in guter Garderobe mit Gleichgesinnten in Restaurants wie dem El Olivo zusammensetzten. Ses Covetes war jetzt, Anfang November, leer, ausgestorben. Die Leute in dem kleinen Restaurant Ran de Mar, an der Zufahrt zum Strand gelegen, packten gerade ihre Sachen zusammen, als Michael ankam. Andrés, der Besitzer, und seine Familie hatten einen anstrengenden Sommer hinter sich. Seitdem Es Trenc und damit auch Ses Covetes in den letzten Jahren von den Touristen entdeckt worden war, war besonders an den Wochenenden eine Flut von Besuchern über den kleinen Ort mit seinen fünfzig Häusern hereingebrochen. Das bedeutete fünfzehn Stunden Arbeit jeden Tag. Ein Geschäft, das ihnen immerhin erlaubte, danach für fünf Monate in Campos ihrem eigenen Leben nachzugehen.

Andrés verteilte den Rest einer Flasche *Hierbas Secas* auf fünf Gläser. Man prostete sich zu: auf das gute Jahr, auf Michael, Ses Covetes und ein Wiedersehen . . .

»Vielleicht sind Sie ja der erste von vielen, Señor Michael, die noch kommen werden, um hier auch den Winter und das Frühjahr zu verbringen.«

Dann wurde alles abgeschlossen, und sogar die Kaffeemaschine war ausgebaut und im Auto verstaut worden, mit dem Andrés und seine Familie hupend um die Ecke bog. Michael ging die Straße zu seinem Haus am Strand hinunter. Von Tausenden Touristen war er übriggeblieben, und für einige Wochen würde ihm das jetzt alles allein gehören. Die Wege in den Dünen, der lange Strand und das Meer. Dort war es ganz still. Das Meer lag ruhig da, die Wellen plätscherten an den Sand. Einige Graumöwen segelten kreischend über den Strand auf der Suche nach kleinen Krebsen, toten Fischen oder anderem angeschwemmten Futter. Weit am Horizont fuhren Fischerboote. Der Wind trug das gleichmäßige Tuckern der Dieselmotoren an Land. Er zog seine Schuhe aus, stellte sie auf den Felsen ab und machte sich auf den Weg, um den langen Strand von Ses Covetes nach Colònia Sant Jordi, das in der Ferne mit seinen Häusern am Ende des weiten Bogens dieser Bucht als Landzunge zu erkennen war, zu erkunden. Michael hatte seine Jeans hochgekrempelt und spazierte an der Wasserlinie entlang, immer genau dort, wo die seichte Brandung den glatten, feuchten Sand gerade freigab. Manchmal ging er ein paar Schritte rückwärts, um zu sehen, wie das Meer die Spur seiner Füße mit der nächsten Welle wegspülte. Der Rhythmus der Wellen erfüllte ihn wie eine Musik. Seine Schritte waren ruhig und gleichmäßig geworden. Es war schön, so mit sich allein zu sein.
Die Stimmen, die vielen Stimmen in seinem Kopf, die er aus Deutschland mitgebracht hatte und die nicht aufhören wollten zu sprechen, waren auf solchen Spaziergängen immer leiser geworden.

Am Vormittag fuhr er gern nach Llucmajor. Er besorgte sich hier die Zeitung *Diario de Mallorca* und erledigte kleine Einkäufe, bevor er sich in der Bar Colón an einem der Marmortische niederließ. Bei einem Café con leche und einem *panecillo con tomate, aceite y jamón serrano* vertiefte er sich in die Meldungen und neuesten Berichte über Llucmajor und die Insel. Ein kleines Wörterbuch half ihm dabei, und mit roter Tinte schrieb er sich die Vokabeln an den Zeitungsrand.
Er las die Geschichten, die auch die anderen Gäste der Bar interessierten: die Entwicklung des Überwinterungstourismus in Arenal. Einige der Gäste hatten hier ihre Häuser und Hotels, aber wenn er von seiner Zeitung aufsah, würde er sie nicht erkannt haben. Die Dominospieler an ihrem Tisch, der misanthropische Alte vor seinem Glas Milch oder der Debattier-Club vor dem Fernseher. Michael konnte auch bei genauer Beobachtung keinen Unterschied zwischen den Armen und den Reichen, den kleinen und den großen Leuten von Llucmajor erkennen.
Die Weinkooperative Binissalem legte, so las er, einen großen, unterirdischen Wassertank an. In diesem Bericht wurde das Wasserproblem der Insel – vor allem in den Sommermonaten – noch einmal in Zahlen dargelegt. *La salinización del agua* – die zunehmende Versalzung des Wassers – schien ein ernstes Problem zu sein. In Palma hatte man im letzten Sommer schon soviel Salz im Wasser, daß selbst das Zähneputzen unmöglich wurde. Mächtige Tankschiffe hatten schon im letzten Jahr Süßwasser aus dem Ebro vom Festland auf die Insel gebracht. In den letzten Wochen hatte es – Gott sei Dank – geregnet. Die großen Wasserreservoirs um den Puig Major füllten sich allmählich wieder. Michael

nahm sich vor, sich einmal diese künstlichen Süßwasserseen, von denen die Insel so abhängig war, anzusehen.
Wie sich der seltsame Fremde da mit seiner roten Tinte in ihre Welt hineinlas, wurde wohlwollend von den Gästen bemerkt. Maria, die ihm das *panecillo* brachte, und Lorenzo hinter der Bar freuten sich, wenn er täglich mit neuen Redewendungen kam und auf das tägliche »com va?« schon ausführlicher von seinen Spaziergängen in Ses Covetes und von seinen Streifzügen durch die Dünen zu den Salinen oder dem Müll, der noch vom Sommer herumlag, berichten konnte.
»Ja, der Dreck«, sagte Lorenzo bei so einer Gelegenheit, »die Leute in Campos sind wütend – du wirst es ja im Sommer hören. Ses Covetes, ihr Badeort, liegt in einem Naturschutzgebiet, die dürfen da nichts bauen. Den Gewinn machen die Leute in Sant Jordi, am anderen Ende vom Strand. Die bauen como locos – wie verrückt – und schicken ihre Gäste an den Es Trenc Strand nach Ses Covetes. Die aus Campos sollen dann deren Müll wegräumen.«
Manchmal konnte es geschehen, daß er von Lorenzo ans Telefon gerufen wurde. Es war schon unheimlich: Wie auch immer Toni erfahren haben mochte, daß Michael gerade in der Bar war, er wollte sich nur mal erkundigen, wie es ihm gehe.
»Hast du noch genügend Holz für deine *jotul*, deinen gußeisernen Ofen? Es wird jetzt feuchter und kälter. Ich höre, du liest immer das Diario de Mallorca. Muy bien, ich will dir etwas sagen, was nicht in der Zeitung steht: Am Wochenende fahren wir zu einer *matances*, einem Schlachtfest auf einer großen Finca.«

Von der Bar Colón ging Michael vorbei an der Bäckerei und der Bar Tabú die fünfzig Schritte zum *barbero*, zu Agustín, dem Friseur.
Michael, der aus seinem weißen Umhang in den Spiegel sah, erkannte, daß er nicht zu früh gekommen war. War es wirklich so, daß die Haare hier schneller wuchsen, wie Barbara ihm erzählt hatte? Er zeigte Agustín zwischen Daumen und Zeigefinger drei Zentimeter: »Cortar, por favor.«
Dankbar machte sich der Meister hinter ihm an die Arbeit. Hier war wirklich etwas zu tun, nicht wie bei den meisten seiner Kunden, bei denen er nur von kurz auf äußerst kurz zurückzuschneiden hatte, was sich nur durch ausgedehnte Unterhaltung auf eine Viertelstunde ausdehnen ließ, um den Preis zu rechtfertigen.
Im Spiegel sah Michael den buschigen Bart unter Agustíns Nase, die wie aus altem Wurzelholz geschnitzt schien. Dagegen stand der gepflegte Bart – hier hatte Agustín sein Handwerk mit Hingabe zur Wirkung gebracht. Der kahle Schädel verlangte kaum Arbeit. – Auf der leeren Platte waren die wenigen schwarzen Haare akkurat wie die Fransen einer Tischdecke geordnet.
»Qué pasa en Ses Covetes?« fragte Agustín beiläufig, während er ihm die Haare wusch, und Michael wunderte sich, woher der Meister ihn kannte. Auf der Bank an der Wand hinter ihm nahmen nach und nach weitere Kunden Platz. Die Schere tat ihre Arbeit, allerdings gemächlich. Agustín schien trotz des Andrangs von Kunden keine Eile zu haben. Er verwickelte Michael immer tiefer in ein Gespräch über sein Haus in Ses Covetes, das Leben in Deutschland im allgemeinen und seine Ziele auf der Insel im besonderen.

Michael freute es, wie gut er sich schon mit dem Friseur unterhalten konnte. Als schließlich auch Damián, der Schmied, in der Tür stand, weil die Plätze nicht mehr ausreichten, frage Michael:
»Hay una fiesta, mañana? – Gibt es morgen ein Fest?«
»Aquí no, pero in Lluc-Alcari sí!« Damián kicherte, Enrique konnte nicht mehr an sich halten, dann fielen alle in ein großes Gelächter ein, und Michael begriff. Er hatte auf der Bühne gesessen. Was er nicht verstand: Er hatte seinen neugierigen Zuschauern neue Geschichten vom Mann aus Lluc-Alcari geliefert. Der Haarschnitt – ya está pagado – ging auf Kosten des Hauses. Das war die versöhnliche Geste von Agustín.
»Hasta la próxima vez, señor, con mucho gusto! – Bis zum nächsten Mal, Señor, mit Vergnügen!«

*

Sein Haus am Meer in Ses Covetes war erst nach und nach eingerichtet worden. Immer wieder tauchten unter der Leitung von Lorenzo, einem drahtigen und energischen Bauunternehmer, der für die zahlreichen Gebäude von Tonis Familie zuständig war, Handwerker auf, die Installationen, Reparaturen und Nachbesserungen vornahmen. So entwickelten sich Schlaf- und Wohnräume, die mit den verschiedensten Möbeln aus einem großen, verstreuten Fundus von Tonis verschiedenen Häusern und Schuppen herbeigeholt wurden. Nicht daß Toni ihm seine Familie, den offensichtlich großen Familienverband, in dem er hier lebte, vorgestellt hätte. Nicht einmal seine Frau Aina, deren Name einmal beiläufig gefallen war, hatte Michael bisher zu Gesicht bekommen. Er fuhr mit Toni herum und sollte sich offenbar selber aus den vielen kleinen Mosaiksteinen, die ihm zugespielt wurden, ein Bild machen. Es war nicht so, daß er Toni hätte fragen können: Warum hast du mehr als zehn Häuser, und warum stehen sechs davon leer? Solche Fragen stellte man Toni nicht. Soviel hatte Michael begriffen. Er zeigte ihm einfach nach und nach seine Welt, immer nur Teile davon; und immer nur dann, wenn die Zeit dafür gekommen war.

Toni war Architekt. Wo er baute und was er baute, blieb noch im dunkeln. Manchmal speiste er Michael mit antiker Historie ab. Llucmajor bedeutete »großer Wald«. Aus den Wäldern waren Felder geworden, und auf manchen Feldern lagen interessante Baustellen. Übrigens hatte hier im Oktober 1349 die Schlacht, die das Schicksal des alten Königreiches Mallorca entschied, stattgefunden. Geschichte statt Geschichten.

Dabei war Aina, während Michael mit Toni in seinen diversen Häusern nach Möbeln stöberte, in dem Haus in Ses Covetes gewesen und hatte Gardinen aufgehängt. Michael war fasziniert von den vielen, ganz unterschiedlichen Häusern, die Toni ihm zeigte. Häuser in besten Lagen und gutem Zustand. Aus einem dieser Landhäuser hatten sie den massiven Eßzimmertisch mit den schmiedeeisernen Seitenverstrebungen geholt. Es lag mit dem Auto nur zehn Minuten vom herrlichen Es Trenc Strand entfernt. Michael kalkulierte für sich den Wert des Gebäudes. Das wäre doch leicht für eine halbe Million an einen der vielen Interessenten, die im deutschen Mallorca-Magazin oder im Diario de

Mallorca inserierten, zu verkaufen gewesen. Waren es Erbschaftsschwierigkeiten oder sentimentale Gründe, daß ein solches Juwel leer stand? Michael erhielt keine eindeutige Antwort.

Das Haus auf den Feldern vor Llucmajor gehörte Tonis Großvater, und das Haus des Großvaters verkauft man nicht. Auch das Auto des Großvaters verkauft man nicht, soviel hatte Toni doch erklärt. Der Fiat, Baujahr 36, völlig zugestaubt, stand in einem Schuppen neben dem Haus. In den anderen Schuppen hatte er sich nicht umsehen können, aber wahrscheinlich standen dort auch seit fünfzig oder dreißig Jahren Citroëns, Seats oder sogar ein alter Benz und ruhten unter einer dicken Staubschicht auf diesem Friedhof der Sentimentalitäten. Oder war es mehr, etwas anderes; etwa eine andere Haltung zum Eigentum? Das Bewahren schien wichtiger als das Abgeben, hatte Michael das Gefühl, auch wenn man sehr viel Geld bekommen würde. Michael dämmerte hier zum ersten Mal etwas von dem verborgenen Reichtum der Insel und seiner Bewohner. Er hatte schon viele andere leerstehende Häuser in Llucmajor und Umgebung gesehen: heruntergekommene Mühlen, leerstehende Bauernhöfe, deren Felder offensichtlich nicht bewirtschaftet wurden, oder auch – inmitten gepflegter oder bewirtschafteter Felder – leerstehende Gebäude. Verlockende Angebote für die Phantasie eines Menschen wie Michael, dem die Landschaft und die Insel immer mehr gefiel. Aber Michael wollte ja lediglich als Gast ein Jahr auf dieser Insel verbringen. Danach ging es zurück nach Deutschland.

9.

Einladung zur Matances

Die Insel Mallorca wird in den Prospekten der Reisebüros und auf den zahllosen Fotos in den Magazinen der ganzen Welt gern als ein immerwährender Übergang vom Frühling in den Sommer zu einem erneuten Frühling dargestellt. Wo bleiben der Herbst und der Winter? Gibt es sie überhaupt in diesem Paradies für Fotografen?
Den Übergang vom Oktober in den November erlebte Michael in dem Haus in Ses Covetes wie eine allmähliche, aber bestimmte Fahrt heraus aus den farbigen Bildern des Sommerparadieses. Zuerst verschwand das Licht. Noch waren es zehn Stunden Sonnenschein, die der Insel nach dem Kalender zustanden, aber es wurde von Woche zu Woche weniger. Außerdem war es nicht mehr dieselbe Sonne, die Mallorca im August in einen gleißenden Glutofen verwandeln konnte und die im September heiße Sommertage bescherte, von denen Michael noch im Oktober einen Nachklang erlebt hatte. Immer häufiger zogen düstere Regenwolken auf, so daß er bei seinen Spaziergängen gelegentlich vom Regen überrascht wurde und nach Hause laufen mußte, um sich hier am Kamin zu trocknen und aufzuwärmen. Das Feuer brannte jetzt schon den ganzen Tag, um die Feuchtigkeit, die mit einem immer stärker werdenden, unangenehmen Wind in jede Ritze seines Hauses, sogar durch seine Kleider drang, abzuhalten. Sicher, es gab auch die anderen, die schönen Stunden in diesen Tagen, Stunden, in

denen er eingehüllt in seinem Bademantel auf einem alten Stuhl am Strand saß und sich manchmal noch ins Meer wagte. Sechzehn, siebzehn Grad höchstens. Das fühlte er, wenn er sich gegen die Kälte im Wasser kräftig bewegen mußte. Dafür gab es Momente tiefen Wohlgefühls, wenn er danach in seinem Sessel, eingehüllt in Tüchern, dasaß und sich von der Sonne und dem Wind trocknen ließ. Sein Blut summte unter der Haut, die sich von der prickelnden Frische der See schnell erwärmte. Ein Gefühl ganz besonderer Lebendigkeit durchströmte ihn dabei. Minutenlang konnte er dann selbstvergessen einem Segler nachschauen.

Es ist diese Jahreszeit, in der auf der Insel seit Jahrhunderten im Kreislauf des Jahres die Matancas, die Hausschlachtungen einsetzten. Die Natur lieferte jetzt nicht mehr das frische Futter, mit dem sich die Tiere über das Jahr ernährt hatten.
»Genau der richtige Moment, so ein Schwein zu schlachten«, sagte Toni, als sie auf der Fahrt zum Schlachtfest in Richtung Montuïri fuhren. Es hat Feigen, Johannisbrot, Aprikosen und andere gute Sachen, die von den Bäumen fallen, gefressen. Das Fleisch ist jetzt besonders schmackhaft, ganz anders, als wenn das Schwein den Winter über mit Trockenfutter durchgefüttert wurde. Am Abend zuvor hatte Michael an seinem Kamin noch einmal in dem Bericht von George Sand über ihren Besuch auf der Insel geblättert. Wie war sie vor über hundert Jahren mit ihrem Begleiter Frédéric Chopin durch den Winter gekommen? Dabei hatte er sich eine Stelle angestrichen, die er Toni im Auto vorlas.
»*Die Grundlage der mallorquinischen Küche ist ohne Zweifel das Schwein, in allen Arten und Anblicken. Ich bin sicher, daß auf*

Mallorca mehr als zweitausend Schweinegerichte hergestellt werden und wenigstens zweihundert Wurstsorten, gewürzt mit soviel Knoblauch, Pfeffer, Paprika und scharfen Gewürzen aller Art, daß es ausreicht, bei jedem Biß das Leben in Gefahr zu bringen.«
»Ja, ja«, sagte Toni, »das ist schon richtig. Diese Gewürze, die sie erwähnt, gemahlene *pimentón*, das Salz, damit haben unsere Großeltern ihre Wintervorräte, das Fleisch und die Wurst, haltbar gemacht. Die kannten eben keine Kühlschränke und keine anderen Konservierungsmittel. Heute kommen die Lebensmittel aus ganz Europa in den Supermarkt. Was da drin ist, kann allerdings niemand mehr sagen.«
»Wenn auf dem Tisch zwanzig Gerichte erscheinen«, las Michael weiter, *»die wie ganz normale Speisen aussehen, trauen Sie ihnen nicht, denn es sind teuflische Drogen, vom Teufel höchstpersönlich zubereitet.«*
»Soweit George Sand, der sind wohl die Flammen aus dem Mund geschlagen.«
»Nosotros estamos acostumbrados – wir sind daran gewöhnt«, sagte Toni, »der Teufel steckt in der Peperoni. Du kannst den Schoten nicht ansehen, wieviel Feuer drinsteckt. Und vergiß nicht, deine George Sand war vor mehr als hundertfünfzig Jahren bei uns zu Besuch. Sie kam vom Kontinent. Damals waren Gewürze dort noch teuer und nicht so verbreitet. Aber wir machen das heute noch so wie vor hundertfünfzig Jahren, du wirst es gleich sehen.«
Sie fuhren einige Kilometer auf der alten Landstraße zwischen Llucmajor und Montuïri, bevor Toni in einen Pfad abbog, den ein Schild als *coto privado de caza*, einen privaten Jagdweg auswies. Vor einem großen Holzgatter hielt er an

und holte den Schlüssel aus einem Spalt der Natursteinmauer. Einige Minuten fuhren sie einen Weg, der am Fuße eines kleinen, bewaldeten Hügels entlangführte. Zur Rechten, weiter abfallend im Tal, lagen in einer Senke, vom Wald gegen den Wind geschützt, die Felder. Das kleine Gut, auf das sie nun zufuhren, bestand aus einem Komplex von Stallungen, Nebengebäuden und dem großen Wohnhaus. Darüber erhob sich eine Windmühle, die früher einmal das Brunnenwasser in den daneben liegenden *estanque* hochgepumpt hatte. Inzwischen besorgte das ein Elektromotor.
Ein *cerdo negro*, das schwarze Mallorquin-Schwein, hing schon an der Leiter aufgerichtet gegen das aufgeschlagene Scheunentor und dampfte. Jaime, der Metzger, hatte bereits seine Arbeit getan und schüttete gerade einen Eimer heißes Wasser über das Prachtexemplar. Dann machte er sich, ganz eingehüllt in Wasserdampf, daran, mit einem großen, scharfen Messer die Borsten abzurasieren. Auf langen Holztischen in der Scheune standen zahllose Schüsseln und Krüge, Metallbleche und ein großer, gußeiserner Fleischwolf bereit, um das *porc negre* zu Würsten, Schinken, Gepökeltem und Geselchtem zu verarbeiten.
Miguel, der Verwalter, kümmerte sich um den *horno* und verteilte mit einem Eisenschieber rot- und weißglühende Holzscheite in der Tiefe des Steinofens. Vorne auf den heißen Steinen dufteten große, runde Brotlaibe, *pan moreno*, mit aufgerissener Kruste, die schon fast fertig gebacken waren.
»Com va Toni?«. Miguel ging auf seine Gäste zu.
»Va be.« Michael kannte schon das mallorquinische Echo der Begrüßungsformeln und wurde einfach als Gast aus Deutschland vorgestellt.

Es war ein eigentümliches Gehöft, über das Toni ihn führte. Zwei schöne Araberpferde standen in einem Stall, der für zwanzig Tiere Platz geboten hätte. Der Schweinekoben war ganz leer. Nur ein großes Taubenhaus, auf den Sockelbau der alten Windmühle gestellt, war voller Leben. Ganz weiß gefiederte Tauben mit pechschwarzen Köpfen saßen auf dem Dach und flogen klatschend auf, als die beiden Männer sich näherten. Sie flogen im Halbkreis und ließen sich dann auf dem Giebel des Wohnhauses nieder.
»Tauben, kostbare Vögel, die hier gezüchtet werden«, sagte Toni. »Vor ein paar Tagen hat leider eine Wildkatze ein Dutzend gerissen.« Er zeigte zwischen seinen beiden Händen mehr als fünfzig Zentimeter Abstand: »Das muß so ein Tier gewesen sein, es hat sich durch den Hühnerdraht gebissen. Tomeu ist mit dem Jagdaufseher schon den ganzen Morgen unterwegs, um den Räuber zu erwischen.«
In der ersten Etage des Wohnhauses sah Michael den Salon. Eingerichtet mit Bibliothekschränken, Stühlen, Sofas, Ölbildern, Tischen, schweren roten Samtvorhängen und Teppichen. Ein Mobiliar, das schon vor hundert Jahren hier gestanden hat. Es roch muffig-feucht nach Mottenkugeln und Orangen.
»Ist ja völlig ungenutzt«, staunte Michael, »hier wohnt ja niemand.«
»Tomeu wohnt in Llucmajor. Hier hat er einen Verwalter, Miguel.«
In der Eingangshalle öffnete Toni eine Falltür zu einem Kellergewölbe, dessen Boden zum größten Teil mit Orangen bedeckt war.
»Die faulen ja schon.«

»Das sollen sie auch, damit sich der Duft durch das ganze Haus verbreitet.«
»Riecht gut«, bestätigte Michael, »aber ein Haus, in dem niemand wohnt?!«
»Es así – so ist es.« Toni ließ die Falltür zuschlagen.
»Aber manchmal, wenn Tomeu nach den Pferden und seinen Tauben sieht oder wenn wir uns wie heute hier zum Essen treffen, bleibt er die Nacht über da.« Das Bild in der Scheune hatte sich inzwischen verändert. Frauen in Küchenkitteln drehten den Fleischwolf. Andere hielten die Därme davor, die sich zu Würsten füllten. In großen Schüsseln wurden Fleischstücke mit Gewürzen vermischt. Jaime hatte draußen einen Schinken ausgelöst, den er zum Salzen auf den Tisch legte. Daneben war eine Frau damit beschäftigt, die Innereien in kleine, feine Streifen zu schneiden. Auf einem improvisierten Gasbrenner stand eine große, gußeiserne Pfanne. Im heißen Olivenöl brutzelten schon die feinen Streifen von der Leber. Eine Sorte Fleisch nach der anderen, bewußt getrennt, danach erst das Gemüse: Kartoffeln, Möhren, Zwiebeln, Lauch und Blumenkohl wurden so im heißen Öl fritiert. Das *frit de matances*, gewürzt mit wilden Fenchelzweigen, Lorbeerblättern, Peperoni, Salz und Pfeffer – das traditionelle Gericht aus den Innereien, war es, das man bei der Matanzas zubereitete. Dazu gab es das frisch gebackene Pan Moreno.
Michael bot sich eine archaische Szene. Lachende Männer mit blutigen Schürzen zerlegten mit Beilen das Tier. Die Frauen erzählten Geschichten und ließen dabei die zermalenen Stücke in Würste wandern, die dann in langen Reihen an Stöcken aufgehängt wurden. Angelockt vom Blut- und

Fleischgeruch mußten die Katzen und der große schwarze Hund immer wieder verscheucht werden. Die Schweinsblase wurde mit *camaiot* gefüllt.

Michael vergaß seinen Vorsatz, möglichst wenig von der Leber oder dem Herz zu probieren. Der Duft vom frischen Brot und die Schüsseln mit dem würzig dampfenden Frit ließen ihn schnell das dampfende Schwein auf der Leiter vergessen, bei dessen Anblick ihm etwas übel geworden war.

Dann saßen sie draußen an einem langen Tisch. Miguel schenkte aus einem alten Steinkrug roten Landwein in die Gläser. Dann wurde, soweit Michael das Mallorquín und die Gesten verstehen konnte, das Porc Negre gelobt und gepriesen. Nach diesem Frit würde es sicher auch gute Würste und Schinken hergeben. Man sprach einfach gut über das Tier und ließ es sich schmecken.

In ihrer guten Laune ließen sie sich auch nicht stören, als zwei Gestalten den Weg heraufkamen, zwei Männer mit Flinten über den Schultern. Der Ca de Bestiar rannte ihnen bellend entgegen, und dann sah Michael, wie der eine von ihnen eine große, tote Wildkatze hochob und den Hund verscheuchte. Beim Näherkommen erkannte er einen kleinen kräftigen Mann mit Brillengläsern, die so dick wie der Boden einer Coca-Cola-Flasche waren.

»Pepe, der Jagdaufseher«, sagte Toni, »sie haben die Katze also doch noch erwischt. Der Mann neben ihm, das ist Tomeu. Ich bin mit ihm zur Schule gegangen.«

Neben Pepe ging ein Mann von etwa fünfzig Jahren. Über den schwarzen Schnürstiefeln trug er Khakihosen, die unten mit Bändern zugeschnürt waren. Ein grauer Pullover, an den Schultern geknöpft, ergab einen beeindruckenden Kontrast zwischen dem selbstbewußten Auftritt des Mannes und dem lässigen Räuberzivil. Sein gelocktes, graumeliertes Haar war kurzgeschnitten. Darunter ein braungebranntes Gesicht, das Michael an die klare Form antiker Büsten erinnerte, nur, daß dieser Phönizier hier eine feingeschnittene Brille trug. Ein Gesicht, das sich deutlich von den Bauerngesichtern am Tisch unterschied.

Tomeus Lippen wurden jetzt ganz schmal. Stolz, mit einem spöttischen Lächeln, so schien es Michael, sah er auf die vergnügte Gesellschaft, die ihn aus den Augenwinkeln beobachtete. Neben Toni, wo man am Kopfende des Tisches zwei Plätze freigelassen hatte, nahm er mit einem beiläufigen »Com va?« Platz. Er war der Herr, das war klar. Pepe hatte jetzt die beiden Flinten geschultert und zeigte den neugierigen Männern und Frauen die erlegte Wildkatze. Wie er sie an den Hinterläufen hochhob, war sie noch größer, als Toni es vorhin vermutet hatte. Es war eher ein Luchs als eine Wildkatze, ein kräftiges Tier mit seidigem graubraunem Fell. Auffallend groß die spitz zulaufenden Lauscher und das weiß glänzende, starke Gebiß mit vier Reißzähnen, die Pepe bewundernd vorführte.

»Ein schönes Tier, wir haben so wenig davon«, bedauerte Tomeu, »ich habe es wirklich nicht gerne getan.« Dann lachte er und trank einen Schluck Rotwein, »aber der hier hatte sich auf meine Tauben spezialisiert. Ich muß sie beschützen.«

»Besondere Tauben«, wandte Toni sich an Michael, »die können schon mal einhunderttausend Peseten und mehr das Stück kosten.«

Miguel hatte inzwischen einen Teller Frito vor Tomeu abgestellt. Er ließ es sich schmecken, nickte anerkennend in die Runde und wandte sich dann überraschend Michael zu:
»Ich habe schon von Ihnen gehört.«
Tomeu sprach ein klares, von spanischem Timbre eingefärbtes Deutsch.
»Meine Tauben sind meine Lieblinge. Einige kommen aus Ihrer Heimat, aus Dortmund.«
Dabei verwandelte sich sein strenges, fast hochmütiges Gesicht in ein heiteres Lachen. Lachfalten unter den Augenrändern. Dabei sah er sich links und rechts um, als ob er ein Geheimnis verraten würde.
»Eine von ihnen habe ich hier«, er deutete auf die Innentasche seines Jackets, »unter meiner Jacke im Flugzeug von Düsseldorf nach Mallorca geschmuggelt. Den Schnabel hatte ich ihr zugebunden, aber sie hat mir in die Jackentasche geschissen.«
Toni hatte Tomeus Geschichte den anderen Satz für Satz in Mallorquín übersetzt. Tomeus Lachen setzte sich in Wellen am langen Tisch fort. Nur Pepe, der inzwischen neben Tomeu Platz genommen hatte, gluckste still in sich hinein. Er ließ es sich schmecken. Tomeu hatte mit seiner Taubengeschichte die Phantasie seiner Gäste in Bewegung gesetzt. La Paloma segelte den Tisch herauf und vermehrte sich zu einem Pärchen. Links und rechts in der Brieftasche wurden sie durch den deutschen Zoll gebracht. Tomeu setzte eben durch, was er wollte. Als das Taubenpärchen vom anderen Ende zurückkam, war es inzwischen vom spanischen Zoll entdeckt worden. Es hatte dort im Büro auf alle Unterlagen gekackt. War der spanische Zoll ein Hindernis für Tomeu?

Beim heiligen Bartholomeu, seinem Namenspatron. Wirklich nicht!
»Die Geschichte mit der Taube ist wirklich wahr«, sagte Toni zu Michael, dem man ansah, daß er alles für einen Witz, eine mallorquinische Geschichte hielt. Noch ehe Michael das Wort an seinen Gastgeber richten konnte, erhob sich Tomeu, ging ein paar Schritte und hielt dann ein Mobiltelefon ans Ohr. Zwischen einigen knappen »si« und »no« gab er dem Anrufer kurze Anweisungen. Seine Lippen waren wieder schmal, das Gesicht ernst geworden.
»Tiene motos«, sagte Toni und erklärte: »Er hat zu tun.« Mit einem kurzen »Adeu« war er verschwunden.

*

Mit der Dämmerung war es draußen schon kühl geworden. Nach einem letzten Hierbas stand Toni auf und verabschiedete sich von Miguel und Pepe, dem Jagdaufseher.
»Wir fahren noch nach San Juan, nur einige Kilometer weg von hier. Da kannst du miterleben, wie ein ganzes Dorf so ein Schlachtfest feiert.«
Damit lud er Michael in seinen schwarzen Alfa und erzählte weiter: »Die *festa de Sa Torrada* – ein Grillfest. Wir auf der Insel sagen einfach *festa des butifarró* – Blutwurstfest.« Von weitem schon sahen sie San Juan im Lichterschein der Foguerons: Flackernde Feuer, über das Dorf verteilt, sie ließen die Konturen der Häuser übergroß erscheinen.
»Kann sein, daß wir später noch Aina treffen. Wir haben uns vorhin für den Abend in der Bar Can Tronca verabredet.« Toni sagte das leichthin, und Michael wunderte sich.

»War deine Frau vorhin beim Schlachtfest dabei?«
»Ja, sie war mit den anderen Frauen schon vor uns da, sie haben die *sobrasada* gefüllt.«
Immer einmal wieder hatte Toni Aina erwähnt, aber niemals hatte sich eine Gelegenheit ergeben, Tonis Frau kennenzulernen. Dabei war sie doch mit ihm auf diesem Schlachtfest gewesen, und Toni hatte Michael und Aina nicht miteinander bekanntgemacht. Hatte er es vergessen? Das war eines der Dinge, an die Michael sich nur schwer gewöhnen konnte. Nicht daß Toni unhöflich gewesen wäre. Es schien, als wäre für Toni der Tag und die Situation nicht geeignet gewesen, seinen Amigo Alemán mit seiner Frau bekannt zu machen. Später begriff Michael, wie genau und überlegt in dieser kleinen mallorquinischen Lebensgemeinschaft auf der Insel Bekanntschaften, Einladungen und erst recht Freundschaften ausgewählt und angesteuert werden. Später kannte er Tonis Frau dann bereits, sprach mit ihr, ohne daß sie ihm von Toni selbst vorgestellt worden war. Das bedeutete, daß in dieser Zeit der inoffiziellen Bekanntschaft Michael niemals zusammen mit Toni und seiner Frau hätte eingeladen werden können. So schafften sich die Menschen hier Freiräume, in denen sie Zeit hatten, sich zu entscheiden, wen sie bei sich anlanden lassen wollten. Jede Familie war eine Art Insel auf der Insel. Nun war die Bekanntschaft mit Aina immerhin zum ersten Mal in Aussicht gestellt.
Auf dem Weg zur Plaza de la Iglesia sahen sie überall auf den Straßen brennende Holzfeuer. Mal waren sie in Stahlkörben angezündet, mal als offene Feuer auf dem Pflaster aufgeschichtet. Ein starker Duft von gebratenem Fleisch lag in den Straßen, durch die sich die Menschen drängten. In ein

unglaubliches Potpourri verschiedenster Klänge aus den Bars, den offenstehenden Haustüren und von den entfernt liegenden Plätzen mischte sich immer wieder das Krachen der brennenden Holzscheite. Menschen standen in Gruppen um die Feuer. Einige hielten Holzstöcke über die Glut, an deren Ende Würste aufgespießt waren.

Vor jeder Straßenbiegung konnten sie schon auf den Häuserwänden als Schattenspiel vorweg sehen, welche Szenen sie erwarteten. Die Menschen, die Stöcke, der Rauch – alles war übergroß und ineinander verwoben dort zu sehen. Schattenspiele, die den Ort seltsam belebten und verwandelten. Für einen Moment rutschte Michael die Zeit weg. Es war ihm, als ob er in einem vergangenen Jahrhundert durch diese Straßen ging. Irgend jemand hatte mit einer riesigen Laterna Mágica die Schatten einer weit zurückliegenden Zeit in den Ort zurückgeholt.

Das Fußballspiel auf dem Fernsehschirm in der Bar Can Tronca brachte Michael in die Gegenwart zurück. Wie ein modernes Heiligtum schwebte der kleine Kasten hoch über den Köpfen der Menge, die sich um die Bar drängte. Es war kein Durchkommen, und so blieben sie am Eingang stehen, bis sich einer der Kellner zu ihnen durchgedrängt hatte und sie sich von dem Angebot auf seinem Tablett zwei Cervezas griffen. Toni warf einige Münzen auf das Tablett, und Michael sagte:

»Es ist ja schön mal zu sehen, wer für mich bezahlt. Sonst heißt es immer: ya está pagado!«

Toni lachte: »No te preocupes – kümmere dich nicht drum«, hob sein Bier, und mit einem »salud« war die Sache vergessen.

Aina allerdings trafen sie erst viel später. Da waren sie schon auf dem Rückweg von San Juan nach Llucmajor. Kurz vor Randa fuhr ein Wagen dicht auf, blinkte und überholte hupend den Alfa. Aina, die Michael so zum ersten Mal sah, und eine Freundin winkten den beiden noch zu, bevor sie in der Dunkelheit verschwanden.

10.

Stimmen im Kopf – Stimmen auf Band

»*Novembre i febrer son marit i muller* – November und Februar sind wie Ehemann und Ehefrau«, sagen die Mallorquiner. Für den Dezember hatte ihm Toni eine kleine Wetterverbesserung versprochen: und richtig angenehm würden die *ses calmes de gener* – die stillen Tage im Januar werden. Acht oder neun Tage zu Beginn des neuen Jahres, an denen die Natur auf der Insel den Frühling probt. Ohne Ankündigung, ganz plötzlich, wie durch ein Wunder ist es dann still auf Mallorca. Eine absolute Windstille. Die unangenehm kalten Stürme, die im Winter mit ihrer Feuchtigkeit über die ganze Insel fegen, stellt dann jemand einfach ab. Das Meer liegt ruhig da, und die Sonne gewinnt eine Kraft, so daß du wieder an den Strand gehen kannst. Eine Generalprobe, gewissermaßen, die bald wieder beendet sein würde. Ganz so, als ob jemand in der Winterzeit die Menschen auf der Insel vor der Uraufführung und dem wirklichen Beginn des Frühlings im März noch einmal trösten möchte, damit sie die kalten und nassen Tage des Februars leichter ertragen können.

Aber jetzt war November, die zweite Hälfte des Monats war angebrochen, und Michael hatte seinen Stuhl tiefer in die Dünen hineingezogen. In so einer tiefen Mulde aus weißem Sand war es für ein bis zwei Stunden am Tag noch angenehm warm, und das Krachen der Wogen drang zu ihm herüber.

Die Spaziergänge wurden kürzer, und es war eine Wohltat, wenn er durchgekühlt in die warme Stube trat und die gußeisernen Türen des Kaminofens öffnete, um sich am Holzfeuer zu wärmen. Manchmal schlief er auf seinem Sofa vor dem Kamin unter einer Decke ein, weil ihm das Bettzeug zu klamm geworden war. Er legte dann noch einige Holzscheite für die Nacht aufs Feuer, so daß am Morgen das Wohnzimmer noch trocken und warm war. In diesem Haus am Meer, so dicht der Witterung ausgesetzt und ohne die Möglichkeit, das ganze Gebäude zu heizen, wollte er nun doch nicht den ganzen Winter verbringen. Dennoch: der weite, leere Strand, die peitschenden Wellen, auf denen er jetzt Scharen von Möwen und anderen großen Wasservögeln beobachten konnte, gefielen ihm zu gut. Die Badeinsel war wieder ein Stück Natur geworden, und Michael erlebte deutlich, was das heißt: Jahreszeit.

Wenn er jetzt an seine Heimat dachte, fiel ihm auf, wie stark in dieser großen Klimaanlage Deutschland der natürliche Rhythmus von Sommer, Herbst, Winter und Frühling eingeebnet wurde. In den Schaufenstern der großen Warenhäuser und im Fernsehen müßten die Menschen daran erinnert werden, daß es jetzt bald Weihnachten wird, die Zeit der Besinnung, die dann im Getümmel der Einkaufsschlachten unterging. Hier war er allein, und wenn sein Feuer ausging, war es verdammt kalt und feucht. Der Thermostat in seiner Bonner Wohnung war dagegen eine praktische Lösung. Gas und Strom wurden abgebucht. Hier mußte er seinen Vorrat an trockenem Holz im Auge behalten. Er dachte an den täglichen Strom von Nachrichten im Fernsehen, die ständigen Neuheiten und Sensationen im Kino, Theater, Oper und Konzerten. Aber da waren auch die angenehmen Abendessen mit Kollegen in ordentlichen Restaurants, die Gespräche und das Kennenlernen interessanter Zeitgenossen. All das hatte ihm immer gefallen und hatte ihm Kraft gegeben, von Tag zu Tag so weiterzumachen. Wie an einem öffentlichen Stromnetz hingen die Menschen zu Hause an diesem Kraftwerk, das sie täglich mit Nachrichten und Gefühlen versorgte und bewegte. Was passiert, wenn man sich einmal von diesem Verbundnetz abschaltet, einfach den Stecker zieht? Gab es da in ihm Reserven, eine eigene Welt, jenseits der angelieferten Welten? Er hatte immer nur nach vorne gesehen, war gerannt wie ein Mensch, der auf der Flucht vor etwas war, das er selber nicht genau erkennen konnte. In diesen Wochen drehte er sich zum erstenmal um, blickte auf sein Leben und spürte, wieviel von seiner Lebenszeit schon vergangen war. Ein kostbares Gut. Und wie verschwenderisch war er bisher damit umgegangen. Seine Mutter hatte in ihren letzten Jahren immer davon gesprochen. Nicht nur einfach so: »Junge, am Mittwoch ist für mich die Woche rum.« Nein, fast eindringlich und mit großem Ernst, als ob sie ihm etwas ganz Wichtiges mitgeben wollte.

»Ach, das Leben ist so kurz. Es läuft schneller und schneller, je älter du wirst. Gönn dir dein Leben, Junge!«

Das war noch einmal so im Krankenhaus, als er sich von ihr verabschiedete. Dabei war sie ein lebenstüchtiger, fast harter Mensch gewesen. Hatte sich, wie so viele ihrer Generation, eine Lederhaut wachsen lassen, um die Brutalität, die ihnen die Zeit zugemutet hatte, zu ertragen. Aber Mitleid und Verstehen für ihre große Anstrengung zu leben war bei Michael erst nach ihrem Tod gewachsen. Vorher war es ein Arrangement: Man sprach einfach nicht mehr über die Vergangenheit. Diese Tür blieb verschlossen. Vielleicht hätte er

sie für all das auch hassen können. So wie es war, hatte er sich einfach entschlossen, sie zu mögen und mit seinem Lebensweg auch der Mutter die Erfolge zu schenken, die ihre Entbehrungen belohnten. Michael sah auf das graue Meer vor seinem Fenster und erinnerte sich an jenen Sommer in Ostende. Neben dem Boxen hatte er sich zum Rettungsschwimmer ausbilden lassen und erhielt damals vom belgischen König eine Urkunde, weil er in diesen Sommerferien mehrere Menschen vor dem Ertrinken aus dem Meer zurückgeholt hatte. Sicher war er stolz, als er den Zeitungsausschnitt mit dem Bericht in einem Brief nach Hause schicken konnte. In Wahrheit wollte er sie aber nur daran erinnern, daß sie einen Sohn hatte, der in der Fremde leben mußte. Wie viele Dinge hatte er nur aus diesem Grund getan?
»Junge, gönn dir dein Leben!«
Nun hatte er sich eine Auszeit genommen vom großen Betrieb, war vom Spielfeld gegangen und saß hier auf der Bank in Ses Covetes am Meer von Mallorca.
Er war nicht zu erreichen. Kein Postfach, kein Telefon. Es gab nur diesen Anrufbeantworter in dem Haus der Möllers, in dem er nicht mehr wohnte. Das war kurios: Von der Bar Colón aus hörte er die Stimmen ab. Es waren die Stimmen der Möllers, zuerst besorgte, dann beleidigte Stimmen, weil er sich nicht mehr bei ihnen gemeldet hatte. Es war die Stimme Barbaras, die über das Telefon eine Art Flaschenpost aufgab, in der Hoffnung, Michael würde sich doch endlich mal bei ihr melden und wenigstens berichten, wie es ihm am anderen Ende der Insel erging. Hatte er vielleicht die Telefonnummer vergessen? Sie sprach sie noch einmal auf Band. Vielleicht würde sie Weihnachten nach Deutschland fahren,

aber wenn er die Tage von Weihnachten bis zum Jahreswechsel mit ihr in ihrem Steinhaus verbringen wollte, würde sie bleiben. Auch die Möllers wären da, man könnte zusammen ein paar schöne Tage verbringen. Sie würde sich jedenfalls sehr freuen. Für einen Moment glaubte er die Stimme Christianes zu hören. Es war dann Brigitte, seine ehemalige Sekretärin. Wollte nur mal hören, wie es ihm ergangen war, und brachte ihm brühwarm etwas vom neuesten Klatsch aus den vielen Bonner Büros. Wer neuerdings mit welcher Frau gesehen wurde, wo wieder ein Stasimaulwurf ausgegraben worden war. So ein netter Mann, hättest du so was von dem gedacht? Der Chef hatte sich neulich bei einer Moderation einen dollen Versprecher geleistet, den müssen die noch aus dem Studio tragen, freiwillig geht der nicht. Und überhaupt würden so viele Leute immer wieder nach Michael fragen. Es war kurios, diese Geschichten am Telefon in der Bar Colón zu hören. Auch für die Gäste, denen nicht entging, daß der Alemán für Minuten telefonierte, ohne dabei ein Wort zu sagen und dabei manchmal vor sich hinlachte.

Mit einem Ruck hatte Michael sein Leben in Unordnung gebracht, dachte er. Anfangs war es noch das Abenteuer gewesen, auf das sich jeder Mensch freut, wenn er sich für einige Wochen im Jahr vom alltäglichen Joch befreit und sich unter einer fremden Sonne mit anderen Menschen zurechtfinden muß. Michael war nun frei zu tun, was er wollte, dennoch hatte sich unter der Hand eine gewisse Regelmäßigkeit und Ordnung in seinem Tagesablauf eingestellt, und das war nicht unangenehm. Dazu zählte auch der tägliche Besuch in der Bar Colón, wo er seinen Café con leche trank und immer noch mit roter Tinte Vokabeln in das Diario de Mallorca schrieb. Die Alten an den Tischen schickten ihm schon mal ein freundliches »bon dia« herüber, und der Wirt Lorenzo blieb für ein paar Sätze am Tisch stehen. Maria belegte die *panecillos* und brachte sie auch an den Tisch. Außer einem »bon profit« und »gracias« gab es dabei keine Gelegenheit zu sprechen. Das war kein Zufall, wie Michael später erfuhr. Er war ein Mann, der ohne Frau in die Bar kam, und deswegen führte nach den Spielregeln der Plaza España in Llucmajor Lorenzo, der Mann, das Gespräch mit den Freunden. So wurde er allmählich ein Gast, ein Stammgast, der zur Bar dazugehörte, und er spürte, wie es die anderen freute, daß er hiergeblieben war, um mit ihnen hier den Winter zu verbringen. Bald störte es ihn schon, daß die Bar Colón am Dienstag geschlossen hatte und er dann in die Bar Prohens oder die Bar Tabú ausweichen mußte. Als er so an einem Dienstag über den Platz ging, sah er den Friseur Agustín mit Damián, dem Schmied, und Enrique mit einem Pakken Lottoscheine an der Jacke durch das Fenster des Friseurgeschäftes. Wie immer grüßte Agustín seinen deutschen Kunden mit einer Handbewegung. Damián und Enrique sahen ihn dabei so erstaunt an, daß Michael das Gefühl hatte, sie bei irgend etwas ertappt zu haben. Ganz so, als ob sie gerade über ihn gesprochen hätten. Zu gerne hätte er gewußt, welches Bild er für die drei und auch für die anderen freundlich grüßenden Menschen abgab. Aber die drei Verschwörer in Agustíns Frisiersalon hatten nicht nur ein Bild von ihm. Sie machten sich bereits Gedanken über seine Zukunft. Wie meistens ging es um Geschäfte und – was noch aufregender war – um das Einfädeln von Geschäften.

11.

Ein Mann braucht ein Haus

Normalerweise haben die Gäste auf der Insel nur Kontakt zu Mallorquinern, wenn sie im *colmado*, im Supermarkt einkaufen gehen oder sich als Residenten eine Putzfrau, einen Gärtner und Handwerker ins Haus holen. Mit der Zeit bleibt es nicht aus, daß man sich im vertraulichen Ton über fremde Familienverhältnisse und Sorgen berichten läßt und auch selbst das eine oder andere aus der eigenen Familie erzählt. Die mallorquinischen Dienstboten im Haus, oft Festlandspanier, die man für Mallorquiner hält, entwickeln sich dann zu einer Art Dolmetscher zwischen der Insel und den Zugereisten, die Quelle für manches Mißverständnis. Diese Gespräche und der enge persönliche Umgang sind die Gelegenheiten, bei denen die Fremden glauben, sich ein Bild von den Bewohnern machen zu können, während sich gleichzeitig der Gärtner, der Installateur und die Putzfrau ihre Vorstellungen von den Ausländern machen. Sie erzählen davon, was sie in den Häusern gesehen hatten: Die Fremden waren reich, und sie wollten offenbar, daß jeder genau wissen sollte, wie es auf ihrem Bankkonto aussah. Dieser besondere und privilegierte Zugang zu der Welt der fremden Gäste führte dazu, daß auch Mallorquiner wie Antonia, Pepe und Maria neben der Rolle des Dolmetschers gelegentlich als Agenten für mögliche Geschäfte und Informationen auftraten. Zum Beispiel Catalina: Zweimal in der Woche kam sie mit ihrem alten Fiat 600 von Campos her-

über nach Ses Covetes, um Tonis Haus, in dem der deutsche Einsiedler wohnte, in Ordnung zu bringen. Ein freundlicher Mensch war dieser Señor Michael, der offenbar längere Zeit auf der Insel bleiben wollte. Das Haus am Meer, ein Sommerhaus, würde da nicht reichen, das hatte man schon längere Zeit in Catalinas Familie besprochen, wenn sie immer wieder haarklein von ihrer Arbeit in Tonis Haus und den Gesprächen mit Michael berichten mußte.
Enrique, immer auf der Spur von Michael, hatte es so eingerichtet, daß er zufällig mit seinen Losen vor der Praxis des Zahnarztes Dr. Bonaventura in Llucmajor auftauchte, als Catalina hier mit ihrer kleinen Tochter von der Behandlung kam. Nicht daß er ihr heute ein Los verkaufen wollte, es ging um eine sichere Sache; ein Glück ganz anderer Art. Enrique begleitete Catalina zu Damiáns Werkstatt, in der die vielen schmiedeeisernen Tore und Gartenzäune entstanden, auf die kein Resident bei der Anlage seines Hauses und Gartens verzichten wollte.

*

Anfangs hatte Michael gar nichts verstanden. Die freundlichen Nachfragen von Catalina zu seinem Wohlergehen schienen ihm nur das Ergebnis der nun schon längeren Bekanntschaft zu sein. Sicher, sie hatte allen Grund dazu, ihn zu bedauern, daß er hier alleine gegen den Wind und das Wetter anleben mußte. Sie hatte recht, für die nächsten Monate würde er sich doch entscheiden müssen, wo und wie er über den Winter kommen wollte. Anfang Dezember schließlich, nachdem ein unangenehmer, schräg vom Himmel fallender Regen ihm drei Tage lang jede Lust an einem Spaziergang verdorben hatte, machte Catalina endlich ihr Angebot. Michael hatte sich mit seiner Zeitung in der Bar Colón niedergelassen. Der Betrieb in der Bar war in den letzten Wochen stark zurückgegangen. So saß er allein in dem großen Wartesaal, einen Gasbrenner neben sich, den ihm Lorenzo hingeschoben hatte. Wie zufällig erschien Catalina auf dem Marktplatz, sah ihn, winkte und trat ein. Nachdem er sie zu einem Café con leche an seinen Tisch gebeten hatte, rückte Catalina mit einer wichtigen Neuigkeit heraus.

»Es ist schon eine Fügung des Schicksals, Señor Michael. Ich würde es ihnen gar nicht sagen, wenn ich sie jetzt nicht gerade getroffen hätte. Kann sein, morgen würde es auch zu spät sein. Eine besondere Gelegenheit. Stellen Sie sich vor. Ich treffe gerade Damián, den Schmied, Sie werden ihn ja kennen. Und Damián erzählt mir, daß er das Haus seiner Großmutter hier im Ort verkauft.«

Das war's. Catalina nahm das Glas mit dem heißen Kaffee in beide Hände, und fröstelnd fügte sie noch hinzu:

»Bei so einem Wetter braucht man schon ein richtiges Haus in der Stadt. Sie müssen wissen, der schlimmste Teil des Winters liegt noch vor uns!«

Michael hatte verstanden. Er war neugierig genug, sich das Angebot einmal genauer anzusehen. Außerdem bestand vielleicht die Möglichkeit, so ein Stadthaus über den Winter zu mieten. Catalina und der Zufall meinten es heute gut mit ihm. Das Haus lag nur einige hundert Meter von der Bar entfernt, Damián war in diesem Moment im Haus, Öfen und Kamine waren seit dem Morgen befeuert, die Räume angenehm warm. Über einen kleinen Platz mit einem Denkmal waren sie zu dem zweieinhalbstöckigen, schmalen Stadthaus gegangen. Ein großer Torbogen aus Maressteinen führte sie durch einen kleinen verglasten Flur in eine große Diele mit einem Säulenbogen, durch den sie in einen größeren zweiten Raum gelangten. Treppen führten in die obere Etage. Hier unten war linker Hand die Küche eingerichtet. Eine dritte Tür mit Glasfenstern zeigte in einen verwilderten Garten, der von Mauern begrenzt wurde. Michael erkannte dort einen Mispelbaum – und am Ende des Gartens wuchsen mehrere Orangenbäume, die gerade Früchte trugen. Einige Orangen waren zu Boden gefallen. Niemand schien sich um die Ernte zu kümmern. Michael hob sich eine Frucht vom Boden, drehte die Schale mit leichter Hand ab und genoß eine süße Apfelsine, wie er sie zu Hause noch nicht gegessen hatte.

»Por favor, Señor, bitte nehmen Sie, wenn Sie mögen. Jetzt gibt es zuviel Orangen.« Damián war die Treppe aus dem oberen Stockwerk heruntergekommen und führte nun Michael, begleitet von Catalina, durch das Haus. Der kräftige Kerl japste dabei nach Luft. An seinem Schnullermund hing erloschen ein Stumpen, von dem sich der Schmied nicht trennen wollte. Das ständige Saugen mit vorgeschobenen Lippen und hochgezogenen Brauen gab seinem Gesicht einen Anflug vor argloser Ahnungslosigkeit. Beim Abschied sahen die beiden erwartungsvoll den Extranjero an. So wie er durch die Räume und den Garten gegangen war, hatte er offenbar an der gesamten Anlage großen Gefallen gefunden.

»Vermieten? Leider nicht! Bei dem Preis, ein halbes Geschenk, Señor Michael. Lohnt sich da eine Miete für einen Alemán? Mehr noch: Wenn Sie mir das Geld en seguida, sofort, persönlich geben, ja dann ist es casi regalado, so gut wie geschenkt. Y además«, hatte er gesagt, »im übrigen: Ein Mann braucht ein Haus.« Und lachend hatte er hinzugefügt: »Wenn man kein Haus hat, dann hat man auch keinen Platz, auf dem man tot umfallen kann. Perdón, aber so reden wir darüber, Señor Michael.«

Michael bat, einige Tage über das großzügige Angebot nachdenken zu dürfen, und trat den Rückzug in die Bar Colón an. Damián und Catalina sahen ihm bis zur nächsten Straßenecke hinterher. Er wollte ihnen noch einmal zuwinken, da prallte er auch schon mit Enrique zusammen, der sich erstaunlich weit von seinem Revier am Marktplatz entfernt hatte.

»Disculpe, perdón Señor«, der Losverkäufer rückte seine Brille wieder zurecht und sah den Fremden neugierig an, bevor er sich noch mal entschuldigte, um dann schnell in Richtung von Damián und Catalina zu verschwinden.

Konnte man es noch einen Zufall nennen, daß Michael in der Bar Colón an seinem Platz auf Toni traf, der so unverschämt lachte, daß Michael gar nichts mehr zu berichten hatte. Selbstverständlich wußte Toni alles.

»Eure Buschtrommeln – das ist schon erstaunlich«, sagte Michael. Und dann sah er, wie gut es war, daß sein Freund Toni aus der Ferne alles unter Kontrolle hielt. Wirklich, es war ein Dschungel, in dem er sich fast verlaufen hätte. So erklärte ihm Toni: Das Registro, die Grundbuchstelle, wurde so geführt, daß man nicht unbedingt den Besitzer des Gebäudes, wie auf dem deutschen Katasteramt, erkennen konnte.

»Ich bin gar nicht sicher, ob dir Damián das Haus verkaufen kann. Es ist bei uns so, daß viele Familien über Generationen ein Haus, das sie erben, gar nicht in das Registro eintragen lassen. Sie wollen die Steuer, die dann zu zahlen wäre, vermeiden. Bei uns im Registro sind noch Besitzer aus dem vorigen Jahrhundert eingetragen. Die liegen schon Jahrzehnte auf dem Friedhof. Du kannst also nur wissen, wem das Haus gehört, wenn du die Familienverhältnisse kennst und wenn du herausfindest, wer die letzten Erben sind. Im Fall von Damiáns Haus gibt es da einige Unklarheiten, tipi tim, tipi tam. . .« Toni machte dabei ein besorgtes Gesicht.

Der Schmied schien ein besonders schwieriger Erbschaftsfall zu sein. »Ja, aber warum zeigt Damián mir ein Haus, das er vielleicht gar nicht verkaufen kann?«
»Dafür kann es viele Gründe geben«, erläuterte ihm Toni den Sachverhalt. » Vielleicht möchte Damiáns Schwester ihrem Bruder den Erbteil abkaufen, und Damián versucht durch dich, einen besseren Preis zu bekommen. Vielleicht möchte er auch wirklich das Haus verkaufen, bevor er seinerseits seine Schwester bezahlt. Möglicherweise will er auch das Haus mit seiner Schwester gemeinsam an dich verkaufen. Dann wird's schwierig: Es würde mindestens drei bis vier Jahre dauern, bis du als Eigentümer in das Registro eingetragen werden könntest.«
Michael sah ihn ratlos an. Aber Toni hatte schon eine Lösung:
»No te preocupes, kümmere dich nicht drum! Wenn du wirklich ein Haus willst, nosotros nos ocuparemos, wir kümmern uns drum!« Toni hatte den Satz leicht hingesagt. Wie auch anders. Für ihn, den Mallorquiner, war das keine große Sache, viel eher eine Selbstverständlichkeit. Fast jede Familie auf der Insel lebte in einem eigenen Haus. Die eigenen vier Wände auf dem eigenen Grund und Boden,

zumindest eine *casa de aperos* auf einer *quarterada* – all das gehörte hier zum Leben wie die Luft zum Atmen. Selbst auf dem Festland lebten noch achtzig Prozent der Spanier in einem eigenen Haus. Michael aber war im Land der Mieter aufgewachsen – auch im vereinigten Deutschland, dem Paradies der Bausparkassen, wohnte nur ein Drittel der Menschen in eigenen vier Wänden.

»Wenn du ein Haus willst . . .«, deswegen hatte Michael Tonis Satz ganz anders verstanden und daran gedacht, ein Haus zu mieten, und so hatte Tonis Bemerkung ». . . wir kümmern uns darum« für Michael noch ganz unerwartete Folgen. Michael konnte von seinem Platz sehen, wie Damián, Catalina und Enrique zufällig an der großen Fensterfront der Bar vorbeischlenderten. Nicht daß sie neugierig durch die Fenster geschaut hätten. Aber es war ihnen wohl nicht entgangen, daß Toni und Señor Michael sich in der Bar auf einen Kaffee getroffen hatten.

»Da geht ja meine Immobilienfirma«, sagte Michael. Aber Toni sah gar nicht hin und schwieg.

*

Michael flog auf Mallorca einem Wendepunkt zu: Der 21. Dezember war der kürzeste Tag auf der Insel. Die Sonne zog ihre Bahnen von Tag zu Tag flacher am Horizont und verlor dadurch an Kraft. Bald schon ließ sie um kurz nach fünf Uhr am Nachmittag die Insel im Dunkeln zurück. Der gußeiserne Ofen in seiner Wohnung mußte nun ununterbrochen mit großen Holzscheiten befeuert werden, um seine Kajüte halbwegs trocken zu halten, denn als eine Reise auf einem

Schiff erschien ihm sein Aufenthalt in diesem Haus am Meer von Ses Covetes.
Wenn er am Morgen auf seinen vom Seewasser nassen Balkon hinaustrat, stand er an einer Reling, und der Fahrtwind blies ihm ins Gesicht. Der Blick auf die kleine Insel vor der Küste, Cabrera, erinnerte ihn an die Reise nach Helgoland. So nah, so plastisch lag der graue Rücken der Insel vor dem Bug seines Hauses. Weit übers Meer hinaus ging der Blick in diesen Tagen ohne Dunst, der noch im Oktober die Tiefe verschleiert hatte. Die flach stehende Sonne beleuchtete Wolkenschiffe, die über den Horizont bis ans Ende der Welt segelten. Mit fünfzehn Grad war das Meer so weit abgekühlt, daß sich nur noch vereinzelte Surfer mit ihren Thermoprenanzügen auf das Wasser hinauswagten. Die grauen Wellen hatten einen Teil des Sommerstrandes zurückerobert. Wenn sich Michael – gut gegen den Wind verpackt – in den Dünen zu seinem Haus umwandte, sah er, wie der Wind den Rauch seines Holzfeuers tief über den Strand vor sich hertrieb.
Möllers hatten in ihrem Haus eine Ölheizung. Ihr Haus bei Lluc-Alcari war schon eine Luxuskabine für diese Jahreszeit, dachte Michael, und es wurde ihm ganz warm bei der Vorstellung, das feucht-windige Weihnachtsfest gut versorgt bei den Möllers zu überstehen. Und Barbara – ach ja, Barbara – sie hatte sogar einen Kachelofen, der das Schlafzimmer mit beheizte.
So stemmte sich Michael gegen einen frisch aufkommenden Sturmwind und erlebte drei Tage vor Weihnachten dann hier am Strand seine persönliche Bescherung. Das Meer warf sie ihm vor die Füße: Große und kleine Pakete rollten an Land. Michael bückte sich, zog eines dieser Geschenke

aus dem Wasser und riß die nasse Wellpappe ab. Es waren Stangen von Marlboro Zigaretten, die auch einzeln aus aufgeplatzten Kartons im Wasser trieben. Was Michael auffiel, als er ein Päckchen in die Hand nahm? Die Zigarettenpäckchen trugen keine Steuerbanderolen. Tomeu rauchte *Ducados*, eine spanische Zigarette, auf deren Päckchen die Steuerbanderole nicht fehlte. Aber der Mann mit den vielen Augen und Ohren auf der Insel wußte von diesen Geschichten und konnte Michaels Rätsel lösen. Einen Tag vor Heiligabend hatten sie sich im Restaurant des Recó de Randa zum Mittagessen verabredet. Toni, Tomeu und Michael löffelten eine Fava parada, eine weiße Bohnensuppe, zu der sie einen kräftigen Rotwein von Ribas tranken.

»Die Contrabandistas haben ihre Schätze über Bord geworfen«, sagte Tomeu. »Genau in dem Moment, als die Guardacostas sie stellen wollten. So geht das hier gewöhnlich.«

Tomeu saß mit dem Rücken zum Fenster, so daß Michael nicht genau sehen konnte, was sich im Gesicht dieser phönizischen Silhouette abspielte. Es schien ihm, Tomeu schmunzelte dabei.

»Dies hier«, Tomeu sah Michael über den Brillenrand an und wies mit einer Kopfbewegung auf das Land mit den Bergen und dem Meer hinter dem Fenster, »ist eine Insel von Edelleuten, Korsaren, Piraten und Schmugglern. Das ist die Geschichte!«

Und jetzt schmunzelte er wirklich.

»Tipi tim, tipi tam«, auch Toni hob sein Glas mit einer entschuldigenden Geste.

»Davon leben die Menschen hier seit Jahrhunderten. Jetzt fahren sie mit ihren Booten heraus und treffen auf hoher

See große Frachtschiffe, die ihnen ganz offiziell steuerfrei Zigaretten verkaufen. In so einer Nacht kann man mit einem schnellen Boot einen Gewinn von 20 oder 30 Millionen Peseten machen.«

Mehr als zweihunderttausend Mark, rechnete Michael für sich um.

»Das sind ja dann keine kleinen Leute, die vom Schmuggel leben.«

»Aber du kannst in einer Nacht auch alles verlieren und ins Gefängnis wandern«, sagte Tomeu.

Toni grinste. »Wenn du die Ladung rechtzeitig über Bord wirfst, kann dir die Polizei nichts beweisen. Aber das Meer zerfrißt dir dafür deine Zigaretten. Manchmal trocknen sich Kinder den Tabak und qualmen das salzige Kraut.«

*

Eine festliche kleine Versammlung war es, die hier im Speisesaal zu einem späten Mittagessen zusammengekommen war. Auch Michael hatte sich zu seinem schwarzen Cordsakko eine Krawatte umgebunden, denn später, gegen Abend, wollte man in Cura, dem Kloster oben auf dem Berg von Randa, ein Konzert mit Klavierstücken von Chopin besuchen. Auch andere Gäste in dem Lokal, das an der einzigen Fahrtstraße hoch zum Berg lag, hatten sich diesen Tag vor Weihnachten für das Konzert reserviert. Nach der Fava parada wurde Spanferkel aus dem Holzofen aufgetragen. Eine Spezialität, für die das Recó de Randa auf der Insel berühmt war. Helles zartrosa Fleisch mit goldbrauner Kruste. Nach den ersten Bissen erinnerte sich Michael, daß er so etwas schon einmal gegessen hatte – damals vor vielleicht zwanzig Jahren, als die Schweine noch nach Schweinefleisch schmeckten und die Schnitzel in der Pfanne nicht auf die Hälfte zusammenschrumpften. Coloma, die Köchin, hat das Spanferkel nach einem alten Rezept gewürzt, mit Honig eingestrichen und in den großen Holzbackofen am Eingang zum Lokal geschoben. Rosmarin, Lorbeer, vielleicht auch ein wenig Majoran, so viel spürte Michael immerhin bei den ersten Stücken auf der Zunge.

»Manolo, der Chef, und Coloma würden uns niemals verraten, wie sie das machen. Das bleibt ihr Geheimnis. Schon daß Coloma das Spanferkel und die dicken Brotlaibe abwechselnd in den Ofen schiebt, gibt dieser Kruste einen besonderen Geschmack . . .«

Toni schnalzte mit der Zunge. Und alle drei verzehrten unter leisem Krachen und mit viel Anerkennung dieses kleine Wunder mallorquinischer Kochkunst.

Beim Dessert, einem Flan, kam Tomeu endlich zum Thema. Toni hatte mit ihm gesprochen. Und all das, was er inzwischen über Michael erfahren hatte – übrigens einen ziemlich kompletten Bericht seines Aufenthaltes auf Mallorca – brachte ihn zu dem Satz:

»Wenn Sie wirklich ein Haus wollen, Michael, wir haben Möglichkeiten und Freunde, die uns gerne helfen. Allerdings, es dauert seine Zeit. Für den Moment, damit du jetzt im Winter vom Meer wegkommst, möchte ich dir einen Vorschlag machen.«

Tomeu wechselte, wie so oft an diesem Nachmittag, immer wieder zwischen dem Sie und dem Du freihändig hin und her.

»Ein paar Schritte von hier steht ein Haus. Es ist nicht bewohnt. Es gehört mir, und vor allem, es hat eine Heizung. Bitte, warum soll Michael nicht so lange dort wohnen, bis wir etwas Passendes für ihn gefunden haben? Laßt uns jetzt rübergehen, dort den Kaffee trinken und alles Weitere besprechen.«

Das alles war fast beiläufig mit größter Selbstverständlichkeit hingesagt, wie ein Dekret. Und wenn Michael sich bei der Beschreibung der Inselgeschichte »Edelmann, Korsar, Pirat, Schmuggler« noch gefragt hatte, mit wem von den vier Herren er hier zu Tische saß, wußte er es nach diesem Nachmittag genauer. Über einen gepflasterten Karrenweg brachte Tomeu sie hoch, vorbei am alten Gemäuer von Randa, zu einem schmiedeeisernen Tor. Ein Kiesweg, umstanden von Orangenbäumen, führte zu einem eigentümlich verwinkelt gebauten Haus. Während Tomeu schon in die Küche gegangen war, zeigte Toni Michael die Anlage, die er ihm ganz als Architekt präsentierte: Ein Teilstück des Hauses – Bruchsteinmauer mit kleinen Fenstern – entstammte dem 16. Jahrhundert. Ein zweiter, im 19. Jahrhundert erstellter Gebäudeteil im Stil eines mallorquinischen Herrenhauses war daran gebaut worden. Aber es war nicht so sehr diese Originalität des Hauses als vielmehr die Lage am Berg von Randa, die Michael so begeisterte. Über eine kleine Steintreppe an der Rückwand des Gebäudes war er mit Toni auf den flachen Dachgarten geklettert. Umgeben von Palmen, die weit über das Haus hinauswuchsen, sah er den Ort unter sich liegen, ganz ähnlich wie er es am ersten Morgen nach seiner Ankunft auf der Insel aus seinem Hotelfenster des Recó de Randa erlebt hatte. Aber jetzt war der Eindruck noch viel stärker. Das Land war von einem geheimnisvollen Zwielicht verzaubert. Zwischen zwei Hügeln einer bewaldeten Bergkette, die das Dorf und seine Felder einsäumte, sah er in der Ferne die silbrig aufleuchtende Meeresplatte, in die sich gerade die Sonne absenken wollte. Aus dem dunkelblauen Abenddunst ragten am Horizont die Spitzen der Gebirgskette des Tramuntana. Unten im Ort, dessen Straßen im Dunkel lagen, waren die Laternen schon angezündet, und ihr immer heller werdendes weißes Licht bildete einen aufregenden Kontrast zum weichen Licht am Himmel, der sich allmählich verdunkelte. Natürlich hätte Michael spätestens jetzt Toni oder Tomeu sagen müssen, daß ihm dieses Haus fürs erste vollständig genügte, ja begeisterte und daß er nicht daran dachte, selbst ein Haus zu kaufen, obwohl die beiden das irgendwie vorauszusetzen schienen. Kaufen oder mieten? Der Unterschied schien ihm gering in diesem Moment. Wenn man einen solchen Platz für sein Leben finden könnte!

Und doch: Als Tomeu ihn später durch die Räume führte, war Michael unaufmerksam und zerstreut. Es war das erste Mal, daß er für sich im groben überschlug, wieviel Geld der Erbteil des Onkels, das Haus der Mutter und seine eigenen Aktien zusammen ergeben würden.

12.

Ganz dicht am Himmel

Wer auf dem Berg von Randa steht, hat die Siedlungen in der Ebene weit unter sich gelassen und ist dem Himmel ein Stück näher. Diese Abgeschiedenheit hat die Mönche vor Jahrhunderten dazu gebracht, hoch oben auf dem Plateau ein Kloster zu errichten. Wie auch andernorts im christlichen Abendland besuchen die Mönche mit ihren Gebetbüchern die Mutter Gottes von Cura immer weniger. An ihrer Stelle bevölkern die Touristen mit ihren Fotoapparaten die Kreuzgänge, Kirche und Kapelle. So war die Umwandlung des »Sala de Gramática«, in dem einst der bedeutendste Theologe Mallorcas, Ramón Llull, im 16. Jahrhundert seine Vorlesungen gehalten hatte, in einen Konzertsaal noch die pietätvollste und angemessenste Verwendung der klerikalen Räume.

Die meisten Besucher hatten schon ihre Plätze eingenommen, als Michael mit Toni und Tomeu leicht verspätet in ihre Reihen drängte. So blieb Toni nicht mehr viel Zeit, besondere Umstände zu machen, als er Michael endlich seiner Frau Aina offiziell vorstellte. Eine zierliche Person, deren lebendige Augen Michael in diesem Moment an Guilietta Massina erinnerten. Michael brachte noch ein schnelles »Gracias« für die Hilfe im Haus heraus, dann erhob sich schon ein Applaus für den Pianisten, der nach einer kurzen Verbeugung an seinem Flügel Platz nahm. Aina lächelte ihm zu – sie konnte mit ihren Augen lächeln –, flüsterte ihm noch den

Namen des großen russischen Pianisten zu, dann wurde es still. Während er zunächst eines der bekannteren Stücke spielte, die Chopin auf der Insel komponiert hatte, ließ Michael seinen Blick durch die Reihen vor ihm wandern. Neben einem älteren Ehepaar sah er das Profil einer schönen Frau mit vollem, kastanienbraunem Haar, das in fast altmodischen Locken über das Silberlamé ihres Pullovers herabhing. Vielleicht hundert Menschen füllten den Raum, »und es sind hundert verschiedene Lebensgeschichten«, dachte Michael, von denen jeder hier im Saal völlig unterschiedliche Augenblicke seines Lebens mit den Bildern der Musik verbindet. Woran mochte die interessante Frau da vorne gerade jetzt denken? Vom Flügel drangen nun die ersten Klänge der Ballade Nr. 2 herüber, Motive aus einem deutschen Volkslied. Wie weit mochte diese Mallorquinerin – selbständig und selbstbewußt, wie sie wirkte – weg sein von der Geistes- und Seelenverfassung, die mit diesen Tönen lebendig wurden? Als hätte sie seinen Blick in ihrem Rücken gespürt, drehte sich die Frau plötzlich um, lächelte ihn für einen Moment an und wandte dann ihre Aufmerksamkeit wieder dem Pianisten zu. Ihr Blick, der kleine Gruß, galt Aina, die neben ihm saß, aber das bemerkte Michael erst einen Augenblick später. Was er sah, als sie sich schon längst wieder umgedreht hatte, waren die weit auseinanderstehenden, hohen Augenbrauen, die den fragenden Blick für einen Moment besonders betonten, ehe sich ihr Gesicht mit einem kleinen Kräuseln um die Nase zu einem Lächeln entspannte. Mit der Wiederholung der Motivfolge vorne am Flügel ließ Michael immer wieder diesen kleinen Stummfilm vor- und zurücklaufen. Wer war diese Frau, die ebensogut eine Schau-

spielerin wie eine Rechtsanwältin sein konnte? Zum Glück hatte sie Aina zugelächelt, vielleicht würde er vorgestellt. Aber das Spiel des Russen da vorne wollte einfach keine Ende nehmen. Hoffentlich hatte sie ihn nicht erwischt, als sie sich zu ihm umwandte: Er, mit seinem neugierigen, stieren Schafsblick, mit der er auf jede Form von Schönheit reagierte, wenn er so überrascht wurde. Michael nahm sich vor, möglichst beiläufig und desinteressiert aufzutreten. So stand er mit seinem Pokerface vor dem Eingang des »Sala de Gramática« und ließ die Mallorquinerin, die offenbar von ihren Eltern begleitet wurde, an sich vorüberziehen. Er sah noch ihren engen schwarzen Rock und die grünen Pumps, mit denen sie im Gedränge des Kreuzgangs verschwand.
Die Gesellschaft kannte sich. Man grüßte nach allen Seiten. Aina und Toni wurden überall begrüßt. Sie kamen leider immer noch nicht aus dem Konzertsaal heraus, so viele bekannte Gesichter. Vor allem Tomeu wurde gegrüßt.
»Com va, Tomeu?« und »Tomeu, com anam?!«.
Jedermann schien ihn zu kennen und mit ihm sprechen zu wollen. Es nahm kein Ende. Michael Weidling dagegen stand fast unbemerkt am Rand. Eine ganz neue Erfahrung im Vergleich zur Bonner Beethovenhalle, wo ihm das nicht passiert wäre, wo man ihn weiterreichte, wo er sich wie ein Schmetterling von Gruppe zu Gruppe bewegte, um sich vorstellen zu lassen und neue Bekanntschaften zu machen oder alte zu erneuern oder einfach frischen Informationshonig zu saugen. Die anstrengende, vorteilhaft-lästige Seite der Prominenz. Wie gut hätte er sie jetzt gebrauchen können! Er wäre einfach hinter den grünen Pumps hergestiefelt: Ein »Guten Abend!«, ein »Kennen wir uns nicht?!« und ein

»Das läßt sich doch leicht nachholen!« Und dann würde man ja sehen ...

So aber stand er verloren am Ausgang, wartete ungeduldig auf Toni, immer in der Sorge, daß die Unbekannte mit ihren Eltern in einem Auto den Berg herunterfuhr.

»Maria del Mar Feliu!«

Michael war fast schlecht vor Aufregung. Da war sie. Der gleiche Film, die weit auseinanderstehenden hohen Augenbrauen, der fragende Blick ihrer großen braunen Augen. Die Lippen öffneten sich, und diesmal sprach der Film:

»Encantada!«

Toni und Aina hatten ihn, ihren deutschen Bekannten, der ein Jahr auf der Insel leben wollte, zur Familie der Felius mitgenommen. »Un periodista de la televisión alemana!«

»Er wird jetzt eine Zeitlang in meinem Haus hier unten am Berg wohnen, bis er ein eigenes Haus gefunden hat.«

»Vielleicht auch länger als ein Jahr«, sagte Tomeu, der hinzugetreten war.

»Señor Weidling«, wandte sie sich an Michael, »mein alter Freund Tomeu sagt das nur, weil er ein Geschäft anbahnen möchte. Ich habe nämlich einen kleinen Laden mit Antiguedades, darunter alte Möbel, die Sie dann vielleicht interessieren werden. Pero todavía tenemos tiempo! Und hier auf Mallorca haben wir immer noch ein bißchen mehr Zeit!«

Das Pokerface war rettungslos verloren. Michael war sich sicher, daß er stierte, sie mit seinem dummen Kalbsblick anglotzte. Ihre Brauen, das Kräuseln um die Nase, ihre Schultern. Er mußte jetzt irgend etwas sagen. Soviel war klar. Was hieß hier ›Wir haben noch Zeit‹ oder ›Möbelstücke, die Sie vielleicht interessieren‹. Morgen schon würde er ein

Haus kaufen und dieser Frau den Antiquitätenladen leerräumen. Bis auf den letzten wurmstichigen Stuhl. Wenn sie nur selber sein Haus mit ihm gemeinsam Zimmer für Zimmer einrichten würde. Was er sich dann sagen hörte, war vergleichsweise bescheiden:
»Ich hoffe, ich finde ein Haus, und ich darf mich dann wieder an Sie wenden.«
Maria del Mar Feliu – wie gerne hätte Michael ihr jetzt noch ein Kompliment über die Schönheit und Musikalität ihres Namens gemacht. Trägt nicht jeder Mensch einen zu ihm gehörenden und passenden Namen? All das wollte er ihr in seinem besten Spanisch mit ganz exquisiten spanischen R vorsingen. Maria – Zunge vorne, hinter den Zähnen zappeln lassen . . ., del Mar – Zunge weich anlegen und wieder fliegen lassen. Allein, es kam nicht dazu. Das Konto für Vertraulichkeiten bei einer ersten Begegnung auf Mallorca war abgebucht.

*

Weihnachten bei den Möllers in den Bergen von Deià, bei Lluc-Alcari, das war schwierig. Mit Petra Möller, der Kupplerin des Rhein-Main-Gebiets, und Barbara unterm Weihnachtsbaum, das konnte leicht schiefgehen, und es ging schief. Gründlicher, als Michael sich das vorstellen wollte, als er hinüber an die Nordküste fuhr. Da konnte auch der 82er Chateau Margaux von Heinz-Dieter Möller nicht mehr weiterhelfen. Obwohl »eine Granate von Rotwein«, wie Heinz-Dieter in seiner Weinkennerschaft schnalzte, ging dieser Schuß nach hinten los und verschlimmerte noch alles.

Nichts gegen den 82er Margaux. Er hob Michael von Schluck zu Schluck ganz allmählich in die Höhe. Irgend etwas blühte in seinem Innern auf, wie mit der Zeit der rote Saft seine Kraft in ihm entfaltete, was ihn leicht und hellsichtig zugleich machte. Aber es war unerträglich. Heinz-Dieter redete von voll entfalteten Taninen, reifen Beeren, Lavendelholz im besonderen. Und dann »kurzer Abtrunk, mein Junge, was soll die Pfütze da unten im Glas?«

Und zwischen diesen rheinischen Lesungen Bemerkungen über das muffige und blumige Bouquet von Bordeauxweinen. Petra versuchte sich mit neuestem Düsseldorfer Gesellschaftsklatsch in ihm zu verhaken, ihn auszufragen, wie es denn in den letzten Monaten hier auf der Insel gegangen sei. Unvorstellbar, ganz alleine am Meer.

»Michael, das können Sie uns nicht erzählen.«

Heinz-Dieter: »Der Kenner, genießt und schweigt. Prostata! Auf das, was wir lieben!«

Es wurde mit jedem Glas enger. Michael sah überscharf, in welch spießiger Art von Legoland sich die Möllers eingerichtet hatten, in die sie gnadenlos jeden anderen Menschen entführen wollten.

Es gab an diesem Abend nur zwei Personen, denen Michael interessiert zuschaute, und beide schwiegen: Das waren Barbara und der Papst. Der Heilige Vater kam über ASTRA. Man hatte ihm den Ton abgedreht.

»Die Christmette, Michael, verstehen Sie, eine sentimentale Tradition. Gerade an so einem Abend sind wir gerne katholisch.«

Barbara schwieg. Aufmerksam forschte sie Michael aus, ob

er sich ihr nicht mit einem Satz, einer Geste wieder nähern wollte.
Alles, was sie sah, erinnerte sie dann allerdings immer deutlicher an die Stimmung kurz vor dem Ausbruch eines Gewitters. Michaels Reizschwelle für Plattheiten und Arroganz war in den letzten Monaten erheblich gesunken. Jetzt war das Maß voll. Gerecht oder ungerecht. Er stand auf: »Ich brauch' jetzt ein Taxi. Stille Nacht allerseits!«

13.

Zwölf Trauben für einen Wunsch

Im konservativ-katholischen Spanien war das Weihnachtsfest in der Vergangenheit vor allen Dingen eine Angelegenheit von Kirche und Religion. Das Christkind war arm, lag auf Stroh, und ein Hirte brachte Geschenke vorbei. Mit der Angliederung Spaniens an das große Geschäft Europa haben das Kind in der Krippe und der Nikolaus mit Siebenmeilenstiefeln aufgeholt. Der heilige Mann arbeitet mit Kreditkarten, und der Erlöser aus Bethlehem setzt voll auf die Unterhaltungsgüterindustrie. Den Wirtschaftsminister freut es, das große Kinderkarussell bleibt in Schwung. Wen betrübt es da noch, wenn die katholischen Treib- und Keilriemen hinter den Kulissen dafür in Anspruch genommen werden. Eine kluge Tradition hatte in Spanien dazu geführt, das Fest der Pakete mit einem religiösen Datum zu verknüpfen, an dem auch die Bibel von Geschenken berichtete. »Los Reyes Magos«, das Fest der Heiligen Drei Könige, ist daher bis auf den heutigen Tag das aufregendste Fest für die Kinder.

Bis zum 6. Januar waren es noch vier Tage. Zu diesem großen mallorquinischen Familienfest war Michael von Toni und Aina zum Abendessen eingeladen worden. Vorher würde man den Einzug der Könige in Llucmajor beobachten. Danach war Bescherung in den Häusern. Eine gute Gelegenheit für Michael, als verspäteter Nikolaus aufzutreten und seinen neuen Freunden zu danken.

Vor dem Schenken stand das Einkaufen, und das war das Gute an der Geschichte. Michael war sicher, wo er die beste Beratung bekommen würde. Er dachte dabei an einen kleinen Laden in Palma, *Antiguedades*, der einer Maria del Mar Feliu gehörte. Die Anschrift hatte sich Michael längst von Toni besorgt, erst gestern nacht hatte er einen ersten Blick auf das Paradies in der Calle d'Arabí geworfen.
Es war die »Noche Vieja« gewesen, die Silvesternacht, für die er nach Palma gefahren war. Essen, böllern, tanzen – er wollte es diesmal ohne jede feste Verabredung versuchen. In der Calle Apuntadores war er neugierig eine Treppe hinunter in eine Bodega gegangen und unvermittelt in eine gemischte, fröhliche Gesellschaft geraten. Die Belegschaft eines Fährbootes hatte sich das Lokal für die Nacht gemietet, und es machte keine Umstände, daß Michael für achttausend Peseten mit ihnen gemeinsam das Silvestermenü einnahm. Um 23 Uhr, zum Dessert, wurden große Wundertüten mit Tröten, Nasen, Masken und Konfetti verteilt. Kein Gast sollte schutzlos und allein die Schwelle zum neuen Jahr überschreiten. Zwölf Trauben in einer kleinen Tüte waren dabei, und Michael verstand die Bedeutung, als kurz vor Mitternacht jeder die Trauben vor sich ausbreitete und der Ton am Fernseher laut gestellt wurde. Die Kamera fuhr auf die große Uhr des Rathauses auf der Puerta del Sol in Madrid, um die letzten zwölf Glockenschläge des alten Jahres über Rundfunk und Fernsehen zu übertragen. Mit jedem Schlag nahmen die Gäste eine Traube in den Mund. Man mußte dabei an einen Wunsch denken, der im kommenden Jahr in Erfüllung gehen sollte, bevor man die Traube runterschlucken durfte. Das war ein ernster Spaß, bei dem sich der

eine oder andere, je nach Wunsch, verschlucken konnte und aus dem Rhythmus kam. Auch Michael versuchte, beim Wünschen mit den Glockenschlägen »Schluck zu halten«. Vergeblich bemühte er sich, seine Wünsche, die Trauben und das Schlucken mit der Uhr in Madrid in Einklang zu bringen. Mindestens drei Trauben gingen auf diese Weise auf ein Rendezvous mit der Besitzerin eines Antiquitätenladens verloren. Auch die fünfte und sechste Traube hatten mit diesem Gesicht aus dem Konzertsaal zu tun. Gesundheit, Erfolg oder Geld bekamen keine Traube ab. Ihr Bild hatte die letzten Sekunden des alten Jahres beansprucht. Dann lagen sich die Menschen in den Armen.

»Feliz Año Nuevo!«

Auch Michael bekam ein paar Küsse ab, die aber nicht besonders ernst gemeint waren. Der Cava war echt und perlte im Blut, aber als es eine Stewardeß gegen zwei beim Tanzen doch ernst meinte, ging er auf die Straße. Er sah sein Spiegelbild in dem kleinen Laden mit der Aufschrift *Antiguedades*: Ein Mann, Mitte der Vierzig, mit Konfetti auf der Jacke und einer bunten, spitzen Clownmütze auf dem Kopf. Er zog die Tröte aus der Tasche, eine *matasuegras*, ein Schwiegermuttertöter, so nannten sie das hier. Er blies hinein, und die Papierzunge rollte bis an die Scheibe.

»Feliz Año Nuevo, Maria del Mar«, sagte er leise und klopfte an die Scheibe. Aber drinnen blieb alles dunkel.

Den Vormittag des 1. Januar verbrachte Michael im Bett und versuchte, das Puzzle der letzten Nacht zusammenzusetzen. Die Vorstellung war zu kurios. Ein ganzes Land, vom König bis zum Taxifahrer, schiebt sich Schlag für Schlag zwölf Trauben in den Mund. Dreißig Millionen Spanier schlucken synchron diese Hostien des Aberglaubens. Es war offensichtlich die Kehrseite des katholischen Spanien: Neben dem Segen von oben bedurfte es auch der Verbindung zu anderen Mächten, um gut durch das neue Jahr zu kommen. Wo sie wohl gewesen war in dieser Nacht, und welche Wünsche ihre Trauben begleitet haben mochten? Gleich morgen würde er nach Palma fahren, in der Calle d'Arabí aufkreuzen und sich in einem Antiquitätengeschäft Geschenke für Toni, Aina und Tomeu anbieten lassen, die er zum Dreikönigsfest überreichen wollte. Er würde geschickt sein und erst um ein Uhr den Laden betreten, so daß man vielleicht gemeinsam, während der Siesta-Zeit, essen könnte. Wenn auch nur eine dieser verdammten Trauben wirken würde, sollte sein Vorgehen unter einem glücklichen Stern stehen.

*

Die Trauben wirkten. Die Sterne leuchteten bereits in der Calle d'Arabí. In ihrem Laden voller spanischer Möbel, Kupferkannen, kostbarer Bilderrahmen und Gobelins, Ballen verschiedenartigster Stoffe, Spiegeln und Fayencen leuchteten die Weihnachtssterne unter der Decke, und sie leuchteten im Restaurant »Es Parlament«, in dem sich Maria del Mar Feliu und Michael Weidling zu einem ersten gemeinsamen Mittagessen gegenübersaßen.
Bei der Auswahl der Geschenke hatte sie ihn gerne beraten. Schließlich waren es auch ihre Freunde. Für Toni und Aina hatte er einen »Bover« ausgesucht, ein Bild, das sie ihm empfohlen hatte.

»Wir sind hier stolz auf unsere Maler, und mit diesem ›Bover‹ erwerben Sie das Bild eines mallorquinischen Künstlers, der noch zu bezahlen ist.«
Sie drehte das Panorama aus Fels, Himmel und Meer auf die Rückseite.
»1948«, sagte sie, »Sie werden Toni und Aina damit eine große Freude machen.«
Für Tomeu fand sie ein altes, an Schloß und Kolben reich verziertes Jagdgewehr.
»Auch das wird eine Überraschung. Tomeu interessiert sich für die Geschichte der Jagd. Er wird Sie sicher einmal mit zur Jagd nehmen, und dann kann er dieses Gewehr sogar gebrauchen. Es ist noch voll funktionstüchtig.«
Was ihm auffiel, Maria del Mar stellte keine Fragen, so wie er es aus Deutschland gewohnt war: Wieso, weshalb, warum, und wollen Sie wirklich soviel Geld ausgeben . . . ? Eine Diskretion, die ihn immer wieder angenehm überraschte. Niemand wollte hier wissen, wie er sein Geld verdiente, wieviel er gespart hatte oder ob er die Masern gehabt hatte. Er wurde einfach für das genommen, was er war: ein Mann aus Deutschland, der ein Jahr auf der Insel leben wollte.
Über die Plaza del Cort hatte sie ihn zum ehemaligen Parlamentsgebäude geführt. Wie bei so vielen der herrlichen alten Gebäude in Palma war es die Kombination aus Jugendstil und klassischen Elementen, die insgesamt dieser Stadt das Gepräge von Alter, Schlichtheit und frischer, verspielter Lebendigkeit verlieh. Das Restaurant »Es Parlament« war in diesem Gebäude in einem leicht erhöhten Erdgeschoß untergebracht. Es war eine Halle mit hohen Säulen und großen Bogenfenstern, die zur Straße führten. Der Un-

terschied zu all dem, was Michael bisher auf der Insel gesehen hatte, war sofort klar – hier waren sie in der »Großstadt«. Es waren andere Menschen, ein großstädtisches Publikum, wie man es in Mailand, Paris, London oder Hamburg antreffen konnte. Sie bestellten eine *paella de ciego*, eine Blindenpaella. Der Name hatte Michael gefallen.

»Sie heißt so«, erklärte ihm Maria del Mar, »weil die Muscheln und alle anderen Schalentiere in der Küche herausgelöst werden und das Hühnerfleisch von den Knochen gelöst ist, so daß es auch ein Blinder essen könnte.«

»Warum ›Es‹ und nicht ›El‹ Parlament?!« fragte Michael, der ein bißchen mit seiner spanischen Grammatik imponieren wollte.

»Wir sind hier nicht in Madrid, sondern in Palma de Mallorca. Man ist hier stolz auf die eigene Sprache und die eigene Geschichte. Sie dürfen nicht vergessen, wir sind nur dreihunderttausend Mallorquiner. Daher ›Es Parlament‹, ein mallorquinisches Restaurant.«

Als Michael von dem Roten aus Binissalem und der paella de ciego gekostet hatte, konnte er sich nur zum zweiten Mal für ihre guten Ratschläge bedanken.

»Es ist, als ob man ganz Mallorca mit einem Happen auf der Gabel in den Mund nimmt«, sagte Michael. Sie sah ihn fragend an.

»Huhn, Kaninchen, Fisch, Schalentiere und Paprika, Petersilie und Artischocken, Safran, sehen Sie!« Michael hob die gefüllte Gabel über den Teller: »Das ganze Programm der Insel auf einen Bissen.«

»Bon profit«, Maria del Mar lachte, »man sieht, Sie sind ein Journalist – auch im Urlaub.«

»Vacaciones« hatte sie gesagt, aber Ferien oder Urlaub, Michael suchte nach einem anderen Wort für das, was er hier wollte. Er fand es nicht und sagte nur:

»Ich bin nicht im Urlaub.«

»Darf ich Sie fragen, was Sie damit meinen? Es hat mich gleich interessiert, was einen Mann im besten Alter dazu bewegt, seine Heimat für ein Jahr zu verlassen, nur um auf einer Insel im Mittelmeer – entschuldigen Sie – spazierenzugehen.«

»Das beste Alter« und »Mann«, war es Ironie, oder hatte sie ihn tatsächlich in dem Moment angesehen? Es war schön, sie so beim Essen zu beobachten, wie sie den Mund mit der Serviette trocknete und mit einer Hand die braunen Locken zurückwarf, bevor sie zum Glas griff. Und PING! – einmal hatte er sich erlaubt, mit ihr anzustoßen. Ganz unverfänglich auf das neue Jahr. Dieser kurze Moment der Verbindung, das PING!, der Blick, der Schluck. Zwölf Trauben für einen Wunsch.

»Nur eine Frau wie Sie zu treffen«, hätte er antworten sollen. Statt dessen erzählte Michael seine Geschichte vom Blackout beim Kanzler, vom Aufbruch aus Bonn und von der großen Sehnsucht, sich im Leben eine zweite Chance zu geben. Christiane und die Nudelmaschine verschwieg er.

»Gönn dir dein Leben, Junge«, den Satz seiner Mutter verstand Maria del Mar sofort.

»Vor einigen Jahren«, sagte sie, »hätten Sie mir diesen Satz erklären müssen. Daß jedem Menschen sein Leben gehört, daß er es genießen darf oder, wie wir sagen, sich gönnen soll, ›qué tontería‹, war hier auf der Insel so selbstverständlich, daß man es gar nicht gesagt hätte. Das ändert sich inzwischen. In der Schule haben wir noch gesagt ›Der Deutsche lebt, um zu arbeiten, und der Spanier arbeitet, um zu leben‹ – so viel wie nötig, mehr nicht. Sehen Sie sich hier um: Noch haben wir den alten Brauch, zwei Stunden oder mehr Zeit für die Siesta. Schon mehren sich die Stimmen, die das als altmodisches Relikt und spanische Besonderheit in Europa abschaffen wollen. Sie hätten Palma vor fünfzehn Jahren sehen sollen, Michael. Eine Stadt, nicht von der Uhr und vom Terminkalender regiert – lachen Sie nicht – da waren noch Pferde auf den Straßen und kaum Ampeln, die irgend etwas, das man Verkehr nennen könnte, zu regeln hatten. Die Kleidung wurde hier gefertigt, vor allem Schuhe, es war ein völlig anderes Bild in den Straßen. Mit Turnschuhen und Trainingsanzug wären sie hier früher nicht durch die Tür gekommen.«

Alte und neue Zeit, EU, Europa, Pferdedroschken und Ampeln, sie hätte stundenlang so weiterreden können, und Michael wäre ihr bis zu den Vergleichen der keltischen Speerspitzen mit der Gotik in Palma gefolgt. Sie hatte sich in Eifer geredet, ihr Spanisch war für ihn manchmal dunkel geblieben, aber mit seinem *sí* und *entendido* feuerte Michael die schöne Frau auf dem Stuhl gegenüber an. Sie hatte ihn verstanden. O ja, das konnte sie gut nachfühlen, daß sich jemand eine Auszeit nahm und »vom Platz ging« – einen lustigen Ausdruck fand sie das übrigens – »wie eine große Siesta, nicht wahr?«

Nach dem Dessert versuchte er, einen persönlichen Satz einzuschmuggeln:

»Ist es nicht so, daß wir uns auf der Mitte eines Weges begegnen? Ich bin ein paar Schritte zurückgegangen, und Sie kommen mir entgegen.«

In beiden Gläsern gab es noch einen Rest vom Roten aus Binissalem.

»Por nuestro encuentro«, auf unsere Begegnung. Das war jetzt sehr persönlich gemeint, und Maria del Mar schien es zu bemerken. Mit einem Kräuseln um die Nase und einem Lächeln brachte sie ihn wieder auf Distanz.

»Nuestro encuentro que agota su tiempo, unsere Begegnung, die nun beendet ist. Dios mio, es ist nach vier Uhr. Ich muß ins Geschäft, und Sie kommen mit, um Ihre Geschenke abzuholen.«

Dabei hatte sie kurz seine Hand berührt, bevor sie aufstand. Er hätte sie gerne festgehalten. Immerhin, bei »Los Reyes«, am Abend des 5. Januar, würde er Maria del Mar in Llucmajor wiedersehen.

14.

Der Tag der Könige

Der Stern war aufgegangen, aber die Könige ließen auf sich warten. Im Vergleich zu seiner Saison am Meer führte Michael nun im Haus von Tomeu in Randa eine Art Luxusexistenz. Wohl temperiert von einer Ölheizung, waren die Räume hier immer angenehm warm. Der Weg hinunter nach Llucmajor war nicht mehr weit – und ein Vergnügen dazu. Tomeu hatte ihm einen Uralt-Käfer zur Verfügung gestellt, Tomeus ewiger Zweitwagen, den er aus der Studienzeit vom Festland mitgebracht hatte. Der Brezelkäfer mit seinem kleinen geteilten Rückenfenster der fünfziger Jahre trug immer noch die Nummernschilder aus Barcelona. Der wohlhabende Mann hatte manchmal seine Freude daran, mit dem alten *coche* über die Insel zu fahren. Als Tomeu vorbeikam, zeigte er auf die Orangen-, Pampelmusen- und Mandarinenbäume im Garten, die jetzt reife Früchte trugen, und bat ihn, sich zu bedienen.

Am 5. Januar nachmittags hatte sich Michael für einen Moment auf der Dachterrasse des Hauses einen Platz eingerichtet. Im Windschutz einer kleinen Mauer und einer riesigen Libanon-Kiefer, die mit einigen großen Palmen das Haus beschützte, saß Michael in einem kleinen Korbstuhl und blickte über das Land. Über die roten Dachpfannen und den Kamin eines Anbaus hinweg sah er gegen die tiefstehende Nachmittagssonne weit unter sich in der Ebene

die Häuser von Llucmajor. Aus den Kaminen zog der Rauch von Holzfeuern über die Stadt, stieg auf und mischte in der Tiefe Meer und Himmel zu einem graublauen Silberschleier. Da unten wohnten die Familien von Toni und Tomeu und auch die Familie Feliu, die heute abend von ihrer Tochter aus Palma Besuch bekommen würde. Catalina, Damián, Enrique, Agustín und viele andere, die er in den letzten Wochen kennengelernt hatte, gingen dort ihren Geschäften nach. Wenn er jetzt seinen Koffer packen und mit dem nächsten Flugzeug zurückkehren würde, wäre das alles für ihn zu Ende, so wie er das schon oft in seinem Leben bewerkstelligt hatte. Landschaften, Orte und Menschen, bei denen er eine Zeitlang zu Hause gewesen war, konnte Michael Weidling stehenlassen und weitergehen zur nächsten Verabredung. Eine Berufs- und Lebenskrankheit war das, er wußte es. In wenigen Stunden, wenn es dunkel war, würden dort unten drei Bürger der Stadt Llucmajor in der Kleidung, in den Gewändern der »Reyes Magos«, der Magier aus dem Morgenland, mit ihren Pagen und ihrem Gefolge auf Pferden in die Stadt einreiten. Auf dem Marktplatz würden sie vor dem Rathaus von einer großen Menge großer und kleiner Kinder begrüßt, die dann auseinandergeht und in ihren Häusern ungeduldig auf das Getrappel der Pferde wartet, auf den Besuch einer der Drei Könige, der persönlich die Geschenke überreicht. So würde es sein, wie in all den vielen Jahren zuvor. Der einfache Ablauf des Lebens, an dem sich die Menschen beruhigen.
Die Sonne verschwand hinter einer dunklen Wolkenwand, ein Wind rauschte durch die Bäume, die das Haus umstanden, so daß der Träumer auf dem Dachgarten fröstelte und

aufstand. Er mußte sich umziehen. Er war eingeladen. Er wollte an all dem teilhaben.

Ein Himmel aus tausend Glühbirnen war über den Marktplatz gespannt, und das Licht dieser Sterne beleuchtete die Heiligen Drei Könige, die vom Trommelschlag und den Fanfaren angekündigt wurden. Im Gedränge der Bar Colón hatte sich Michael mit Toni bei einem Glas Rotwein die Zeit verkürzt. Später, zum Essen und zur Bescherung, war er von Aina in die Familie eingeladen worden. Wie einige andere Gäste stellte sich Michael auf die Stühle vor der Fensterscheibe und blickte auf den Zug, der sich auf der Straße vor der Bar durch die Menge drängte.

Kaspar, Melchior und Balthasar in ihren prächtigen Gewändern, begleitet von Pagen, die mit ihrer Kleidung auf ihre Herkunft hindeuteten. Melchior, dem Mohren, folgten auf unruhigen Pferden eine Reihe ebenso schwarz geschminkter Reiter in farbigen Seidengewändern. Sie warfen Süßigkeiten in die Menge, wie es Michael vom heimischen Karneval kannte. Auch die Wagen mit lebenden Bildern erinnerten ihn an rheinische, katholische Umzüge. Ein großer Wagen voller Kinder in weißen Gewändern mit silbernen Flügeln und goldenen Stirnreifen zog am Fenster vorüber, als Michael im Gedränge endlich die braunen Locken von Maria del Mar erkannte. Sie winkte den Engeln zu, die hier auf dem Wagen in einem nachgebauten Wohnzimmer vor einem großen Kamin mit vielen Geschenken Bescherung spielen sollten. Dabei fielen sie immer wieder aus ihrer Rolle und grüßten unter aufgeregtem Flügelschlagen Oma, Mutter, Vater, Tante und Freunde am Wegesrand. Der

Umzug umkreiste den Marktplatz schon zum zweiten Mal, als Michael sich durch die Menge den Weg zu Maria gebahnt hatte.

»Para la Reina de los Reyes.« Er reichte ihr ein Glas Rotwein, das er aus der Bar mitgenommen hatte, »für die Königin am Tag der Könige«. Jetzt, am Abend, war es kalt geworden. Sie hatte einen dicken Skianorak angezogen und lachte, als sie sich umdrehte. In der Kälte sah er den Atem vor ihrem Mund.

»Michael, qué haces?!« Vielleicht war sie etwas verlegen, aber Michael freute sich, daß sie nun nach ihrem ersten gemeinsamen Essen vom Sie zum Du überging, wie es hier üblich war. In jedem Fall ging sie mit Michael zurück in die Bar Colón, vielleicht, weil sie nicht mit einem Glas in der Hand auf der Straße stehen wollte. Sie kletterten auf die Bank, um besser sehen zu können, und wurden von den nachdrängenden Gästen dicht zusammengeschoben. Fünf, sechs große Lastwagen, hochbepackt mit Geschenken, folgten den Königen.

»Die Geschenke für die Kinder, nach Straßen geordnet und beschriftet«, sagte Maria del Mar, »und gleich gehen alle nach Hause und warten auf den Besuch der Könige.«

»Weit über tausend oder noch mehr«, wunderte sich Michael, »das kann aber dauern.«

»Bis tief in die Nacht.«

»Und wer bekommt die Geschenke?«

»Alle die, die noch daran glauben.« Ihre Augen strahlten, und Michael meinte, für einen Moment die Kinderaugen zu sehen, die hier so oft voll gläubigen Staunens auf die Geschenke von den Königen gewartet hatten. Für einen Augenblick berührte er mit seiner Wange ihre Haare.

»Maria del Mar . . .«, sie unterbrach ihn: »Michael, sag doch Mar zu mir, das tun hier alle!«
»Es ist ein bißchen altmodisch, aber in Deutschland ist das ein Grund anzustoßen.«
»Warum nicht.« Sie hob das Glas. »Michael!«
»Mar!« probierte er das erste Mal. Es klang gut, der Wein schmeckte immer besser. Und dann beschenkten ihn die Könige alle drei auf einmal. Mar drehte sich um und küßte ihn auf die rechte und die linke Wange. Genauer gesagt, sie führte schnell ihren Mund an seinen Lippen vorbei und küßte in die Luft. Aber Michael hatte ihre Lippen gespürt, da war er sich ganz sicher. Selbst wenn sie ein »Adios« dabei zurückgelassen hatte und sich damit von ihm löste, von der Bank sprang, auf die Straße zeigte – »Mis padres« – und verschwand. Er sah ihr hinterher wie einer Erscheinung aus dem Morgenland. Als Mar nach der *cena*, dem Abendessen, noch auf einen Sprung zu Toni und Aina kam, begrüßte Michael sie mit soviel Freude und Begeisterung, als hätte er einen fast verlorengegangenen Menschen nach langer Zeit wiedergefunden.

Mit dem Essen waren sie schon fertig. Der Tisch sah aus, als ob die Drei Könige mit ihren Zossen darüber weggeritten wären. Zwischen Weinflaschen, Desserttellern, Kerzenleuchtern, Kaffeetassen und Gläsern mit Orangensaft, die Toni immer wieder mit Havana Club Rum aufgefüllt hatte, standen Teller mit Nüssen, Gebäck, Äpfeln und Orangen. Mar wurde an den Tisch gebeten, und Toni brachte zu allem Überfluß noch einige Lagen selbstgemachten Turrón.

»Dios mio«, Mar hob die Hände, als sie sah, was für große Stücke Michael auf seinen Teller schob, »da sind alle Kalorien der Welt drin – vielleicht mehr als im ganzen Menü zuvor.«
»Und was steckt darin?« wollte Michael wissen. »Mandeln, Nüsse, Honig?«
»Genau das«, bestätigte Mar, »aber alles ganz fein gemahlen, karamelisiert, und von allem viel zu viel!«
Toni freute sich, daß es dem Freund schmeckte, und Aina rückte schon mit einem mallorquinischen Cognac an.
»Der könnte uns jetzt guttun.« Sie schenkte ein und lächelte wie Frau Holle. Überhaupt ging es hier zu wie im Märchen. Seit zwei Stunden erlebte Michael die Geschichte von Tischleindeckdich! Nach einigen frischen gegrillten Gambas wurde vor dem großen »cocido«, einem Schmortopf aus Hühner-, Rind-, Lamm- und Schweinefleisch, zunächst die Suppe mit feinen Nudeln serviert. Dann kamen in loser Reihenfolge alle Fleischsorten und die verschiedenen Gemüse, trocken oder mit etwas Bouillon, Olivenöl und Sherryessig gewürzt auf den Tisch.
Toni und Aina trugen abwechselnd die Töpfe aus der Küche quer durch die Vorhalle herüber, je nachdem, welches der Gerichte sie selber gekocht hatten.
»Gefällt dir unser Fest?« fragte Mar.
»Wenn ich ehrlich bin, es ist wie Weihnachten und Nikolaus zusammen. Außerdem ist es das erste Mal, daß ich in einem der Stadthäuser eingeladen bin – das war auch eine Überraschung.«
Der Garten, mit Kieseln ausgelegt, bepflanzt mit Bougainvillea, Orangen- und Zitronenbäumen und dem Brunnen

in der Mitte, hatte Michael besonders gut gefallen. Die Küche und das Wohnzimmer grenzten mit ihren Fenstern an diesen Innenhof, der im Sommer im Glutofen der Stadt eine Oase von frischer Kühle und Schönheit war. Im Winter zog er das Licht der Sonne ins Haus, und aus seinem Küchenfenster sah Toni die Sterne.
»Was dachtest du denn, wie wir hier wohnen?«
Michael zögerte einen Moment.
»Adelante!« Mar schlug ihn auf den Unterarm. Auch Toni nickte zustimmend: »Díle, hombre!«
»Wenn man durch eure engen Straßen fährt und diese verschlossenen, kleinen Häuser sieht, dicht an dicht, leicht grau und staubig, mit diesen Portalen, wie vor einer Scheune oder einem Schuppen, dann erwartet man nicht viel. Und dann geht so eine Tür auf, und dahinter beginnt eine andere Welt. Ich habe das nicht für möglich gehalten. Diese große Eingangshalle, der Innenhof mit Glasfenstern zum Garten, und alles alt und gediegen, ganz wunderbar.«
»Wir leben eben *in* unseren Häusern«, sagte Aina.
Ein lautes Klopfen vorne, am großen Holzportal, unterbrach sie, und Aina, die vorangegangen war, rief sie dann alle zur Tür. Draußen hallte die enge Straße vom Hufschlag der Pferde. Es waren die Pagen des Königs Melchior. Vom Pferd herunter gab Melchior selber Aina und Toni die Hand, und aus seinem Sack, der um den Sattel gebunden war, zog er ein kleines Päckchen und rief:
»Señor Weidling!«
Die Überraschung war gelungen. Michael war für einen Moment erschrocken wie in Kindertagen auf dem Hof seines

Onkels, wenn der Großknecht den Nikolaus machte und ihn beim Namen rief. Die anderen lachten. Der heilige Mann grüßte würdevoll und zog mit seinen Reitern weiter, um in der langen Straße hier und da noch anzuklopfen und von dem langsam hinter ihm herfahrenden LKW die letzten Geschenke durch die Türen zu reichen.

»Toni, mira qué bonito?!« Aina freute sich, als sie den »Bover« auspackte. Von ihr bekam er zwei knallende Küsse auf die Wangen, von Toni ein leicht entrüstetes »es demasiado«. Aber es war nicht zuviel, es war richtig und angemessen für all das, was Michael den beiden verdankte.

Er nickte Mar zu.

»Treffer«, sagte er leise und drückte leicht ihre Hand. Dabei schob er ihr ein kleines Päckchen über den Tisch, das er in seiner Jackentasche versteckt hatte. Das Geschenk, die Gabe des Königs Melchior, war ein kleiner Kupferstich. Eine Ansicht von Palma aus dem 18. Jahrhundert, die zeigte, wie das Meer einstmals noch bis an die Rückseite der Kathedrale reichte. Er hatte es in der Calle d'Arabí bewundert und wußte, bei wem er sich für die morgenländische Gabe zu bedanken hatte. Als Mar ihr Geschenk auspackte und die Chopin-Titel auf dem Umschlag der CD sah, hatte sie sofort verstanden.

*

Wie in einem Theater waren die Blicke aller in der Nacht der Heiligen Drei Könige auf den Marktplatz und das Geschehen gerichtet gewesen. Michael konnte sich unbeobachtet fühlen, wie er eng an Mar angelehnt auf seiner Bank stand.

Sollte er das ruhig denken ... In Wirklichkeit war einigen Zuschauern nicht verborgen geblieben, was auf dem kleinen Logenplatz in der Bar Colón geschehen war. Enrique hatte es genau gesehen. Der Mann aus Lluc-Alcari hatte – »so ...« – er machte es Agustín, dem Friseur vor – »so seinen Arm um Maria del Mar gelegt, und sie hat ihn geküßt.« Aber Agustín wußte noch mehr. Er hatte es Damián zuvor schon erzählt, der ihn seit einer halben Stunde im leeren Frisiersalon besuchte. Es war wirklich nichts zu tun nach den Feiertagen, alle Haare waren geschnitten. Lucas, einer der Pagen des Mohrenkönigs, war zufällig dabei, als Maria del Mar den heiligen Mann bat, ein Geschenk für den Alemán abzugeben. Man stelle sich das vor, ein Alemán, und sie ist die Tochter des Feliu. Gab es da nicht einen Pere Morey, der ältere Ansprüche hatte? Sie hoben die Augen zum Himmel und senkten die Stimme:

»Was soll daraus werden?!«

»Er hat die Nabelschnur nach oben gedreht, dieser Alemán hat einfach Glück. Fragt Catalina, sie war dabei, ich hatte dem Alemán fast mein Haus verkauft. Was passiert?! Er bekommt ein Haus geschenkt. Für wie lange, weiß man noch nicht. Aber zunächst mal wohnt er drin.«

»Es ist das Haus von Tomeu«, sagte Damián und hob beschwichtigend die Hände.

»Tomeu weiß, was er tut, da kann man nichts dagegen sagen.« Allerdings, leider, das mußten die drei Freunde in dem verwaisten Friseursalon nun doch feststellen: Die Geschäfte mit dem Alemán »se han abortado«, sie waren den Bach runtergegangen. Catalina hatte ihre Stelle in Ses Covetes verloren, und über den Hauskauf würde Tomeu seine

Hand halten, da brauchte er keine Lose von Enrique zu kaufen, der Glückspilz. Agustín seufzte: »Da kann man nur hoffen, daß ihm wenigstens die Haare weiter wachsen.«

*

Ein Paket war in der Halle von Tonis Stadthaus am Abend von »Los Reyes« ungeöffnet liegengeblieben. Ein ziemlich langes Päckchen, aus dem Tomeu am nächsten Vormittag lächelnd eine alte Jagdflinte auswickelte.
»Der Mann hat Stil.«
Tomeu hatte den Alemán offenbar von Anfang an richtig eingeschätzt. Er mochte die kleinen Leute, aber kleinliche Menschen waren ihm ein Greuel.
Weitherzigkeit. Sie machte auch andere Herzen weiter, das hatte er immer wieder erlebt. Zu viele Menschen lebten angekettet in ihren eigenen Verliesen, gelähmt von zu großer Angst oder falschem Ehrgeiz. Michael, der Alemán, war so einer, der ihm gefiel, der hatte etwas davon verstanden. Noch am Nachmittag fuhr er auf den Berg von Randa, um Michael zur Jagd einzuladen. Es war die richtige Antwort auf das richtige Geschenk.

15.

Das verborgene Tal

Man kann es einem Tag am frühen Morgen noch nicht ansehen, welche Überraschungen, Geschenke oder Erfahrungen er mit sich führt. In unschuldigem Grau, leicht verschleiert, begegnete dieser Januartag Michael, der in aller Frühe mit seinem Auto zur Jagd mit Tomeu aufgebrochen war. Auf einer schmalen Landstraße fuhr er an einer endlosen Mauer entlang und wartete darauf, daß sich nach Kilometerstein »13« links, hinter einem großen schmiedeeisernen Tor, die Einfahrt zum Jagdgelände zeigen würde. Das Tor sollte an diesem Morgen offenstehen. Nach einer längeren Fahrt durch Felder und einen Pinienwald würde er das Jagdhaus schon erkennen, hatte Tomeu gesagt. Ein wenig unsicher war sich Michael dann doch, als er durch das Tor und dann eine ganze Weile über das Gelände einer riesigen Finca gefahren war. Was wäre, wenn er sich geirrt hätte und sich auf fremdem Land gleich zwei oder drei dieser riesigen schwarzen Bluthunde auf ihn stürzen würden, die hier oft als Wachhunde eingesetzt wurden? Doch dann erkannte Michael den Pinienwald, hinter dem das Jagdhaus wie beschrieben auf einem kleinen Felsplateau in den ersten Sonnenstrahlen glänzte.

Tomeu erwartete ihn auf dem gepflasterten Hof mit den beiden Jagdhunden. Pepe, der Jagdaufseher, brachte zwei Flinten aus dem Haus. In seinen Jackentaschen beulte sich unübersehbar die Munition. Sie gingen vom Haus über

einen breiteren *camino*, von dem sie in einen kleinen gewundenen Pfad und dann in eine Senke abbogen. Die Jagdhunde umtänzelten sie aufgeregt, blieben aber gut erzogen bei Fuß. Schweigend gingen sie durch den Morgen, mit einer angenehmen Selbstverständlichkeit ließen die beiden ihn in ihrer Mitte gehen, ganz so, als ob er sie schon seit vielen Jahren auf diesen Streifzügen über das weite, vielfältige Gelände begleitet hätte. Dieses fraglose Angenommen- und Mitgenommenwerden war es, das Michael immer wieder faszinierte. Wollte er von sich erzählen, konnte er das tun. Man würde nie nach Dingen fragen, über die er nicht sprechen wollte.
Dann, fast ohne Vorwarnung, ganz nebenbei, im Gehen, hatte Pepe fast aus der Hüfte ein Kaninchen erlegt. Und das ging so: Pepe war mit dem Gewehr einige Meter vorausgegangen. Sein Kopf mit den Brillengläsern, dick wie der Boden einer Colaflasche, hatte eine eigentümliche Bewegung gemacht. Er rollte den verwitterten Schädel auf den Schultern hin und her, fast so, als ob er einige lästige Fliegen verscheuchen wollte. Blickte dabei nach links, nach rechts und wieder zurück. Michael war sich sicher, daß er den Kopf nach rechts drehte, als der Schuß links in die Garrigue krachte. Ließen sich Kaninchen täuschen? Die Hunde apportierten das Wild sofort. Sie näherten sich nun einer stark ausgewaschenen Felswand, an deren Fuß im Geröll Tomeu Perlhühner vermutete. »Das wird eine schwierige Jagd«, hatte Tomeu ihm schon vorher erklärt.
»Diese Vögel fliegen wie von einem Katapult abgeschossen ganz flach über den Erdboden und verschwinden hinter Büschen und Felsen, eh' du zum Schuß angesetzt hast.«
Michael mußte nun einige Meter zurückbleiben. Tomeu und Pepe näherten sich auf leisen Sohlen dem Geröll bis auf

fünfzig, sechzig Meter. Bevor er sie sah, hörte er die Hühner. Ein leises, schnelles Knattern in der Luft, das dann von zwei überlagerten Schüssen unterbrochen wurde.
»Wirklich Glück«, sagte Tomeu, als die Hunde ihnen zwei Perlhühner heranbrachten.
Pepe, der kurz vor dem Schuß wieder Fliegen verscheucht hatte, grinste hinterhältig, als ob er sagen wollte, daß Glück für ihn etwas anderes sei.
Noch eine weitere Stunde waren sie durch Felder und Wälder gegangen. Tomeu zeigte Michael Wasserstellen, an denen man Perlhühner beobachten konnte. Hecken, aus denen Fasanen lärmend und in Zeitlupe aufflogen, so daß man sie mit der Jacke hätte fangen können. An einem leerstehenden Wirtschaftsgebäude fanden sie einen alten R 4, mit dem sie gegen Mittag auf einem Schotterweg in einem großen Bogen zurückfuhren. Der Wagen war nicht angemeldet, der Schlüssel steckte. Das Gefährt stand mal hier, mal dort auf dem Jagdgelände.
So wie Tomeu auf der Rückfahrt von den Bäumen und den Pflanzen sprach und immer wieder anhielt, Beeren pflückte und auf die Vögel zeigte, die sich davon ernährten, hatte Michael den Eindruck, daß er sich in dieser Jagd wie ein Förster bewegte, ein Heger mehr als ein Jäger. Man spürte, daß das Gelände keine gepachtete Jagd war, sondern eigener Grund und Boden, aus vielen Fincas zusammengebunden. Eine Art persönliches Schutzgebiet für Pflanzen und Tiere, die hier zur Freude ihres Patrons fast sicher leben konnten.

Das Klima und die Luftfeuchtigkeit auf Mallorca ließen nicht zu, Wild oder Wildgeflügel für eine längere Zeit abzuhängen, wie es in Deutschland üblich war. Große Kühlanlagen gab es hier nicht. Tomeu hatte nur das geschossen, von dem in der Jagd zuviel da war: Kaninchen, und von den Perlhühnern nur soviel, wie man selber essen konnte. Die Kaninchen gehörten heute dem Jagdaufseher, der mit den beiden Perlhühnern nach einem zweiten, ausgiebigen Frühstück in Cas Buso zu Tomeus Haus am Berg von Randa fuhr, um die beiden Perlhühner für den Abend vorzubereiten. Die Zeit bis zum Abendessen wollte Tomeu nutzen, um Michael verschiedene Grundstücke, alte Häuser oder Ruinen zu zeigen. Es war mehr als ein Spiel, und dennoch hatte es nicht den Ernst, mit dem er in Deutschland, begleitet von einem Makler, zu Grundstücken und Häusern auf dem Lande gegangen wäre. Alleinstehende Häuser in einer Märchenlandschaft, umgeben von seidiger Luft und klarem Wasser – so etwas Unerreichbares plötzlich vor sich zu sehen, ja zugreifen zu können, erzeugte eine Faszination, die vernünftiges Rechnen, jede ökonomische Bilanz zu kleinlicher Klügelei erklärte. Die Leichtigkeit und Unverbindlichkeit, mit der Tomeu über Häuser sprach, die in diesem Spielgeld von Millionen Peseten berechnet wurden, taten ein übriges. Außerdem: Standen auf der Habenseite nicht schon erstaunliche Aktiva? Freunde hatte er in diesen Monaten auf der Insel gewonnen, die ihn auf seinen zukünftigen Wegen mit Schutz und Hilfe begleiten würden. Llucmajor war ein funktionierender Ort, in dessen Nähe sich wohl gut leben ließ. Der schönste Sommerstrand lag nicht weit entfernt. Vor allem hatte er Zeit. Monate lagen vor ihm, die er auf der Insel mit dem Bau oder Umbau nutzen konnte. Maria del Mar wollte er in dieser Rechnung nicht mitzählen – sie war aber dabei und mischte sich gewichtig ein.

Nicht jedes Grundstück, zu dem Tomeu Michael führte, und nicht jedes Haus, das er ihm zeigte, hätte man wirklich erwerben können, doch darüber schwieg Tomeu – Michael sollte für sich erst einmal herausfinden, was er wirklich haben wollte. Und genau das wollte Tomeu wissen. Es war nicht der neureiche Plunder, der stilistische Horror aus großen Fensterfronten, falschen Romantikbalkonen und farbenprächtigen Swimmingpools, vor denen Michael stehenblieb. Er interessierte sich für Naturstein, nicht für Marmor, zog das Mallorquinische, das Landestypische dem importierten Mischmasch vor. Tomeu freute das. Das letzte Haus, das sie kurz vor der einbrechenden Dunkelheit erreichten, war ein altes Steinhaus aus der Mitte des 19. Jahrhunderts. Es war offenbar um einen alten Wehrturm herumgebaut und nachträglich mit einigen häßlichen, modernen Anbauten versehen worden. Sie gingen durch das leere, verfallene Gebäude.

»Wenn man so ein altes Steinhaus restaurieren und wiederaufbauen könnte, das wäre etwas, das ich vielleicht bezahlen könnte.«

Tomeu bestätigte ihn: »Es ist das Beste, was du machen kannst, ein Stück alte Bausubstanz nehmen und das Haus dann nach deinen Wünschen und Vorstellungen ausbauen. Die Häuser hier im Land haben alle ihren richtigen Platz. Unsere Vorfahren wußten genau, wie sie ihre Häuser zu bauen hatten und wo sie hinzustellen waren. Die lebten ja nicht vier Wochen zum Baden auf der Insel. Die mußten zwölf Monate im Jahr darin wohnen, das vergessen viele Käufer, die sich hier einrichten wollen.« Als sie in einen kleinen Raum gingen, der vielleicht einmal die Küche gewesen

war, schreckte Michael zurück. Ein Schafsbock war aufgesprungen, brach sich zwischen ihnen Platz und rannte blökend durch das offenstehende, morsche Portal ins Freie.
»Hast du gesehen«, sagte Tomeu, »er hinkt.«
»Ja«, Michael atmete erst einmal durch, »und seine Schnauze war ganz blutig.«
»Da muß ich mal eben Bescheid sagen.« Tomeu zog sein Mobiltelefon aus der Jacke, schaltete es ein und wählte. In raschem Mallorquín gab er seine Hinweise, und Michael sah, daß seine vollen Lippen dabei wieder ganz schmal geworden waren, wie auch sonst das freundlich lächelnde Gesicht manchmal ganz plötzlich einen bestimmten Ernst bekam.
»Es ist schlimm!« sagte er zu Michael. »Das waren wilde Hunde, die den Bock angefallen haben, daher die blutige Schnauze. Der hat sich noch erfolgreich gewehrt. Ich hab' das gerade dem Schäfer ausrichten lassen. Die Hunde brechen in die Herden ein. Manchmal sind es ein, zwei Dutzend. Die können dann richtig in einen Blutrausch geraten. Schlimme Sache.«
Als sie in Randa ankamen, berichtete Tomeu Pepe von der Geschichte. Er schärfte ihm ein, gleich morgen noch einmal durch die Jagd zu fahren und achtzugeben, ob diese »perros salvajes» wildernd durch seinen Wald ziehen. Mit einer Bewegung zeigte Pepe, wie das Problem zu lösen sei: Er hob die Arme, wie er das mit seinem Gewehr tat, kniff ein Auge hinter seiner dicken Brille zu und PENG! – er würde das wildernde Raubzeug abschießen, um das gute Wild – Hasen, Perlhühner und die schönen Fasanen – vor ihnen zu schützen. Damit verabschiedete er sich und ließ »Don

Tomeu« und den deutschen Gast mit zwei Perlhühnern in der Küche zurück. Sie garten in einer Greixonera, dem klassischen Tonkochtopf Mallorcas. Durch die gleichmäßige Hitzeverteilung über einem großen Topf köchelten die Hühner bei gleichbleibender Temperatur vor sich hin.
»Zwei Stunden sind um«, sagte Tomeu, der gerade dabei war, Thymian, Majoran, Lorbeerblätter und glatte Petersilie zu zupfen. Er nahm den Deckel der Greixonera hoch und streute Reiskörner und die Gewürze in den Sud.
»Riecht ein bißchen nach Wald und Pilzen«, staunte Michael, »ganz anders, als bei uns.«
Tomeu deckte die Hühner zu: »Jetzt dauert es noch zwanzig Minuten. Die Perlhühner müssen bei uns zwei Stunden in die Greixonera, damit sie zart werden.« Dann hob er den Finger, machte sein listig-verschmitztes Gesicht:
»Den Vorteil - das wirst du gleich erleben. Sie schmecken frisch, so wie du Perlhühner noch nicht gegessen hast.«
Der Sud, den sie zunächst als Vorsuppe mit dem Reis löffelten, hatte einen klaren, milden Wildgeschmack. Leber, Magen und Herz hatten ebenfalls ihre Kraft und den Geschmack an die Suppe weitergegeben.
»Und das Fleisch?« fragte Tomeu, als sie schon die Perlhuhnteile mit den Händen zerlegten.
»Etwas zäh, aber fein im Geschmack.«
Sie hatten sich einen Kanten vom frischen Brot aus dem Recó de Randa mitgebracht. Dazu tranken sie Rotwein.
»So kann ich mir das Leben vorstellen«, sagte Michael. »Ihr habt es euch gut eingerichtet, hier auf der Insel.«
Tomeu wischte sich mit dem Handrücken das Fett von den Lippen. Solche kleinen bäuerlichen Gesten gestattete er

sich manchmal, wenn er sich wohl fühlte. Er nahm einen Schluck vom Ribas und wiegte den Kopf:
»Ein Stück davon könntest du dir auch erobern, wenn du es klug anstellst. Das Haus, in dem wir den Schafsbock gefunden haben, hat schon die richtige Größe. Es ist auch bezahlbar, aber die Lage, da habe ich meine Zweifel, was deine Interessen angeht. Du warst oben in dem kleinen Turm von dem Blick über das Land so begeistert, und auch hier im Haus sitzt du gerne auf dem Dachgarten und guckst ins Land. Ich zeige dir in den nächsten Tagen noch etwas anderes.«
Sie waren noch nicht mit dem Essen fertig, als es in der Jacke von Tomeu läutete. Das Perlhuhn, der Wein, das Brot schienen vergessen. Ein paar kurze »sí« und »no« mit schmalen Lippen gesprochen, und Tomeu stand auf. Er hatte einen Termin, irgendwo wartete jemand auf ihn, es gab dringend etwas zu regeln. Michael begleitete ihn zum Wagen. Tomeu ließ noch einmal das Seitenfenster herunter:
»Schön hast du es hier, Michael, ich glaub', ich werd' dich in den nächsten Tagen mal besuchen. Deine Perlhühner – ganz ausgezeichnet!«
»Buenas noches!«
Dann verschwanden die Rücklichter in der Tiefe der Orangenallee.

*

Einige Tage später, an einem Vormittag, steuerte Tomeu seinen Landrover wieder durch die Orangenallee, hupte kurz und lud Michael ins Auto.
»Tengo algo visto!« hatte Tomeu neulich gesagt. Und das, was

er gesehen hatte, sollten sie nun gemeinsam besichtigen. Sie fuhren den Berg von Randa herunter in Richtung Llucmajor, um dann zwischen Berg und Stadt, kurz vor dem Ort links in einen Feldweg einzubiegen. Am Fuß des Randa-Berges fuhren sie an kleinen und kleinsten Feldern vorbei, auf denen eine Reihe von Schuppen und winzige Wohnhäuser hingestellt waren. »Schrebergärten«, dachte Michael, »o je.« Maschendrahtzäune und Kalksandsteinmauern. Tomeu schmunzelte. Einige Minuten später wuchsen die Steinmauern links und rechts immer höher, überragten bald das Auto, und nach einer Biegung sah Michael, daß dieser Hohlweg sie in ein kleines Seitental führte. Die Mauern und Felsen links von ihnen waren dicht mit Efeu und Brombeeren bewachsen. Jahrhundertealte Olivenbäume waren tief in die Mauer eingewachsen. Helle, in der Sonne aufglänzende Felsen überragten sie und vermittelten das Bild einer verwilderten, unberührten Landschaft. Eine kurze Zeit stieg die Straße an. Die Mauern versanken wieder in der Erde, und oben auf der Kuppe sahen sie in ein weites, tief ausladendes Tal, das sich vor ihnen hinstreckte. Tomeu hatte den Motor abgestellt. Es war ganz still. Der helle Schotterweg führte eine Senke hinunter, lief an Feldern vorbei, stieg in ein kleines Wäldchen und lief hinten, am Horizont, auf eine hochgebaute Finca zu, die das Tal zu verschließen schien. Ein frischer Wind rauschte in den Bäumen auf und trug aus der Ferne ein zerrissenes Hundebellen zu ihnen herüber. Michael hatte immer noch kein Wort gesagt, und auch Tomeu schwieg. Er beobachtete ihn nur von der Seite. Die Sonne rechts vor ihnen beleuchtete den Randa-Berg und hob dann und wann in der Ferne die hellen Flecken kleiner Gebäude am Waldrand und auf den Feldern hervor.

»Casas de aperos, Gerätschaftshäuser und ein, zwei Jagdhäuser, das ist alles, was es hier gibt«, sagte Tomeu.
»Lebt denn hier niemand?« fragte Michael überrascht. Er hatte zu Beginn des Hohlweges eine versteckte Toreinfahrt übersehen, und Tomeu erklärte ihm, während sie mit dem Wagen den Feldweg ins Tal hinunterrollten, daß dieses Tal Naturschutzgebiet sei.
»Hier darf nichts mehr gebaut werden.«
In einem Wäldchen stieg der Weg wieder an, bis sie vor einem kleinen Plateau hielten, auf dem ein verfallenes, altes Gebäude stand.
»Esto tenía visto. Ein altes Bauernhaus, und hier vorne in der Ecke siehst du noch den Ursprung dieses Hauses, ein alter Wehrturm aus dem Anfang des 18. Jahrhunderts.«
Tomeu legte die Hand auf die behauenen Felsblöcke der Hauswand vor ihnen.
»All diese Steine sind dort vom Wehrturm. Die haben sie abgetragen und mit den Steinen unten das Fundament des Hauses gebaut - vor mehr als zweihundert Jahren.« Er schlenderte mit Michael die Front entlang, um den Wehrturm herum, zur Rückseite des Gebäudes. Hier stieg der Berg wieder steil an. Zwischen hohen, schützenden Pinien sah man kleine, kaum verwilderte Olivenhaine.
»Hier ist Norden«, sagte Tomeu. Er zeigte auf die Rückseite des Hauses: »Das Haus hat hier nur zwei kleine Fenster. Aber vorne, zur Südseite, da hast du die volle Sonne.«
Tomeu schritt das Plateau vor dem Haupteingang ab.
»Und hier könntest du dir eine wunderbare Terrasse anlegen, mit Maressteinen.«
Dann pflanzte er mit den Händen Bougainvilleas, Orangen-

bäume, Oleander und Rosen in die Luft, und im Handumdrehen entstand ein blühender Garten auf dem nackten Felsboden. Mit seinen Fingern vergrößerte er die Fenster im Haus, schaffte mit einer Handbewegung eine Terrasse auf einem flachen Anbau, und mit einer Kopfbewegung lief eine kleine Senke voll Wasser – ein Swimmingpool.
»Später, wenn du mal Geld übrig hast.«
Staunend folgte Michael diesem Zauber ins Innere des Hauses, und nun durfte er erleben, wie sich die tristen Räume mit einigen Durchbrüchen, Treppengeländern und Installationen in ein wohnliches Landhaus verwandelten.
»Ich wollte erst herausfinden, ob du in dieses Haus gehörst. Häuser sind doch mehr als ein Dach überm Kopf, Häuser sind Lebensauffassungen.« Dann ließ Tomeu ihn stehen, setzte sich in seinen Wagen und fuhr unter dem Vorwand, den Verwalter einer großen Finca zu treffen, davon.
»Adios! Hasta luego! Auf dem Rückweg hole ich dich wieder ab.«

Michael stand auf dem Plateau vor dem Haus. Auf dem leuchtendweißen Feldweg verschwand links unter ihm der Landrover. Sein Blick ging zurück auf das Tal, das sich unter ihm öffnete. Er sah die sanft bis an den Wald ansteigenden Wiesen, die an einigen Flecken – in der Nähe von kleinen Ställen – von den schwarzen Silhouetten dunkler Zypressen unterbrochen wurden. An einem Weg auf der anderen Seite des kleinen Tals wuchsen Palmen, große Yuccas, und zu seiner Überraschung erkannte er auch eine Reihe von hochgewachsenen Libanonzedern. Er blinzelte mit den Augen gegen die starke Sonne, die die Farben und Formen in

diesem Tal so phantastisch gestaltete. Im hellen Grün vor ihm standen schwarz im Gegenlicht die Reihen der Mandelbäume mit ihrem winterlich leeren Gezweig. »Ein Haus ist eine Lebensauffassung«, hatte Tomeu gesagt. Vor einem Jahr noch hätte sich Michael schnellstens von diesem Plateau zum Flughafen in Sicherheit und dann in Deutschland wieder zur Vernunft gebracht. Ein Haus – das bedeutete damals für den Nomaden Weidling nutzlose Verpflichtungen, Unterhalt, lästiges Angebundensein, Enge und Unfreiheit. Man ließ sich in den großen Hotels bedienen und konnte jederzeit abreisen, alles ohne Sorgen stehen- und liegenlassen. »Du hast die Motten!« Barbara hatte schon recht. Aus Angst und Bequemlichkeit war er in fremden Träumen herumspaziert. Jetzt konnte er selber einen eigenen Traum in die Wirklichkeit ziehen. Das verlorene Paradies seiner Kindheit war darin und der Entschluß, mit seinem Leben verantwortungsvoller umzugehen. »No te preocupes« – dieses »kümmer dich nicht« – und die heitere Zuversicht von Toni und Tomeu hatte ihm schon viel gegen das große Mißtrauen geholfen. Diese Söhne des Mittelmeers hatten ihn in die Arme genommen. Noch mal Glück gehabt, Weidling!
Der Schatten einer Wolke wanderte über das Rotbraun der Äcker vor ihm durch das Tal. War es nicht der schönste Platz für ein zweites Zuhause? Mit der Hand mußte er die Augen schützen, um einen Blick zurück über den Ausgang des Tals in die Ebene von Llucmajor zu werfen. Da hinten – vielleicht eine dreiviertel Stunde von hier – lag der neue Flughafen. Keine drei Stunden von Bonn oder Berlin war dieses Tal entfernt. Auch über dieses eine Jahr hinaus müßte er Zeit finden, hier zu leben. Das Haus war sein Versuch, wieder

Vertrauen zur Welt zu fassen. Nicht so, wie er es einmal seiner Mutter aus dem Internat geschrieben hatte: »Ich lach' mir einen Ast und setz' mich drauf.« Er spürte jetzt Grund und Boden unter den Füßen. Das Geräusch des herannahenden Landrovers beendete seine Überlegungen. Michael hatte sich entschieden.

Weder Damián noch Agustín oder Enrique hatten zwar dabeigestanden, aber soviel wußte man immerhin: Tomeu persönlich war bei der Tía Inmaculada vorstellig geworden, hatte sich nach dem Geburtshaus ihres verstorbenen Mannes erkundigt und über den Wert dieser Ruine nachgedacht. Nicht daß einer von ihnen bei diesem Gespräch durchs Fenster geschaut hätte, aber warum war Tía Inmaculada im Pfarrhaus bei Padre Guillermo erschienen? Hier war die Kaufsumme ausgesprochen worden. Leider hatte Catalina, die – glücklicherweise – seit einiger Zeit die kranke Haushälterin Angela vertrat, die Summe nicht verstanden.
»Puc posà se mà en es foc – aber ich lege meine Hand dafür ins Feuer, sie haben über das Haus und eine Summe gesprochen, die Don Tomeu angeboten hat.« Warum auch nicht. Die Witwe, die sich über ihre Wohnungen drüben im Jenseits mit Padre Guillermo beriet, tat es auch in allen Angelegenheiten, die ihre Vermögenswerte in dieser Welt betrafen. Beim Transfer gewisser Werte vom Diesseits ins Jenseits war der Padre gerne behilflich. War sein Klingelbeutel so viel schlechter als der Schlitz am Automaten der Banca March gegenüber?
Catalinas Bericht war das eine Stück des Mosaiks, die Ergänzung lieferte Agustín, der Friseur. Er war vor seinem Laden

am Markttag mit dem Schäfer ins Gespräch gekommen. Als er vor Tagen seine Herde auf die Finca trieb, hatte Bernardo den Alemán gesehen, und kurz darauf war Don Tomeu ihm mit seinem Wagen entgegengekommen. Der war den Weg zur Ruine von Tía Inmaculada hinaufgefahren. Das hatte er genau gesehen, »con mis propios ojos«, mit seinen eigenen Augen. Das war es. Wollte man noch mehr Beweise? Don Tomeu versuchte tatsächlich, dem Alemán eine alte, verfallene Ruine in der Einöde zu verkaufen. Man hatte dem Mann aus Lluc-Alcari so ein schönes Haus in der Stadt angeboten. Es war geheizt, es hatte Wasser und elektrisches Licht. Der Alemán würde sich noch wundern, aber er wollte es wohl nicht besser. So sind sie eben, die Extranjeros, diese Ausländer. Sie sind ja vernarrt auf diese bröckelnden Steinhaufen, Wehrtürme und windschiefen Mühlen. Wenn man das gewußt hätte. So einen Ziegenstall, den hätten wir ihm auch verkaufen können.

»Und dort seht ihr ihn schon mit seinem Architekten!« Agustín, der immer die mögliche Kundschaft vor dem Fenster im Auge behielt, sagte das leise und lächelte verbindlich, als sie sahen, daß Toni im Vorübergehen die Hand hob.

16.

Stille Tage im Januar

Las calmas de enero, die ruhigen Tage im Januar, hatten sich in diesem Jahr verspätet. In den kalten Tagen des neuen Jahres hatte Michael sie fast sehnsüchtig erwartet. Ein plötzlicher, kleiner Sommereinbruch, zumindest eine Art Vorfrühling, das wäre ihm nach der Besichtigung des Grundstücks eine zusätzliche Bestätigung seiner Entscheidung für die Sonneninsel gewesen. Dann, während der Verhandlungen mit Tía Inmaculada, die Tomeu treuhänderisch für ihn erledigte, und während der Telefonate und Faxe mit seinem Steuerberater und dem Filialleiter seiner Bank hatte er die »calma de enero« völlig vergessen. Zuerst fiel ihm auf, wie still es am Morgen um das Haus war. Kein Rauschen der Palmenblätter, das ihn sonst in der Frühe geweckt hatte. Eine große Stille herrschte in den Gärten und auf den Hängen vor dem Haus. Es gab ihn einfach nicht mehr, den Wind, der an anderen Tagen ständig die Geräusche aus dem Dorf und von den Feldern zu ihm herauftrug. Er war verschwunden, wahrscheinlich verreist, hatte die Insel für mindestens neun Tage verlassen. Mallorca lag jetzt in einer spiegelglatten See, wie ein Schiff in der Flaute. Gegen Mittag heizte sich die Luft über dem Lande auf. Einundzwanzig Grad, las Michael staunend auf dem Thermometer. Es war der 29. Januar. Er hatte den Pullover im Schrank gelassen, die leichteren Schuhe angezogen und sich zum Mittagessen etwas Brot, Schinken und Oliven auf die Dachterrasse gestellt.

Gleichzeitig versanken Deutschland, Österreich und Italien in einem Schneechaos. Die Fotos der Illustrierten, auf denen er seine Apfelsine schälte, zeigten ihm meterhoch verschneite Straßen und Autokolonnen. Er ließ es sich schmecken. Wenngleich die gräßlichen Bilder von Kriegen und Morden in Europa im politischen Teil der Zeitungen ihn daran erinnerten, daß er sich auch vor alldem auf eine Insel geflüchtet hatte. Es gab keine Insel der Sicherheit auf dieser Welt. Nirgendwo. Aber für ein paar Stunden konnte man hier in der Sonne sitzen und die Apfelsinen vom Baum gegenüber schälen. Am 29. Januar auf Mallorca. Mit dem Sonnenuntergang wurde es sofort wieder kühler, und dieses Spiel wiederholte sich in den nächsten Tagen. Dabei wurde es tagsüber wärmer und wärmer, je mehr sich der Winterboden in der Sonne aufheizte.

Anfang Februar, nachdem Tomeu in der Pfarrei von Padre Guillermo gesehen worden war, hatte Michael eine Verabredung mit Mar, die ihm versprochen hatte, bei der Gestaltung und Einrichtung des Hauses behilflich zu sein. Mit seinem Uralt-Brezelkäfer nahm er am Eingang des Tales Mars Golf ins Schlepptau und dirigierte sie durch den Hohlweg hinauf zur Ruine von Tía Inmaculada. Dort trafen sie auf Toni, der schon seit einiger Zeit mit einem großen Zeichenblock im Haus beschäftigt war. Er würde den Bau in den nächsten Tagen von seinen Leuten vermessen lassen. Das hier war nur eine grobe Skizze, um mit Michael die ersten notwendigen Schritte und die grundsätzliche Gestaltung zu besprechen.
»Bien elegido – gut ausgewählt.« Mar nickte ihm anerkennend zu.

»Da unten«, sie zeigte auf den hellen Weg, der sich durch das Tal schlängelte, »da bin ich mit meinen Freundinnen früher oft mit dem Fahrrad langgefahren.
Es ist eine ganz alte Fahrstraße nach Montuïri. Ein wunderbarer Weg, der hinten durch die große Finca Son Vent und um den Berg herum durch ein ›valle muy dulce‹, ein liebliches Tal führt.« Auf Tonis Skizzenblock sah man den Grundriß des Hauses. Es war ein Rechteck, in dessen linkem Drittel der Turm mit seinen dicken Mauern und der dahinterliegenden Küche eingezeichnet war. Die Verlängerung der hinteren Turmmauer quer durchs Gebäude war eine Wand, die den vorderen Eingangsraum von den dahinterliegenden, ehemaligen Stallungen trennte. »Entrada« hatte Toni in das schmale Rechteck des Stalles geschrieben und die Wand zum Berg mit drei großen Bogenfenstern aufgebrochen. Sie standen in dem düsteren Stall, der einmal der Eingang werden sollte. Die Stalltüre am hinteren Ende des Rechtecks war zum neuen Eingangsportal umgezeichnet. Aus den Stallungen und der früheren »Entrada« war ein neuer, großer Wohnbereich entstanden.
»Und was machen wir mit dem früheren Eingangsportal?« fragte Michael.
Toni stieß die Holztüren weit auf, so daß die Sonne voll den neuen Wohnraum erhellte.
»Das wird ein großes Fenster, und links und rechts daneben«, er zeichnete mit schnellem Strich zwei Vierecke neben dem Portal auf der Skizze ein, »bekommst du drei weitere Fenster. Dein Blick aufs Tal und Licht für den Winter.«
Sie gingen durch das morsche Portal nach draußen. Drei,

vier Meter bis zum Abhang ging Mar, drehte sich um, breitete dann die Arme aus.
»Das hier gibt einen herrlichen Platz für eine Terrasse! Unten Mares und hier und da auch Säulen aus Maresstein, auf denen über Kreuz Eisen gespannt werden, an denen im Sommer schon rote und gelbe Bougainvilleas hochranken können.«
Michael nickte, und Toni zeichnete.
»Du mußt unbedingt Mares nehmen. Die schönen, großen Quader brechen sie hier aus dem Felsen. Es gehört einfach zu dieser Landschaft, hochgedrückter Meeresboden aus Muscheln und Millionen Jahre alten Versteinerungen. Deine Terrasse hat dann dieselbe Farbe wie der kantige Klotz da oben.«
Sie zeigte auf die gelb-graue Kuppe am Ende des Tals. Toni blickte von der Zeichnung auf und sah Michaels besorgtes Gesicht.
»Nicht besonders teuer. Es bleibt alles bezahlbar, Caballero!«
Mar sprach einige Worte Mallorquín mit Toni, der auf seiner Skizze einen Durchgang von der Küche zu der daneben- und tiefergelegenen Zisterne zeichnete.
»Mar hat recht«, sagte Toni. »Wir könnten von der Küche eine Verbindung über eine kleine Treppe schaffen. Wenn wir den Brunnen oben zudecken, gewinnst du hier einen schönen, kühlen Raum für Wein und Vorräte. Du wirst sehen, das ist hier im Sommer sehr wichtig.«
Mar nahm Tonis Skizzenblock und ging zu der breiten, steinernen Treppe, die ins obere Stockwerk führte.
»Diese Treppe hier«, sagte sie, während sie hinaufging, »da

ist in der Breite später mit Zement etwas angestückelt worden, wahrscheinlich, um Getreide und Vorräte besser auf den Dachboden schaffen zu können.«
»Das sollten wir auf die alte Breite zurückführen«, ergänzte Toni, der mit Michael hinter ihr her die Treppe hinaufstieg. Im oberen Stockwerk hatte Mar die erste Seite des Skizzenblocks umgedreht und betrachtete Tonis Vorschläge für Schlafzimmer und Badezimmer. Sie schüttelte den Kopf und lachte:
»Diese Architekten! Dusche und Bad genauso groß wie ein Gefängnis.«
»Wir sagen in Deutschland Naßzelle«, Michael versuchte, ihr den Begriff zu übersetzen. Auf Kosten des Schlafraumes und der Diele entstand dann ein großes Bad auf Tonis Zeichenblock.
Nach und nach hatte Toni alle wesentlichen Umbauten, die Vorschläge Mars und die Wünsche Michaels in seinen Skizzenblock eingetragen. Für dieses Mal hatte er genug gesehen, und in den nächsten Tagen war eine Menge für sein Büro zu tun. Ganz plötzlich verabschiedete er sich – ein Termin auf einer Baustelle, er mußte sie leider allein lassen. Dabei grinste der fröhliche Kaspar ohne jeden Anflug von Mitleid. Aus einigen herumliegenden Felsbrocken und Hölzern hatte Michael vor dem Haus zwei Sitzgelegenheiten und eine kleine Tischplatte gebaut. In einem Korb waren eine Flasche Rotwein und verschiedene Empanadas mit Fleisch, Fisch und Gemüse eingepackt. Mar war überrascht, aber sie konnte bleiben. Sie hatte Zeit mitgebracht. Außerdem gab es da eine Frage, die sie jetzt, als Toni gegangen war, vielleicht stellen konnte. Mar hatte inzwischen ihren Blazer abgelegt und saß in ihrer hellen Bluse mit aufgekrempelten

Ärmeln in der Sonne, die nun um die Mittagszeit das kleine Plateau vor der Ruine in diesem windstillen Tal erheblich aufheizte. Sie hob die Augenbrauen.

»Una pregunta, Michael – wenn ich jetzt nicht zu indiskret bin. Soll dieses Haus für eine oder für zwei Personen eingerichtet werden?«

Michael sah sie an und stellte sich dumm. Mampfte fröhlich von seinen Empanadas und brachte zwischen dem Kauen nur ein unschuldiges »Ach was soll's, das ist doch egal« hervor.

»Ich wollte es eigentlich nur als deine Innenarchitektin wissen«, antwortete Mar, »manchmal berät man einen Mann auf der Baustelle, und die Frauen wollen es dann ganz anders.«

Dann widmete sie sich ebenfalls den Empanadas und dem Wein. Und noch im Kauen fügte sie hinzu: »Du verstehst doch, was ich meine?«.

»Wenn du die Rolle der Frau in diesem Haus übernimmst, Mar, dann ist das schon richtig, ich meine bei der Einrichtung!«

Mar stand auf, trat ein paar Schritte zur Seite und blickte über das Tal:

»Du bist frech, Michael, weißt du das?«

Michael hatte sich neben sie gestellt. In der Sonne vor ihnen leuchteten in den Feldern die weißen Blüten der Mandelbäume, die in den letzten Tagen ein kleines Stück weit herausgekommen waren. Bald würde das ganze Tal vor ihnen weiß aufleuchten, als ob es über Nacht in einen bunten Frühling hineingeschneit hätte. Er legte den Arm um sie, und Mar ließ es geschehen. Für einen Augenblick spürte

Michael etwas von einem anderen Leben. Wenn er sie festhalten könnte. Ahnte es mehr, bevor ihm die Welt wegschwamm. Wie lange sich dieser Augenblick hinstreckte? Lang, unendlich lang – eine Ewigkeit schien es ihm. Aber wenn jemand den Kuß der beiden vor dem Haus von Tía Inmaculada gesehen hätte, würde der nicht einmal bis drei gezählt haben, eh sie sich trennten.
Michael würde ihr Leben durcheinanderbringen, das wußte Mar in dem Augenblick, als das Karussell allmählich stehenblieb. Sie konzentrierte sich auf einen Schwarm von Tauben, der in der Ferne um eine Scheune kreiste, sich in der Sonne auf die helle Seite umblätterte und dann in der Drehung zurück zur dunklen Seite kippte. Michael wußte nichts zu sagen, und Mar wollte nun nichts mehr sagen. Sie hatte etwas wissen wollen, und Michael hatte ihr die Antwort gegeben. Jetzt war sie verwirrt. Außerdem gab es ein Geheimnis, das sie diesem Mann nicht offenbaren konnte. Maria del Mar Feliu tat also einfach so, als sei nichts geschehen, und plötzlich hatte sie doch einen Termin in Palma.

*

In diesen Tagen sollte Michael das Meer kennenlernen, das war Tonis Vorschlag. Einmal im Winter, während der Calmas de enero, fuhr er mit seinem Boot zur Insel Cabrera, die Michael bisher nur als grauen Helgoländer Felsblock am Horizont gesehen hatte. Seit Jahren stand Cabrera unter Naturschutz, und es bedurfte einer besonderen Genehmigung, die Insel mit dem Schiff anzulaufen.
Als Michael nun das Meer von Ses Covetes wiedersah, war

er doch verblüfft. Dort, wo er wochenlang das Meer mit seinen großen und kleinen Wellen in stetiger Unruhe unter dem Wind erlebt hatte, sah es jetzt so aus, als ob jemand eine riesige Folie vor die Küste gespannt hätte. Glasklar, ohne jede Bewegung stand die See vor der Küste; ein Meer, dem einfach die Puste ausgegangen war. Nur die Welle der *llaüt*, die Toni über die spiegelglatte Fläche steuerte, zeigte an, daß sie sich auf dem Wasser befanden. Michael betrachtete die lang auslaufende Falte, die sie mit dem Boot in die Folie geschnitten hatten.

»Wie Öl, gar nicht wie Wasser! Märchenhaft!«

Nach zwei Stunden lag die Insel mit ihrer kleinen, natürlichen Bucht, bewacht von schroff aus dem Meer herausragenden, karstigen Felsen vor ihnen. Auf dem höchsten Punkt der Insel erkannte Michael links eine Burgruine.

»Cabrera ist immer wieder zur Gefangeneninsel gemacht worden«, sagte Toni. »Franzosen haben dort schon seit dem 17. Jahrhundert zu Tausenden geschmachtet. Sie wurden einfach abgesetzt und allein gelassen. Die Bewachung war das Meer.«

»Alcatraz«, nickte Michael, und Toni zeigte zurück nach Mallorca:

»Zwischen Cabrera und Mallorca geht eine Meeresströmung, die kommt von weit her, von Griechenland. Da hast du keine Chance zu schwimmen oder auf einem Treibholz zu paddeln. Gruselige Geschichten erzählt man sich über diesen Felsen mit seinen Gefangenen. In Stämmen sollen sie dort gelebt haben, die sich bekämpften wie die Barbaren.«

»Kannibalismus?« fragte Michael.

»Ja, ja«, sagte Toni, »dabei war die Insel vorher ein Paradies.

Die Gefangenen haben dann die Wälder abgeholzt und alles verheizt, um sich im Winter zu wärmen. Jetzt ist es wieder ein Paradies für Pflanzen und Tiere.«

»Nachdem die Menschen von der Insel verbannt wurden«, ergänzte Michael.

Durch das klare, hellgrüne Wasser der Bucht steuerten sie auf einen hellen Sandstrand zu, wo sie im flachen Wasser den Anker fallen ließen. Toni hatte an Deck Wein, Sardinen, ein Stück von der scharfen Sobrasada, Wurst und Brot ausgebreitet. Sie aßen in der Sonne, und es war nach der Überfahrt eine Wohltat.

»Das kann morgen vorbei sein«, sagte Toni, der den Himmel vergeblich nach Wolken absuchte.

Michael hatte die Hand durch das Wasser gezogen.

»Vielleicht fünfzehn Grad«, sagte er.

»Ja, das wird dauern, bis du wieder baden kannst.«

»April?« fragte Michael.

Toni nickte: »Für euch ja. Mallorquiner würden vor dem 1. Mai nie baden – wenn sie überhaupt ins Wasser gehen.«

»Und wofür habt ihr so ein schönes Meer vor der Tür?« Michael zeigte auf die prachtvolle Küste mit den dahinterliegenden Wäldern.

»Dafür«, Toni zeigte auf sein Boot. »Das Meer ist gut für die Boote und die Fische. Eigentlich gehen Mallorquiner nicht vor dem vierzigsten Mai baden.«

So ging es noch eine Zeitlang über konservative Inselbewohner, sportlich-moderne Touristen und die Wechselwirkung dieser beiden Kulturen. Ein schöner Nachmittag in der Bucht von Cabrera. Noch viel schöner wäre dieser Tag gewesen, wenn man zu dritt auf diesem Schiff gefahren wäre. Mar fehlte ihm, das spürte er immer deutlicher. Seit Tagen hatte sie sich nicht mehr gemeldet, und Michael fand nicht den Mut, mit Toni über diese Frau zu sprechen. Es wurde eine stille Überfahrt. Toni saß im Heck, die Ruderpinne lässig unter den Arm geklemmt. Viel zu tun gab es für ihn bei diesem Wetter nicht. Er merkte, daß sein Freund aus Deutschland, der vorne gedankenverloren im Heck saß, über irgend etwas grübelte. War es das Haus? War es die Frau? War es die fremde Insel, auf die sie zusteuerten? Wie auch immer, er würde es schon erfahren. Jetzt respektierte er sein Schweigen. So fuhren sie in den Abend hinein. Sie hatten schon die grünen und roten Positionslampen gesetzt, als sie in den Hafen zurückkehrten.

17.

Michael Weidling – Comprador

»No está! No lo sé!« Seit Tagen ging das schon so, mit dieser Stimme am Telefon. »Sie ist nicht da!« Und auf alle seine Fragen – Wo? Wann? Wieder und warum? – gab es diese vornehm freundliche, überdiskrete Stimme: »No lo sé – ich weiß nicht.« Er konnte es schon nicht mehr hören, dieses ewige »No está! No lo sé!«, wie auf einem Anrufbeantworter. Hatte Mar denn in ihrem Geschäft nicht hinterlassen, daß man ihm ausrichten soll, wo sie zu erreichen war?

An diesem Nachmittag in Cabrera hatte er sie an Bord von Tonis Schiff regelrecht neben sich gesehen. Die Natur hatte ihm einen Frühlingstag geschenkt, und Michael hatte sich Mar dazuphantasiert und sich die Zukunft ausgemalt. Es würde Sommer sein. Es würde ein Boot an der Küste entlangziehen, das in eine einsame Bucht hineinsteuerte, um dort zum Baden den Anker zu werfen. Trugbilder, die er sich zur Unterhaltung in sein Heimkino projizierte?
In Wirklichkeit waren die Frau und der Frühling aus seinem Leben verschwunden. Der Wind rauschte am Morgen durch die Pinien, und als Michael die Blendläden seines Schlafzimmers öffnete, sah er einem deutschen April ins Gesicht: Schwarze Wolken zogen am Himmel, und ein unangenehm kalter Wind trieb ihm den Nieselregen ins Fenster. Es wären Tage gewesen, an denen er gerne die Stadt Palma näher kennengelernt hätte. Mit ihr an seiner Seite wäre aus

dem deutschen April sicher wieder ein spanischer Februar geworden. Aber Maria del Mar war nicht da, hob nicht ab, ließ sich vertreten: »No está, no lo sé!«

Dann waren da noch die Bücher. Nach den »Buddenbrooks« hatte er noch »Lotte in Weimar« gelesen. Was für ein Einfall, Werthers Lotte, die wirkliche und reale Lotte, als würdige Dame nach Weimar zu schicken, um sie dort mit dem Dichterfürsten und Jugendfreund Goethe zusammenzuführen. Der Hotelbesuch im »Weimarer Elefanten« war dem vielbeschäftigten, produktiven Dichter dann aber zu zeitaufwendig geworden. Er schenkte ihr seine Theaterloge, schickte ihr seine Kutsche . . . Genau bis an diese Stelle hatte Michael sich herangelesen. Saß der Alte wirklich in der dunklen Kutsche? Mit wem sprach Lotte denn sonst auf der Heimfahrt zum Hotel Elefant? Hätte sich Michael in diesen kalten Februartagen wieder mit dem Buch an seinen Kamin gesetzt – er hätte es erfahren. Er sitzt aber nicht am Kamin, nicht einmal das Feuer brennt. Michael fuhr ziellos mit Tonis Brezelkäfer über die Insel. Er wollte sich beschäftigen, beruhigen. Dabei war es ziemlich trostlos. Wohin ihn auch der Zufall führte – Colònia St. Jordi, Cala Ratjada, Porto Petro oder ein gottverlassenes Las Vegas mit dem Namen Can Picafort – jetzt im Winter waren es Geisterstädte, in deren leeren und ausgestorbenen Straßen er sich immer wieder verfuhr. Häuser und Pflanzen waren für den Winter eingepackt, das Unkraut wuchs in den Straßen. Zeitungsfetzen und Mülltüten trieben über die Plätze, und um die leeren Müllcontainer strichen hungrige Katzen. Ein Wunder, wenn er wenigstens auf eine jener alten, zähen britischen

Ladies traf, die hier, plastikverpackt dem Salz und Wind trotzend, die kalten Tage überstehen wollten. Irgendwo auf dem Weg vom einzig offenen Hotel kämpften sie sich zur letzten noch offenen Bar quer durchs Niemandsland vergessener Straßen. Gegen die tiefstehende Sonne sah er vor allen Dingen den braunen Tang, den die Wellen an Land warfen. Welle um Welle wurden die Felsen mit dem glitschigen Kraut überzogen, das sich nach und nach zu kleinen Gebirgen aufbaute. Im Spätsommer hatte es ihm noch gefallen. Da dörrte der Tang zu Heu, zu großen Hügeln zusammengeschoben, den sich die Bauern als Dünger für ihre Felder vom Strand holten. Ein angenehmer Duft war das gewesen, Tang und Teer.

In diesen Tagen verfinsterte sich das Bild von Mallorca. Ohne Sonne und Sommerbetrieb hatte sich Michael hinter den Kulissen festgefahren. Tatsächlich blieb er einmal stecken. Wieder einmal hatte er die Ortsausfahrt nicht finden können, war einer langen Straße gefolgt, an der die Häuser allmählich verschwanden, dann die Laternen und schließlich der Bordstein, bis er mit einem Ruck am Ende der Welt festsaß. In der Dunkelheit sah er nur die Glutaugen einiger Katzen, die sich neugierig näherten. Er hatte sich völlig verfahren. Dabei sollte es seine Insel werden. In wenigen Tagen würde er beim Notar in Llucmajor, in Gegenwart von Tía Inmaculada und Tomeu, einen Vertrag unterschreiben und einen bankbestätigten Scheck auf den Tisch legen, um sich damit ein Stück dieser Insel zu erwerben, in einem kleinen Seitental, mit einem ziemlich verfallenen Haus. Das alles sollte am 17. Februar stattfinden, an seinem Geburtstag. Ein Zufall, sicher, aber Michael hatte diesen Termin als freundlichen Wink des Schicksals in diesen düsteren Tagen gerne angenommen. Selbst Barbara Mühlmann aus dem fernen Deià hätte dazu applaudiert. »Im Geburtsmonat tiefgreifende Veränderung. Für wirtschaftliche Entscheidung 17. 2. sehr günstig.« Barbara würde es ihm schon erklären und ihn in den Trümmern seiner Ruine nicht allein lassen. Venus besucht Uranus, so ähnlich stand es ja in den Sternen.

*

Am 16. Februar, dem Tag vor der entscheidenden Unterschrift, war Michael schon früh zu einer Wanderung zum Kloster »Nuestra Señora de Gracia« aufgebrochen. Auf der Strecke von Llucmajor in sein verschwiegenes Tal, unten am Fuß des Randaberges entlang, hatte er es immer wieder gesehen. Wie durch einen gewaltigen Bergrutsch war der Wald unterhalb der Kuppe an einer Stelle aufgerissen. Der rot-gelbe Fels trat hier nackt hervor und wölbte sich über einen Gebäudekomplex, den man leider unter diesem natürlichen Baldachin errichtet hatte. Das Kloster »Nuestra Señora de Gracia«, das dritte und am tiefsten gelegene Heiligtum auf dem Randaberg, interessierte Michael besonders, weil er sich von hier einen Blick auf sein Tal und die nähere Umgebung erhoffte. Ein schöner Weg war das, durch Felder und Orangenhaine, bis er in einen Pinienwald auf die Serpentine traf, die in steilen Kurven nach oben führte.

San Miguel, die Kirche von Llucmajor, wurde in der Ferne zu einem Bauklotz, um den herum man eine Reihe von Bauklötzchen hingewürfelt hatte. Der Wind kämmte die Wipfel der Pinien, aber unten, im Schutz der Felsen, war es in der Sonne angenehm warm. Über den Vorplatz des Klosters war Michael hinausgegangen und hatte hier einen kleinen Ziegenpfad entdeckt, der zwischen der »Maccia« weiter um den Berg herum führte. Auf einem Felsenvorsprung fand er hier einen geschützten Platz, der ihm eine Aussicht weit über das Tal bis hin zu der Bergkette der Levante. Er war so weit um den Berg herumgegangen, daß die Stadt Palma jetzt in seinem Rücken liegen mußte.

»Die Welt liegt vor dir! Die Insel, so wie sie entstanden ist«, sagte sich Michael. Von den ersten, sich in kräftigem Grün hinziehenden Bergrücken vor ihm blickte er weiter in die Tiefe einer Landschaft, in der sich bis in weite Ferne immer neue Bergrücken und Ausläufer, blasser und lichter werdend, überlagerten, bis sie schließlich am Horizont von der zarten Silhouette der blaugrauen Kette der Levante begrenzt wurden. Die Mittagssonne stand ihm gegenüber und setzte das grüne Tal unter ihm ins Gegenlicht. Vielleicht hundert Meter stürzte der Berg unter seinen Füßen fast senkrecht herunter. Oben war er mit Pinien bestanden, ging dann in sanft abfallende Felder über, in eine kleine Ebene, besetzt von Gehöften, deren Dächer in der Sonne gelbrot aufleuchteten. Die Menschen hatten der Wildnis hier über Jahrhunderte die jetzt mauernumstandenen Felder und Wiesen abgerungen. Ein Greifvogel segelte über das Tal bis hin zu den Stellen, an denen der Berg einen neuen Anlauf nimmt, die Felder hinter sich läßt und der Wald seinen Platz zurückgewinnt. Dahinter mußte es beginnen, sein Tal, sein Haus und auch seine neue und andere Zeit. Von unten trug der Wind Hammerschläge herauf. Später waren es die dumpfen Schläge einer Axt im Wald unter ihm. Wie lange hatte er hier gesessen? Was war eigentlich geschehen? Ein Vogel war über das Tal geflogen. Hammerschlag und das dumpfe Krachen einer Axt. Nur das? Michael hätte nicht sagen können, wie das andere in ihn gekommen war – eine Ruhe und Zuversicht, so daß er wieder mit sich und seinem Leben einverstanden war.

*

Michael ging über den Markt. Er schob sich an den Ständen vorbei, den Schinken-, Oliven- und Stockfischständen, und ließ sich zum Kräuterstand treiben. Die braunen, getrockneten Fenchelstauden und, am Stand daneben, die grünen Fencheltriebe sahen gut aus. Der frisch ausgemachte, junge Knoblauch daneben brachte ihn zu der Vorstellung von einem Fisch im Backofen. Am Abend hatte er Tomeu, Toni und Aina zu einer kleinen Geburtstagsfeier nach Randa eingeladen. Er wollte sie mit einem Essen überraschen. In Wahrheit wollte er sich selber überraschen, mit dem vierten Gast, den er über Aina hatte einladen lassen. Vielleicht hatte es ja jetzt ein Ende mit »No está, no lo sé«, und er würde das Geheimnis von Mars Abwesenheit erfahren. In jedem Fall sollte der Fisch für fünf Personen reichen.
In der großen Fischhalle neben dem Marktplatz drängen sich im Sommer die Menschen an gut zwei Dutzend Fischständen vorbei. Jetzt, im Februar, war die Halle leer, und Michael hatte Platz und Zeit, sich an den vier verbliebenen Fischständen umzusehen.

»Señor, tengo aquí unos cap-rotjos muy frescos.« Der Drachenfisch zappelte in der Luft. Vor seinen Augen ließ die Fischersfrau die Ware, die sie fest hinter den Kiemen hielt, lebendig werden.

»No conozco este pescado.« Ich kenne diesen Fisch nicht, wehrte Michael das Ungetüm ab, das ihn anstarrte, als ob das dunkelrote Ungeheuer ihm gleich den Finger abbeißen wollte. Aber die Señora und ihr Fisch ließen das nicht gelten. Genau dieser Cap-Roig sollte und wollte in seine Pfanne.

»No es necesario conocerlo para comérselo.« – Sie müssen den Fisch nicht kennen, um ihn zu essen. Der Fischer und die Kundschaft, die sich inzwischen als Zuschauer für das kleine Stück Straßentheater versammelt hatten, lachten. Michael sah schnell ein, daß es nur eine Möglichkeit gab, diesem roten Teufel vor seiner Nase zu entkommen: Er mußte sich für einen anderen Fisch interessieren.

»Die Doraden da vorne sehen auch sehr gut aus.« Er schob ihre Hand beiseite und zeigte auf zwei Prachtexemplare auf dem gehackten Eis. Der schmackhafte Teufel wanderte zurück auf die Theke, und mit beiden Händen hob sie eine der Doraden vor sein Gesicht.

»Muy buena, la dorada, señor, es un pescado noble. Bien elegido.« Gut gewählt. »Todo muy fresco – Mein Mann fährt täglich raus.« An den lebendigen Augen der Dorade erkannte Michael, daß die Señora recht hatte.

Toni hatte es ihm bei einem seiner letzten Einkäufe erklärt: Manchmal, wenn die Kunden nicht hinsehen, besprühen sie den Fisch mit Eiswasser, das mit Zitronensaft und Öl

gemischt ist. Das gibt auch einem müden Fisch wieder den natürlichen Glanz zurück. Achte deshalb auf die Augen.
»Darf ich ihnen beide einpacken?« Michael nickte.
»Bon profit!« Das war Guten Appetit in Mallorquín.
Nachdem er dann Fenchel, Kräuter, Kartoffeln und Mangold eingekauft hatte, fehlte ihm noch etwas zum Kochen, das er hier, in dem kleinen Schreibwarengeschäft gegenüber der Fischhalle, kaufen wollte: Packpapier, gutes, altes Packpapier, wie es früher beim Metzger verwendet wurde, ehe die Folien die Läden eroberten.
»Papillotes«, unter diesem Wort hatte er es in seiner Brüsseler Zeit kennengelernt. Und mit diesem französischen Begriff war er auch beim alten Roca erfolgreich. Der Alte, der seine Fische in der Tüte sah, lachte, als ob er wüßte, was Michael für den Abend geplant hatte.
»Dorade en papillotes.«
Elf Schläge hämmerten blechern vom Rathausturm. Es war höchste Zeit, sein eigenes Geburtstagsgeschenk abzuholen. Einen Moment überlegte er noch. Das Notariat Antich lag am Schusterdenkmal fünf Minuten die Straße vor ihm herunter, und sein Brezelkäfer war in der Gegenrichtung geparkt. Jetzt war es schon zu spät. So beeilte er sich, mit dem Fisch, Knoblauch, Fenchel, Mangold und Kartoffeln in den Tüten, den Eingang zum Notario zu finden, wo im Erdgeschoß schon die Witwe Tía Inmaculada, Tomeu und der Notar auf ihn warteten. Aber vor dem Geschäft mußte er das Geheimnis seiner Tüten lüften. Wie man eine »Dorade en Papillotes« in Folie im Backofen zubereitet, interessierte selbst Tía Inmaculada.
»Neben Knoblauch und Fenchel tun sie tatsächlich auch die Kartoffeln in das Papier?!« wollte die Witwe wissen.

»Das ist ganz wichtig, das nimmt dem Fisch und dem Fenchel die bittere Note.«

»Interessant, das wußte ich gar nicht.«

Auch der Notar Antich wollte von Michael das Rezept. Man hatte Zeit und Geduld in dieser kleinen Kanzlei, und Michael durfte noch von einem Brüsseler Restaurant erzählen, aus dem das Rezept stammte, dem Scheltemas, seinem Lieblingsrestaurant aus der Korrespondentenzeit. François, einer der Köche, hatte ihm oft Rezepte anvertraut. Es wanderte in Michaels große Kladde, wo schon viele seiner Lieblingsgerichte standen, Zubereitungsarten für Fische, Geflügel, Wild und Gemüse, die er überall auf der Welt ergattert, ergaunert, ausspioniert und ausgefragt hatte, immer dann, wenn ihm etwas geschmeckt hatte. Tomeus *conejo con cebolla* war eine der letzten Eintragungen. Tomeu freute sich, als er jetzt davon hörte. Er blickte allerdings auf die Uhr.

»Vielleicht sollten wir die verehrte Tía Inmaculada nicht länger warten lassen.«

Der Notar las den Kaufvertrag zwischen dem *vendedor* und dem *comprador*, Michael Weidling, Bonn, Deutschland, Paßnummer und Adresse, vor. Beide Seiten wurden gefragt, ob sie den Text verstanden hätten. Michael sah Tomeu an, der nickte. Die Parteien unterschrieben, und der Notar nahm Michaels Scheck entgegen. Eine Fotokopie kam zu den Akten. Mit dem Originalscheck ging die Witwe zur Bank am Platz. So einfach ging das zu, als das Grundstück und die Ruine in die Hände von Michael Weidling gelangten.

*

Die Doraden kamen in zwei Päckchen auf den Tisch, und als Michael mit einem spitzen, scharfen Messer die Papierfolie aufschnitt und die Fische in ihrem Saft dampfend vorzeigte, wurde der Duft von Fisch und Fenchel mit vielen Ahs und Ohs und einem kleinen Applaus begleitet. Die Dorade war ein Erfolg, und, unterstützt vom trockenen weißen Torres Etiqueta Verde tröstete sie Michael darüber hinweg, daß ein Platz am Tisch frei geblieben war. Teller und Gläser standen noch unbenutzt da, und niemand konnte sich erklären, warum Mar, die eigentlich zugesagt hatte, nicht gekommen war. Eine gewisse Verlegenheit bei den verschiedenen Erklärungen war Michael nicht entgangen.

Der Fisch war gegessen, sie saßen um den Tisch im mittleren Zimmer, in dem das Kaminfeuer brannte. Michael saß mit dem Rücken zur Eingangstür, deswegen verstand er zuerst nicht das Lächeln, mit dem Toni Aina ansah und schließlich alle drei über ihn hinweg zur Tür blickten.

»Hombre!« Tomeu schüttelte den Kopf: »Dónde estuviste? – Wo warst du?« Gemeint war Maria del Mar, die etwas aufgelöst und ziemlich verlegen durch die Tür gekommen war, die Runde begrüßte, sich entschuldigte und Michael zum Geburtstag gratulierte.

»Molts d'anys y que todo te vaya bien« – . . . daß dir alles gelingt. Von den letzten Resten aus den Papillotes bekam sie noch einen Teller, den Michael ihr servierte.

»Am besten war der Fisch vor einer Stunde.«

»Immer noch sehr gut. Ich wußte gar nicht, daß du so gerne kochst. Das müssen wir beim Haus berücksichtigen, Toni!«

Auch beim Dessert, Orangenscheiben mit frischer Minze,

wurde Michael aus Mars Verspätung nicht klüger. War da noch ein wichtiger Kunde gewesen, den sie besuchen mußte, oder hatte ihr Vater einen wichtigen Kunden im Büro, den sie kennenlernen sollte? In schnellem Mallorquín hatte sie den anderen so etwas angedeutet – sie wußte ja, daß Michael das kaum verstand. Er wollte auch nicht nachfragen. Natürlich hätte er sie gerne nach dem Geheimnis von »no está, no lo sé« gefragt. Dafür hätte sie nach dem Abschied der anderen aber noch einen Moment allein zurückbleiben müssen. Er kam nicht mal dazu, ein Zeichen zu geben. Als Tomeu aufstand und sich bedankte, entschlossen sich auch Toni und Aina zu gehen, und Maria del Mar war in diesem Geleitzug so schnell aus dem Haus, daß Michael nur ein leises »Sehen wir uns vielleicht die nächsten Tage?« übrigblieb. Während die anderen schon in ihre Wagen stiegen, sah sie ihn unter der Haustür einen Moment an.
»No lo sé, Michael.« Aber eh' sie sich umwandte, zog sie ihn zu sich heran und küßte ihn auf die Wange: »Veremos – wir werden sehen.«
»Te espero – Ich warte«, sagte Michael noch. Da klappte die Tür ihres Wagens schon zu, und ohne sich noch einmal umzusehen, winkte sie mit der linken Hand und fuhr davon.

18.

Vamos adelante

Baubeginn. Ein Zauberwort in Deutschland. Das ist der Tag, an dem sich die verschiedenen Handwerker früh am Morgen auf der Baustelle treffen, vom Architekten ihre Anweisungen erhalten und – nach einem logistisch ausgeklügelten Bauzeitenplan – parallel und ineinandergreifend ihre Arbeit beginnen. Und der Bauherr steht glücklich daneben. Als jedoch Michael früh um acht Uhr den Weg zur Ruine von Tía Inmaculada hinauffuhr, war es überraschend ruhig. Nur ein kleiner Fiat parkte vor dem Haus. Dann schob ein Arbeiter eine Karre mit Schutt durch die Tür. Lässig stellte er die Karre ab und begrüßte den Bauherrn mit einem freundlichen »vamos adelante – es geht voran«. Dann folgte Michael den Klopfzeichen, die aus dem Inneren des Gebäudes kamen. Hier traf er auf den Rest der Baubrigade, einen zweiten Mann, der sich mit einem Hammer an einer Innenwand zu schaffen machte.

»Vamos adelante, Señor.«

Auch er war davon überzeugt, daß es vorangeht, obwohl er mit dem Hammer Löcher in die einzig intakte Wand schlug. Michael fragte nach dem Architekten und dem Bauunternehmer.

»No lo sé, no está.«

»Kommen denn nicht noch mehr Bauarbeiter?«

»No, Señor. Más son demasiados, en este momento. – Mehr wären jetzt zuviel. Wir stehen uns dann nur auf den Füßen.«

Es klang so glaubhaft und treuherzig, daß sich Michael wirklich keinen dritten Bauarbeiter vorstellen konnte.
Und tatsächlich – »Disculpe« –, wie zum Beweis stand hinter ihm der Mann mit der leeren Schubkarre.
Verbindlicher Kostenvoranschlag. Toni hatte Michael seine Berechnungen mit dem Bauunternehmer vorgelegt. Aber nun betrachtete Michael José und Andrés, so hießen die beiden Arbeiter, seit einer Stunde, wie sie mit großer Gelassenheit und Würde an seiner Ruine pickelten und werkelten. Konnte man jemals auf diese Weise einen Termin einhalten, von den Arbeitsstunden und den Zahlen des Kostenvoranschlags einmal ganz abgesehen? Jetzt sitze ich in der Falle, ich hätte es wissen müssen, und das Ding hier wird mein Pesetengrab. Er wußte, daß er nicht mit anfassen konnte.
»Jeder hat hier seine Rolle, und du bist der Bauherr. Du bringst nur alles durcheinander, und am Ende verlierst du den Respekt der Arbeiter. Sie freuen sich, wenn du kommst und zusiehst. Das treibt sie auch ein bißchen an. Aber hetzen lassen sie sich nie, so etwas wie Akkord kennen wir bei kleinen Baustellen nicht. Aber auch bei uns werden die Häuser alle einmal fertig.«
Mit diesem Trost hatte ihn Toni schon etwas auf die mallorquinische Bauweise vorbereitet.
Auch in den nächsten Tagen und Wochen war der Anblick trostlos. Obwohl ein dritter und vierter Kollege neben José und Andrés zur Unterstützung auf der Baustelle waren, konnte Michael – trotz aller Beteuerungen »vamos adelante« – den Fortschritt nicht wirklich erkennen. Preßlufthämmer, Förderbänder und große Baumaschinen waren offensichtlich unbekannt. Nach einer Woche wurde ein Gerüst vor

dem Haus aufgebaut, das der Bauunternehmer auf dem Dachgepäckträger seines alten R4 herangeschafft hatte. Michael wollte es nicht glauben, als er sah, wie mit Kordeln, Brettern und Stahlstangen ein Gerüst gebastelt wurde, auf dem dann tatsächlich Männer stehen und arbeiten konnten. In Deutschland hätte die Berufsgenossenschaft umgehend die Baustelle geschlossen. Dafür ließ sich hier noch alles bezahlen und tatsächlich: Es ging voran.

Als Michael an einem Freitag im März zur Baustelle hinauffuhr, hatte er den Eindruck, daß hier über Nacht ein Trupp mallorquinischer Heinzelmännchen eingesprungen war. Das Haus war vernäht: »Coser una casa antigua« war die Methode, zu der Toni bei diesem alten Haus unbedingt geraten hatte. Überall wurden neue Stützen aus Beton in die Wände eingezogen. Sie dienten gleichzeitig als Pfeiler für die neuen Spannbetondecken und gaben damit dem ganzen Haus eine neue, sichere Stabilität. Ein neues Fundament, eine Bodenplatte, war auf den alten Lehmfußboden gegossen. Die neuen Tür- und Fensteröffnungen waren herausgebrochen und fertig mit Stützen versehen.

»Wir schließen das Haus jetzt nicht mit Planen oder Brettern. Ventilation und Luft ist bei so einem alten Gebäude im Moment noch wichtiger.«

Als die Bauarbeiter an diesem Freitag nachmittag um halb sechs abrückten, fragte Michael Toni, ob die Brigade nicht so etwas wie ein Richtfest von ihm erwartete.

»Das Dach ist repariert, der Rohbau ist sozusagen fertig.«

»Ein schöner Brauch, Michael, aber wir kennen so was hier nicht. Wenn du allerdings am Montag um 5 Uhr mit Bier und Würsten anrückst, werden sich alle freuen, etwas Geld hast du ja noch.«

Toni brachte sein bestes, heiseres Kasparlachen, »ich glaube, wir sind sogar etwas billiger geworden, ich habe darauf geachtet, du bist ja ein armer Journalist«, und schlug ihm auf die Schulter.

Sie gingen ums Haus, dorthin, wo in einer Einfriedung ein großer, wilder Kakteengarten gewachsen war.

»Die Kakteen kommen weg, und nun können wir auch am Montag damit beginnen, die Grube für den Swimmingpool auszuheben. Jetzt ist dein Haus vernäht, und wir können mit solchen Erdarbeiten in der Nähe beginnen.«

Es war eine gute Idee von Toni gewesen, in den alten Kakteengarten den kleinen Pool zu setzen, so daß man hier im Winter und im Sommer, geschützt von den Mauern, schwimmen oder am Wasser sitzen konnte. Eigentlich war es schade um den Garten, der wie die Palme zu jeder ordentlichen Finca dazugehörte. Die Araber-Feigen, die Figues de Moro, wie die Mallorquiner die Kaktusfrüchte nennen, wurden im Naturzustand gegessen oder zu schmackhafter Marmelade verarbeitet. War das der Grund dafür, daß hier überall noch die meterhohen Kakteengärten zu sehen waren?

»Es ist wegen der Hühner«, Toni hatte einmal angehalten und es ihm gezeigt.

»Früher war es eigentlich der beste und natürlichste Schutz für das Federvieh vor irgendwelchen Raubtieren. Die Hühner konnten sich auf die stacheligen Büsche und Kakteenbäume retten. Dort schliefen sie auch nachts und waren sicher vor den Räubern, die, anders als die Hühner, an den gefährlich spitzen Nadeln der Kakteen nicht vorbeikamen.«

Das war der Vorteil des knorpeligen Hühnerbeins gegenüber den Samtpfoten der Katzen.

Michael fuhr gerne mit Toni zur Baustelle und mochte es, wenn er auf diese Weise an Ort und Stelle alle seine Fragen beantwortet bekam. Erinnerungen an das Paradies seiner Kindheit, den Gutshof des Onkels, stiegen auf, und eine verschüttete Liebe zum Land wurde wieder lebendig. Bei seinen Fahrten über die Felder in das Tal zu seiner Baustelle sah Michael deutlich, wie sich im März das Land veränderte. Mit den süßen Orangen war es Anfang des Monats schon zu Ende gegangen. Jetzt wurden die Weinreben geschnitten, und Michael sah die ersten Sammler, die sich an den Feldrändern den wilden Spargel schnitten. Auf seinem eigenen Grundstück fand er genug davon, und mit etwas Parmesan und Butter hatte er am Abend Spargel gegessen, so dünn und schmackhaft, wie er ihn auch beim Godesberger Italiener nicht bekam.

Das war die Zeit, in der in Tomeus Landhaus die Oliven eingelegt wurden. In einem Wirtschaftsgebäude neben Michaels Behausung lagen die Oliven auf dem Steinboden. Jetzt wanderten sie in große, lasierte Tonkrüge, und beigegeben wurden Stücke von Fenchel, Knoblauchzehen, Chilischoten, geviertelte Zitronen und Lorbeerblätter. Dann wurden die Krüge mit abgekochtem Salzwasser aufgeschüttet, und es entstand eine salzige, würzige Lake, die – je nach Mischung – den Oliven einen ganz unterschiedlichen Geschmack verlieh. So blieben sie weit über den Sommer hinaus haltbar und eßbar. Die Oliven mit dem Lorbeer, der Chilischote und der Zitrone schmeckten Michael am besten. In der Küche stand noch ein Krug vom letzten Jahr, aus dem er sich vor dem Essen gerne mit Weißbrot und einem Glas Wein bediente.

Dann kam die in den Reiseführern heftig besungene Mandelblüte. Zugegeben, Michael war beeindruckt, als Ende Februar auch sein kleines Tal diesen Brautschleier angelegt hatte. Gegen den rotbraunen Acker und die grünen Wiesen leuchteten sie hell auf, ganz so, als ob jemand Licht in den Zweigen gemacht hätte. All das, auch den herabfallenden Blütenschnee, beachtete Michael aber nicht besonders, für ihn blieb die Mandelblüte mit jenem Tag verbunden, an dem er hier gestanden und Mar geküßt hatte, auch wenn damals erst ganz wenige Blüten an den Ästen gewesen waren. Sie hatten geglaubt, alleine zu sein. Inzwischen waren sie allerdings Teil einer Geschichte.

»Mit meinen eigenen Augen habe ich es gesehen. Ich kam aus dem Wäldchen mit meinen Schafen. Ihr kennt ja Negre, meinen Hund. Er treibt mir die Herde den Weg entlang, daß ich Zeit habe, mich umzusehen. Und die beiden standen in der Sonne. So eng, daß ich sie nicht mal unterscheiden konnte. So standen sie da, als ich aus dem Wäldchen kam, und als ich schon lange an ihnen vorbei war, standen sie noch immer da.«

So hatte es Bernardo Agustín erzählt. Immer wieder an den Markttagen hatte der Friseur den Schäfer an die Seite genommen und sich beiläufig nach den Ereignissen auf dem Grundstück der Witwe Tía Inmaculada erkundigt. Er erfuhr vom raschen Fortgang der Bauarbeiten: »Toni treibt sie an wie die Sklaven, ein Tempo wie die Hotels in Arenal!« Bernardo hob die Hände zum Himmel. »Die wollen wohl im Sommer schon fertig sein. Und die Sache mit den beiden, hast du es deiner Frau erzählt?!«

Agustín wußte nur zu genau, was das zu bedeuten hatte. Einige Tage später hatte er am Abend seinen Laden etwas früher geschlossen und sich selber in seinen Rasiersessel zurückgelehnt. Auf dem Bänkchen vor ihm saßen Damián, der Schmied, Enrique mit einem Kilo Lose an der Brust, und auch Catalina war nach dem Einkaufen noch dazugekommen. So stand es also um den Alemán, das Schlitzohr und den Glückspilz aus Lluc-Alcari.

»Maria del Mar Feliu, sie war eines der schönsten Mädchen, die hier in Llucmajor aufgewachsen waren, und die Felius – ich habe noch dem Großvater die Haare geschnitten.«

Agustín zeigte auf den leeren Stuhl neben sich: »Und dort sitzt heute noch manchmal ihr Vater, und der wird niemals erlauben, daß seine Tochter ein Verhältnis mit einem Touristen beginnt. Nicht daß in diesem Raum irgendein Wort über meine Lippen kommt, wenn er dort sitzt, das nicht. Ein Friseur ist immerhin eine Vertrauensperson. Ich kann schweigen wie ein Grab.«

Die drei auf der Bank nickten zustimmend.

»Aber Bernardo hat es seiner Frau erzählt.«

Seine Zuhörer sahen sich an und nickten bedeutungsvoll.

19.

Hoffnung gibt es immer

Tage gab es im März, die begannen, wie sich zu Hause ein schöner Sommertag ankündigte. Um 8 Uhr hatte Michael dann die volle Sonne im Badezimmer. Genau in dem Moment, wenn er das eiskalte Wasser über seinen Körper schüttete. So erfrischt saß er zum Frühstück in der Sonne. Der Garten duftete, die Vögel sangen. Es war eine Lust zu leben. Die Temperaturen würden gegen Mittag noch etwas ansteigen, vielleicht 19 bis 20 Grad in einer windstillen Ecke. Gut für die Bauarbeiten. Gleich nachdem er sich in Llucmajor die Zeitungen abgeholt hatte, wollte er mit Toni auf die Baustelle fahren, um die Elektroanschlüsse im Haus zu besprechen. Mar hatte er seit Wochen nicht gesehen. Sie hatte ihre eigene Wohnung in Palma, aber ihre Eltern wohnten doch in Llucmajor, und bei dem Verwirrspiel im Straßenlabyrinth dieser Stadt konnte man nur von Glück reden, wenn er ihr bei einem Elternbesuch zufällig begegnet wäre. Das waren die Folgen der Piratenzeit. Jede Straße eine Barrikade. Irgendwie mußten die Felius vor dem deutschen Freibeuter dichtgemacht haben. Michael kam einfach nicht weiter. Selbst ein Brief an Mar, den er persönlich im Laden abgegeben hatte, war bisher nicht beantwortet worden. Michael war sich sicher, daß es da ein Geheimnis gab, und so war es auch.

Der Brezelkäfer paßte heute in eine Lücke gerade vor Agustíns Friseursalon. Agustín, der ihn beim Aussteigen erkannt hatte, unterbrach für einen Augenblick sein schnibbeliges Handwerk und hob die Schere kurz zum Gruß in die Luft. Auch Lorenzo, der Wirt der Bar Colón, der im Barbiersessel saß, grüßte. Michael zog mit zwei Fingern sein Haar am Hinterkopf hoch, um dem Barbier zu signalisieren: »Es lohnt sich noch nicht.« Ein Spaß, den er manchmal mit Agustín machte, wenn der arbeitslos hinter dem großen Schaufenster auf Kundschaft lauerte. Aber irgend etwas hatte Michael heute irritiert, und als er sich nochmal zum Laden umdrehte, war er sich sicher: Kunde und Friseur sahen ihm hinterher und unterhielten sich ganz offensichtlich über ihn.

Die Terrasse draußen vor der Bar Colón war schon eingerichtet, lag aber noch im Schatten. Mit dem *Diario de Mallorca* unterm Arm setzte sich Michael in den Saal, bestellte sich einen Café con leche und begann mit seinem alten Vokabelspiel. Immer seltener mußte er bei den Substantiven und Verben unterstreichen, nachschlagen und übersetzen. Jetzt konnte er die Zeitung schon gut lesen. Besonders leicht war es bei den Bildunterschriften. Sein Interesse hatte sich von den politischen Nachrichten auf eine Seite ausgedehnt, die mit dem Begriff »Sociedad« überschrieben war. Gesellschaftsnachrichten für Inselbewohner. Ankunft und Abreise prominenter Touristen wurden hier inseriert. Fotos von Ausstellungseröffnungen, Empfängen und Segelregatten. So erfuhr er, wer alles auf der Insel zu Hause war. Nicht wenige Landsleute darunter. Heute las er von einem Mann, der auf die Insel zurückgekommen war: Es war der bekannte Art Consultant Pere Morey. Im Rahmen einer Ausstellungseröffnung sei-

ner Bank konnte er einen Miró vorstellen, den er in Paris für die Insel zurückgekauft hatte. Er lächelte in die Kamera, und neben ihm lächelte eine schöne Frau mit langem, dunklem Haar, das in fast altmodischen Locken über das Silberlamé ihres Pullovers herabhing.
Warum sollte sie auch nicht in der Zeitung zu sehen sein. Sie gehörte zur Gesellschaft von Palma. Es war die Bildunterschrift, die Michael einen Stich versetzte: »Pere Morey y su inseparable acompañante« – seine ständige Begleiterin, Maria del Mar Feliu. Das war es also! Wahrscheinlich war sie sogar verlobt oder versprochen. Vielleicht hatte dieser Millionär hier sie den Eltern abgekauft. Wo war der schlanke Kerl denn gewesen, als er Mar kennengelernt und in den Armen gehalten hatte? Der Artikel erzählte es ihm. Der Mann war eine bekannte Institution in Palma, reiste um die Welt und kaufte mit dem Geld der Banken vornehmlich spanische Kunst. Sammlung und Investment zugleich. »Experto conocedor del arte moderno« – Liebhaber und Kenner moderner Kunst, stand da. Wenn es das nur wäre! Wie gut kannte er Mar?
Tonis Stimme war heute mal ernst, ganz ohne Lachen. Er bestellte sich einen Descafeinado und setzte sich zu Michael an den Tisch. »Je pense que tu as une question«, Toni sprach französisch mit ihm, als Lorenzos Frau den Kaffee rübertrug. Und Michael hatte eine Menge Fragen.
»Und warum hat mir das niemand gesagt?«
»Mar hätte es dir sagen müssen.« Toni war einen Moment verlegen. »Außerdem hast du mir nichts gesagt und mich auch nicht gefragt.«
Michael staunte: »Und woher weißt du es dann?«

»Wenn du als Fremder ein Mädchen aus dem Ort vor deinem Haus küßt – glaubst du, daß das geheim bleibt?!«

»Es war doch niemand dabei!«

»Die Insel hat tausend Augen und Ohren.«

»Und Mar, wußte sie denn nicht von den tausend Augen und Ohren?«

Jetzt lächelte Toni zum ersten Mal: »Sie wußte es wohl, und sie hat es in Kauf genommen.«

»Und was heißt das?«

»Espoire caballero, Hoffnung, es gibt Hoffnung.«

Lorenzo betrat frisch zurück vom Friseur die Bar und grüßte freundlich. Dann tuschelte er mit Maria, die lächelnd zu ihnen herübersah. Michael hatte es beobachtet.

»Glaubst du, daß es auch schon andere wissen?«

Toni sah auf das Photo von Maria del Mar und ihrem ständigen Begleiter und dann zu Michael:

»Ich kann mir nicht vorstellen, daß es hier irgend jemanden gibt, der das nicht weiß.«

»Es ist doch verrückt«, sagte Michael, »von euch erfährt man gar nichts. Bis heute habe ich nicht mal Tomeus Frau kennengelernt, und ich bin sicher, am Ende wißt ihr über mich alles und ich über euch nichts. Was ist das hier für eine Welt?«

»Das ist eine Welt, in der wir mit den Fremden gut überleben können.« Jetzt lachte Toni wieder. Er zahlte, und draußen vor der Tür schenkte er dem deutschen Freund noch zum Trost einen Satz in Mallorquín, weihte ihn in ein Geheimnis ein:

»El saber es más importante que el comer y el joder – Das Wissen ist wichtiger als das Essen und . . .«

Das letzte Wort hatte Michael nicht richtig verstanden. Später einmal erklärte ihm Toni die Bedeutung, und Michael schrieb in sein Vokabelheft unter dieses mallorquinische Sprichwort: »Für den Mallorquiner ist das Wissen noch wichtiger als das Fressen und das Ficken.«
Michael war in Tonis schwarzen Alfa gestiegen. Sie fuhren gemeinsam zur Baustelle. Die Zeitung noch auf den Knien, überlegte Michael, was Toni mit dem Wort Hoffnung gemeint haben könnte. Was wußte er über diesen schönen Pere Morey? Und warum hatte der nicht schon lange Maria del Mar geheiratet? Was heißt hier ständige Begleitung? Ich an seiner Stelle . . ., Michael seufzte. Dann riß er die Seite »Sociedad« aus dem *Diario de Mallorca* heraus und faltete sie zu einem kleinen Viereck, das er Toni zeigte.
»So! Das werde ich ihr jetzt in einem Brief schicken, damit sie weiß, daß ich es weiß. Dann können wir ja offen über alles reden.« Sie fuhren durch den Hohlweg, und Toni mußte auf die Bremse treten, weil Bernardo mit seinen Schafen von der Schäferei zu frischen Weideplätzen zog.
Toni nutzte die Wartezeit, um Michael taktvoll darauf hinzuweisen, daß das eine besonders große Dummheit wäre.
»Du mußt ihr die Möglichkeit lassen, selber etwas dazu zu sagen, Michael. Ich rate jetzt zu Geduld. Paciencia.«
Ein Stock schlug gegen die Scheibe, und über dem weißen Bart war das Gesicht von Bernardo sichtbar geworden:
»Com va, Toni?«
»Va ve, Bernat.«
Toni hatte das Fenster runtergekurbelt. Er bedankte sich bei Bernardo, der immer mal einen Blick auf die Baustelle warf.

Bis heute war auch nichts weggekommen. Toni sah Michael bedeutungsvoll an: »Tipi tim, tipi tam!«
»Langsam verstehe ich«, sagte Michael, »ein weitsichtiger Mann, dieser Bernardo.«
Auf der Baustelle war es überraschend ruhig. José und Andrés waren nicht gekommen. Nur Pepe schachtete an einem kleinen Graben für die Zuleitung des Stromkabels zum Haus.
»Hola Pepe. Wo sind die anderen?« Auch Toni war überrascht.
»En Campos hay fiesta.«
»Hatte ich doch ganz vergessen«, erklärte Toni Michael, »heute ist Feiertag im Campos. Das passiert hier immer wieder. Die Arbeiter kommen von überall her, Santa Maria, Palma oder Felanitx, und irgendwo ist immer ein Feiertag.«
»Eine Heiligenlotterie«, spottete Michael, aber Toni wollte über diesen Scherz nicht lachen.
»Was für ein Unterschied zu Tomeu«, dachte Michael. Mit dem hatte er noch neulich auf der Jagd über den spanisch-katholischen Kinderhimmel mit seinem heiligen Geflügel kräftig lachen können. Auch Tomeu war, wie alle, streng katholisch erzogen. Im Unterschied zu Toni, der wirklich die praktischen Tröstungen der Kirche für sein Leben brauchte, verfügte Tomeu souveräner über das Angebot der Sakramente.
»Und wo ist der Elektriker?«
Toni zeigte auf Pepe: »Der ist heute der Elektriker. Wir zeichnen ihm die Leitungen auf die Wände, markieren die Stellen für die Steckdosen, und Pepe schlägt die Kanäle. Der richtige Elektriker kommt erst danach. Der legt dann die Leitun-

gen, und Pepe verputzt sie wieder. Hier faßt kein Elektriker einen Hammer oder Meißel an. Nicht wie bei euch – ich weiß das, weil wir hier inzwischen einige deutsche Elektriker haben, die anders arbeiten. Die haben einen guten Ruf, sie sind gut ausgebildet und zuverlässig.«

Eine Furgoneta kam über einen alten Feldweg oberhalb des Hauses den Berg heruntergefahren und hielt mit quietschenden Bremsen in der Nähe der Mauern des alten Kakteengartens an.

»Gehört der zu uns?«

Toni schüttelte den Kopf. Ein kleiner Mann von vielleicht sechzig Jahren, staubige Baskenmütze mit einer riesigen Nase darunter, warf Stangen und Stacheldraht auf das Gelände. Sah nicht links, sah nichts rechts. Grüßte auch Toni nicht, der sich näherte, stieg in sein Auto und fuhr davon.

»Was tut der auf meinem Grundstück?«

»Da drüben das ist nicht dein Grundstück. Hinter dem Kakteengarten ist die Grenze.« Toni zeigte auf eine Wildnis von Zwergoliven und Brombeeren, die sich Michael als ein Stück freie Natur an sein Grundstück heranphantasiert hatte.

»Der kommt wieder«, sagte Toni, »dann werden wir weiterreden.«

20.

April, April

»Abril aguas mil«, sagen die Spanier und denken dabei an die tausend Wasser, die dieser Monat ihnen bringen soll. Der April hielt auch sein Versprechen. Schon in der zweiten Woche schickte er vom Atlantik große, dunkle Pakete über die Insel, die sich, geöffnet von Blitzen, unter Donnerkrachen entleerten. Das dauerte Stunden und wollte in dieser Nacht nicht aufhören. Michael war von einem gewaltigen Krachen geweckt worden. Das Getöse lockte ihn auf den Dachgarten. Für Momente sah er die von Blitzen erleuchtete Silhouette des Dorfes und der Berge. Ein grandioses Schauspiel, dessen Folgen Michael allerdings mehr und mehr Sorgen machte. Vom Randaberg hinter ihm rauschte das Wasser herunter. Es brauste in den vielen kleinen Kanälen, die zu Zisternen führten, und schäumte in einem Strom die Straße herunter. Wie würde es jetzt auf der Baustelle aussehen? Hoffentlich hatte der Berg nicht ebensolche Wasser- und Schlammströme durch sein neues Wohnzimmer geschickt. Der nächste Morgen tat mit Sonne und Vogelzwitschern so unschuldig, als ob es die Nacht zuvor nicht gegeben hätte. Michael war noch vor Toni im Tal. Auf den ersten Blick hatten die Wassermassen sein Haus verschont. Tomeus Rat hatte sich auch in diesem Fall bewährt. Auch dieses Haus war vor mehr als 250 Jahren am richtigen Fleck gebaut und offenbar so klug in die Landschaft gesetzt worden, daß ihm kein Unwetter etwas anhaben konnte. Der Schreck an diesem

Montag kam vom Grundstück gegenüber. Nicht daß die Regenmassen etwas hinweggespült hätten, im Gegenteil – von irgend jemandem war übers Wochenende eine Scheußlichkeit dazugestellt worden. Das kann nur diese Zwergnase gewesen sein, dachte Michael. Eine Art Geräteschuppen aus Kalksandstein mit einem Wellblechdach war genau dort auf die Grenze gesetzt worden, wo Michael von der Terrasse seines zukünftigen Swimmingpools ins Tal blicken wollte. Eine Frechheit war das und ungesetzlich dazu.
Als er später mit Toni zur Baustelle zurückfuhr, hatte er schon einen Grundkurs in mallorquinischer Grenzbebauung hinter sich. Eine »Casa de Aperos«, 16 Quadratmeter Grundfläche, kann jeder Eigentümer auf sein Grundstück bauen, um Gerätschaften unterzustellen. Das Recht kann man hier keinem nehmen, wenn er die Maße und Abstände einhält.
»Drei Meter von der Grenze weg«, Toni hatte nachgemessen, »stimmt genau! Der weiß, was er will, das ist kein Zufall.«
Toni deutete mit dem Kopf den Feldweg hoch, als die Furgoneta quietschend herunterschaukelte. Die Baskenmütze mit der riesigen Nase stieg aus und warf erneut Stangen und Draht vom Wagen, griff einen Hammer, und ohne irgendein »hola« oder »com va« begann er damit, auf der Grenze die Eisenpfähle einzuschlagen. Michael sah ihm sprachlos zu.
»Ich glaube, wir haben hier ein Problem.« Auch Toni war nachdenklich geworden. Dann mußten sie einen Schritt zurücktreten, weil sich der kleine Mann mit seinen flinken und entschiedenen Bewegungen schon dicht an die beiden herangearbeitet hatte. Vier kleine Schritte, und wieder rammte er einen der häßlichen, rostigen Zaunpfähle in den Boden. Der Gnom stapfte auf der Grenzlinie auf und ab, wütete

still vor sich hin und rammte die Stangen, die nicht größer waren als er selbst, auf Augenhöhe herunter. Er war das Maß des Zauns. Dabei blickte er nicht auf, sprach kein Wort, tat, als ob sie Luft wären.

»Bon día, qué pasa aquí?«

Auf die Frage hatte Zwergnase gewartet, ließ sich aber nichts anmerken, werkelte weiter und sagte, ohne aufzusehen:

»Ich arbeite für einen Alemán, der hat das Haus in Auftrag gegeben.«

»Hier steht auch ein Alemán neben mir, der möchte von seiner Terrasse nicht auf einen Drahtzaun blicken und schon gar nicht auf *diese* Casita.«

»Mein Alemán will mir vier Millionen für das Grundstück und das Haus zahlen, und er hat nichts dagegen, auf die Terrasse von deinem Alemán zu blicken.«

Der gesichtslose Kobold rollte behende den Stacheldraht aus. Hier war nichts mehr zu sagen. Er hatte sein Angebot gemacht und wußte genau, daß Toni ihn verstanden hatte. Toni zog Michael zur Seite: »Sag jetzt mal nichts. Darüber müssen wir in Ruhe nachdenken. Der Mann ist nicht aus Llucmajor.«

»Gibt es Hoffnung?« Toni bemerkte die Anspielung und lachte.

»Siempre hay esperanza.« Hoffnung gibt es immer.

»In diesem Fall ist es eine Geld- und Prestigefrage. Er hat sein Angebot gemacht.«

»No te preocupes, me ocuparé.«

Das war nicht leichthin gesagt wie sonst, diesmal war er ernster. Es würde der gemeinsamen Anstrengung von Toni und Tomeu bedürfen, wenn Michael nicht Federn lassen sollte.

Aber nicht mal das würde Toni offen aussprechen. Irgendwer mußte sich hinter den Gnom gestellt haben, soviel war klar – jemand, der einen wertlosen, pinienbestandenen Hang neben einer Ruine als wertvolles Bauland deklarierte und anbot. Vielleicht hatte man ihm sogar das Geld für die scheußliche Casa, diese unsägliche Hütte da vorgestreckt, und vielleicht würde man sich sogar den Gewinn teilen, wenn der eingezäunte Alemán, der nun in der Falle saß, bereit war, sich die Sicht wieder freizukaufen. Zaun und Hütte würde der Gnom sofort wieder abreißen und abtransportieren – wahrscheinlich war das ein Bestandteil des Kaufpreises.

*

Zwergnase lebte in Porreres. Er hieß Miguel Rios und hatte eine ältere Schwester, die verheiratet in Palma lebte. Miguel selber arbeitete in einer Ziegelfabrik in Manacor und sah in dem vergessenen Grundstück in Llucmajor eine gute Gelegenheit, an dem Geldsegen, den die Touristen auf die Insel brachten, teilzuhaben. Der kleine Ziegelbrenner sah schon seit Jahren mit wachsendem Mißmut, wie sich der Reichtum um ihn herum vermehrte und mit seinen Ziegeln die schönsten Villen gebaut wurden. All das war auf unsichtbaren Kanälen teils auf Nachfrage, teils aus Gefälligkeit an die Ohren von Toni und Tomeu getragen worden. Hierzu gehörte auch der Hinweis eines Informanten, daß es eine Person aus Llucmajor geben mußte, die sich mit Geld und Wissen hinter den armen Schlucker aus Porreres gestellt hatte. Eine gewisse, nicht mittellose Person, die zweifellos beim Verkauf des Grundstücks – Abriß der Hütte inklusive – beteiligt sein wollte. Drohende Wolken zogen sich also über Michaels Kopf zusammen. Noch fehlte Michaels Freunden der letzte entscheidende Hinweis. Michael mußte sich um solche Geschichten nicht kümmern. Hier mahlten die mallorquinischen Mühlen einer höheren Gerechtigkeit langsam, aber unerbittlich.

Es gibt immer Hoffnung, hatte Toni gesagt, und er wußte sicher auch mehr über die Verhältnisse Maria del Mars mit Pere Morey, dem Art Consulter aus Palma.
Michael fand den Brief am Vormittag auf dem Küchentisch seiner Wohnung in Randa. Er war nicht frankiert, und Michael wußte nicht, wer ihn dorthin gelegt hatte. »Mar«, diese Unterschrift elektrisierte ihn. In wenigen Sätzen bat sie ihn, am nächsten Abend gegen zwanzig Uhr nach Bunyola in das kleine Lokal Can Tito zu kommen. Sie würde ihn dort erwarten. Ohne weitere Erklärung. Mar bittet zu Tisch. Eine merkwürdige Sache war das, und Michael mußte weit zurückdenken, an Primanertage, als es ihm ähnlich ergangen war. Schmetterlinge im Bauch, und die Uhr bleibt stehen. Was sollte das Treffen bedeuten? Hatte sie sich von ihrem ständigen Begleiter getrennt, oder war es gerade das Gegenteil, die Zusage, die Verlobung, der Abschied von Michael? Alles war möglich. Michael war mulmig zumute, als er am nächsten Abend in Bunyola die vielen Stufen zu dem hochgelegenen Lokal hinaufstieg. Die Laternen an den Absätzen waren schon angezündet, und Michael sah von außen, daß Mar im Nebenzimmer des gemütlichen Restaurants alleine an einem Tisch saß und auf ihn wartete. Sie kam

ihm lächelnd entgegen und gab ihm einen Kuß auf die Wange. Das war etwas mehr als »Los Reyes«, aber weniger, als er schon erlebt hatte. Es gab kein Signal, das ihm seine Frage beantwortet hätte. Michael hatte sich Geduld und Zurückhaltung verordnet, und auch Mar schien mit einer so delikaten Mission am Tisch zu sitzen, daß sie nicht wußte, wie und wo sie mit ihrer Geschichte beginnen sollte. So ließen sie sich dankbar vom Wirt in eine »Lubina a la Sal« hineinreden. Er bestand auf einer Cava von Juvé y Camps, die zu diesem Fisch einfach dazugehörte.

»Michael, tengo que explicarte algunas cosas«, Mar tastete sich vorsichtig an die Geschichte heran:

»Nun, wo ich weiß, daß du dieses Foto in der Zeitung gesehen hast, müssen wir darüber reden. Ich hätte das viel eher tun sollen.« Großzügig winkte Michael ab.

»Nein, nein, du bist mir keine Erklärung schuldig, du bist ganz frei, *du* kannst tun, was du willst.«

»So ist das gerade nicht . . .«, Mar wollte fortfahren, als der Wirt den Juvé y Camps brachte und nach einem zeremoniellen »Plop« den Cava einschenkte.

»Salud.« Sie hoben die Gläser, und Michael konnte den Schluck wirklich gut gebrauchen.

»So wie du das siehst«, setzte Mar noch einmal an, »ist das vielleicht bei euch zu Hause, in Deutschland. Da gibt es viele Großstädte, und man kann hierhin und dorthin gehen. Du kennst unser Llucmajor. Und ich liebe meinen Vater und meine Mutter, verstehst du? Ich muß bei allem, was ich tue, auch an die beiden denken. Es gibt Spielregeln hier, die wir beachten müssen, wenn wir hier leben wollen. Das ändert sich alles nur sehr langsam. Und was den Pere Morey angeht,

wir kennen uns schon seit der Schulzeit. Er ist ein Mallorquiner wie ich, und meine Eltern haben nie darüber nachgedacht, daß unsere Beziehung *nicht* zur Hochzeit führen könnte.«
»Und du?!« unterbrach Michael sie, »hast du darüber nachgedacht?!«
Mar schwieg einen Moment: »Du bringst mich in Verlegenheit, Michael. Es geht nicht um mich. Aber du hast recht, ich habe angefangen, darüber nachzudenken. Aber bitte, du mußt verstehen, was das für meine Eltern und Pere bedeuten würde. Du bist ein Alemán, ein Ausländer. Nicht gerade ein Franzose oder Festlandspanier, das wäre noch schlimmer.«
Michael kippte den Cava herunter: »Habe ich die Pest?!«
»Natürlich nicht«, Mar faßte für einen Moment seine Hand wie zur Entschuldigung, »du bist eben kein Mallorquiner. Man hält hier zusammen. Wir sind nicht viele, vor allen Dingen in den Familien, die sich für die Insel besonders verantwortlich fühlen.«
»Weil ihr mit solchen Hochzeiten Grundstücke zusammenlegt und sie noch größer macht! Ist es das?«
»Das ist es auch und ist es auch nicht.« Mar überlegte. »Es leben vielleicht dreihunderttausend Mallorquiner auf der Insel, und jedes Jahr kommen und gehen vierzehn Millionen Besucher. Urlauber, Arbeiter, Abenteurer, Künstler und Millionäre. Sie arbeiten hier, sie erholen sich, sie machen Geschäfte, kaufen Land, siedeln sich an und heiraten hier. All das passiert auf dieser Insel wie kaum an einem anderen Fleck auf der Welt. Kannst du dir vorstellen, daß sich Leute wie mein Vater Sorgen machen, wie wir Mallorquiner Herr auf unserer eigenen Insel bleiben?«

»Habt ihr das nicht über Jahrhunderte trainiert?!«
»Richtig«, sagte Mar.
»Aquí está el pescado.« Der Wirt präsentierte ihnen stolz ein größeres Salzgebirge auf einem Tablett. Mit einem Holzhammer schlug er vorsichtig die harte Meersalzkruste auf, so daß die dampfende Lubina serviert werden konnte. Die Salzkruste hatte den Wolfsbarsch als Meerestier erhalten und den edlen Fisch nicht in irgendeiner Pfanne mit heißem Fett hingerichtet. So ging das eine Zeitlang über Fische, Speisen und das, was Mar von ihrer Mutter darüber gelernt hatte. Dann kam Mar wieder auf das Thema zurück, und sie erklärte ihm noch deutlicher das feste Netz ihrer Bindungen auf der Insel. Sie erzählte von ihren Tanten und Cousinen in Andratx, ihrem Opa in Pollença, den Neffen in Inca und Großmüttern in Binissalem und Estellencs. Es nahm kein Ende. Nur hier in Bunyola gab es Gott sei Dank keine Verwandtschaft und keine Bekannten. Michael dagegen lebte in Bonn allein. Es gab einige Verwandte in Süddeutschland, die er noch nie gesehen hatte. Seine Eltern waren verstorben, und er konnte nur von Freunden und Bekannten erzählen.
»Das wäre hier unvorstellbar«, sagte Mar, »ich könnte in einer Welt, wie du das von dir erzählst, gar nicht leben. Wenn meine Mutter krank ist, bekomme ich ein zweites Bett und bleibe bei ihr im Krankenhaus, bis sie wieder gesund ist. Sie tut dasselbe für mich. So geht das hier mit unseren Geschwistern, und auch unsere Väter und Großväter bleiben bei uns, bis sie sterben. Mir gefällt das, und so bliebe es auch, wenn wir uns länger und besser kennenlernten.«
Michael hatte einen Kloß im Hals, als er nach einer Pause fragte: »Möchtest du das denn, mich näher kennenlernen?«

»Wir brauchen beide Zeit, Michael. Mallorquinische Zeit, keine deutsche Zeit. Weißt du denn wirklich so genau, was du willst?«
Schweigend ließ er sie ins Auto steigen. Als der Motor schon lief, sagte sie noch schnell: »Ruf mich nicht an und besuch mich nicht! Ich melde mich bei dir, Michael.«
»Muß ich lange warten?«
»Auf Wiedersehen.« Das hatte sie auf deutsch gesagt.

*

»Buenos días.« Carmen Rios, Schwester eines Ziegelbrenners aus Porreres, war schon sehr gespannt auf ihren Besuch aus Llucmajor, den sie in den Salon führte. Sie lebte gut verheiratet in Palma im siebten Stock eines Hochhauses an den Avenidas und zeigte ihrem Besucher den Ausblick auf die Bucht von Palma. Señor Garau, wie er sich vorstellte, hatte herausgefunden, daß es in einem Tal unter dem Randaberg ein kleines Grundstück gab, das offenbar auf ihren Namen eingetragen war. Einflußreiche Mandanten, die er nicht zu nennen befugt war, hatten ihn nun ermächtigt, von der ehrenwerten Señora Rios gegen eine äußerst großzügige Summe das Grundstück zu erwerben, und zwar möglichst rasch, möglichst hier und sofort. Das Geld oder ein Scheck waren in der Tasche. Carmen sackte in den Sessel. Dieser Geldbriefträger war wirklich eine Überraschung. Sie hatte das kleine Grundstück schon völlig vergessen. Und eine Million Peseten hier und jetzt, sofort zu ihrer Verfügung, ohne daß sie es ihrem Mann zeigen mußte. Das war ein Angebot. Sie erinnerte sich. Vor Jahren hatte ihr Bruder aus Porreres ihr ein lächerliches Sümmchen geboten, nicht ein Bruchteil von dieser schönen Million. Und wenn es weg ist: doppelt gut. So konnte der unglückliche Hungerleider sie nicht noch einmal bequengeln. Carmen schenkte ihrem Gegenüber einen Brandy ein und las die fünf Zeilen des einfachen Kaufvertrags. Ort, Zeit und Betrag. Die klare Einfachheit des römischen Rechts, das auf der Insel noch Geltung hatte. Dann atmete sie noch einmal tief durch und unterschrieb.

*

Toni strahlte wieder. Mit Michael stand er auf der Baustelle vor dem häßlichen Stacheldraht, und sie warteten darauf, daß die Furgoneta, die den Berg herunterschaukelte, anhielt. Miguel Rios stapfte mit seinen kompakten Ein-Meter-Sechzig selbstbewußt an den Zaun heran.
»Sie wollen mich sprechen? Sie haben sicher ein Angebot.«
Toni lachte: »Genau das haben wir für Sie, ein Angebot«, und er schob die beglaubigte Kopie eines Kaufvertrags durch den Stacheldrahtzaun.
»Mit einem Gruß von Ihrer Schwester.«
Zwergnase hob das Schriftstück etwas über seinen Kopf, um es besser lesen zu können. Er zitterte leicht, und Michael sah jetzt zum ersten Mal, wie seine kleinen, müden Augen vor Wut ganz starr wurden. Er hatte verloren. Mit Würde faltete er das Papier wie ein kostbares Dokument und steckte es in die Jacke. Dann drehte er sich wortlos um und ging gemäßigten Schrittes zu seiner Furgoneta.
»En tres días como máximo. – In drei Tagen ist das alles hier verschwunden. Wir wollen uns nicht an dir bereichern«, hatte ihm Toni hinterhergerufen.

Vor seiner Furgoneta hielt Miguel noch einmal inne. Ohne sich umzudrehen, knurrte er:
»Mujeres!« – Frauen!
»Unglaublich, dieser Mann. Er hat gepokert und kein Blatt in der Hand. Mit deinem Geld wollte er der Schwester das Grundstück billig abschwatzen. Ich bin sicher. Und dann gibt es noch jemanden, mit dem er sich den Gewinn teilen wollte, dem gehören doch die Materialien hier.«
»Der Mann hatte nicht mal Geld für die Hütte und den Zaun?« staunte Michael.
»Keine einzige Pesete.«
»Ziemlich kreativ«, sagte Michael.
»Kreativ war der Mann, der hinter ihm steckt, und den finden wir auch noch«, erklärte ihm Toni.
»Überall wo gebaut wird, gibt es so eine Figur, die sich mit irgendwelchen Wegerechten, Wasserrechten oder kleinen Grundstücken nachträglich ins Geschäft einmischen will. Die Preise, die solche Leute fordern, grenzen an Erpressung, und manchmal verdienen sie sich mit Kinkerlitzchen eine goldene Nase. Ich habe hier schon Bauherren erlebt, die vor solchen Problemen entnervt aufgegeben haben. Gerade bei diesen kleinen Grundstücken, die oft am Rande großer Güter liegen, findest du manchmal Menschen, die verbittert sind und ihren Zorn auf den neuen Besitzer übertragen.«
»Was haben denn die neuen Besitzer mit dem Leben solcher Menschen zu tun?« fragte Michael.
»Das ist eine alte Geschichte«, holte Toni aus, »der Zorn kommt von weit her. Viele der großen Güter auf unserer Insel wurden an den ältesten Sohn vererbt, der sollte das Land zusammenhalten. Seinen Geschwistern gab er kleine, auch

kleinste Grundstücke am Rande seiner Finca, damit er sie los war und sie sich selber von ihrem Land ernähren konnten. Und diese kleinen Grundstücke wurden in der nächsten Generation nochmals geteilt. Jetzt kannst du dir vorstellen, was da am Ende übrigbleibt, an Land und an Zorn. Der Abstand zwischen dem Großgrundbesitzer und seinen armen und ärmsten Verwandten wird immer größer. Und wenn du bei einem reichen Mann ein großes Grundstück kaufst, das an so ein kleines Stück Land seines armen Verwandten grenzt, kannst du was erleben. Gerade, wenn du ihnen als Extranjero ausgeliefert bist.«

»Da hab' ich ja Glück gehabt«, sagte Michael.

»Hombre, siempre hay solución y siempre hay esperanza.«

Aber Michael wollte sich nicht so richtig freuen und konnte nicht mitlachen.

Und als Toni ihn endlich fragte: »Que tienes? Nos esas bien?«, erzählte Michael von seinem Treffen mit Maria del Mar. »Toni, bitte, so etwas kann ich nur dich fragen. Du kennst Mar schon so viele Jahre. Mal ehrlich, habe ich wirklich eine Chance, wenn ich wollte?«

»Mal ehrlich«, antwortete Toni, »eine Feliu, die sich mit einem Alemán heimlich in Bunyola verabredet ... Ich glaube schon, daß der eine Chance hat, wenn der wirklich will.«

Michael sah, daß die Lösung bei ihm selber lag. Während sie auf der Baustelle mit dem Plattenleger durchs Haus gingen, um Kachelmuster vor Ort anzusehen, dachte Michael immer wieder an das Gespräch mit Toni zurück. Eine Frage lag ihm auf der Zunge. Hatte er denn Toni wirklich erzählt, daß er sich mit Maria del Mar in Bunyola getroffen hatte? Er war sich sicher, den Ort Bunyola gar nicht erwähnt zu haben.

21.

Der Lenz ist da

Der Kreislauf der Jahreszeiten, die Abfolge der verschiedenen Früchte, die Möglichkeit, im Meer zu fischen, das Zurückweichen und Wiederkehren der Sonne mit ihrer Wärme und dem Tageslicht prägten den großen Rhythmus des Lebens auf der Insel. Schon lange hatte Michael sich daran gewöhnt, mit dem Sonnenlicht und nicht mit einem elektrischen Wecker aufzustehen. Mit der einbrechenden Dunkelheit war er gern zu Hause und fand so an den Abenden viele Stunden Zeit für sich. Abgefallen war von ihm die Unruhe, die ihn abends in Deutschland ergriff, das Gefühl, etwas Wichtiges verpassen zu können. Hier saß er nur da, ohne Telefon. Auf dem Tisch lag ein Buch, das wartete, bis er es aufschlug. Daneben lag ein anderes Buch, mit dem er sprechen konnte, wenn er es aufschlug und seinen Füllfederhalter in die Hand nahm – sein Tagebuch. Das war eine besondere Errungenschaft: ein Leben ohne Termine und vor allem ohne Kalender. Jetzt, Ende April, eine Woche vor Ostern, hätte sich zu Hause, in Deutschland, ein Terminkalender mit einem engmaschigen Gitter über den Tag gelegt, und von Stunde zu Stunde durfte man in diesem Irrgarten der Verabredungen den Tag durchlaufen. Gut belohnt mit einer Menge Aufregung, Prestige und D-Mark. Gegen die Erschöpfung war eine Fülle an Gegengiften im Angebot: Alkohol und Zigaretten zumindest. Michael hatte sich von all dem in den letzten Monaten nach und nach entfernt

und auf der Insel allmählich von einer anderen Lebensform überzeugen lassen. War er mit seinen Jeans und der schwarzen Cordjacke, die er seit Wochen trug, zu Hause noch up to date? Aus dem Kleiderschrank auf Mallorca lebte es sich preiswert. Insgesamt, zeigte ihm ein grober Überschlag, hatte er für den Alltag viel weniger Geld ausgegeben, als er einmal zu Beginn gedacht hatte. Wie die Mallorquiner lebte er mit den Jahreszeiten vom Land, und das war preiswert. Ein frisches Weißbrot, ein paar Tomaten, Olivenöl und Wein, das alles kostete nicht einmal tausend Peseten. Eine der großen frischen Orangen gab es schon für zehn Pfennig.
Die Vorboten der großen Osterinvasion waren bald nicht mehr zu übersehen. An seinem Haus vorbei, die Bergstraße zum Kloster hinauf, quälten sich die Kolonnen touristischer Mountainbiker und Radrennfahrer. Die Insel war seit einigen Jahren bei Radfahrern als Paradies im Sonderangebot bekannt. Hunderttausende brachten ihre Drahtesel über die Luftbrücke nach Mallorca. Der Marktplatz von Llucmajor füllte sich mit neuen Gästen, die Toni die »Seh-Leute« nannte, weil sie kostenlos ein bißchen Marktplatz beobachten und photographieren wollten. Die ersten Kolonnen offener Jeeps bretterten über die Insel. Die Staus an den Ampeln wurden länger, die Kneipen, Golfplätze und Strände belebten sich. In seinem Tal auf der Baustelle war von all dem Gott sei Dank nichts zu spüren. Die Osterwelle schwappte über die Insel, verlief sich in den Kanälen von Palma, Andratx, Deià, Arenal, Can Picafort, die vorsorglich dafür gegraben worden waren. Im nächsten Jahr würde er mit etwas Glück vielleicht gar nicht mehr bemerken, daß es Ostern wird.

Die Bar Colón blieb bei alledem intakt. Vor allem am Vormittag, wenn sie noch im Schatten lag und die Sonne die Touristen auf die Stühle der Bars nach draußen schickte. Die Dominospieler waren da, wie im Winter. Enrique bot vergeblich seine Lose an, trank einen kleinen Roten, und niemand nörgelte laut herum: »Wieso gibt es hier keinen frischen Orangensaft, die wachsen doch bei Ihnen vor der Tür.«
Ein Telegramm gab es allerdings aus Deutschland, das lag in der Bar Colón für Michael Weidling und meldete für die Ostertage die Ankunft seines Steuerberaters Hermann-Josef Lenz.
»Bin gespannt, Dein Investment zu sehen«, stand da unter anderem, und Michael ahnte, was ihm bevorstand. Eigentlich mochte er Hejo, wie er sich von seinen Freunden nennen ließ. Hejo betreute auch eine Reihe anderer Kollegen.
»Künstler und Journalisten sind mein Hobby«, sagte er gerne, »an euch ist nichts zu verdienen!«
Jahrelang hatte Michael Hejos Investitionsvorschläge – Berlin, neue Bundesländer, Containerschiffe – erfolgreich abgewehrt. Er hatte es bisher einfach nicht fertiggebracht, den brillanten Steuervermeidungsplänen von Hejo zu folgen. Wie gut, jetzt war er frei, hatte sich nirgendwo engagiert und konnte mit dem, was er hatte, in Mallorca Grundstück und Umbau bezahlen. Damit hatte er Hejo verblüfft. Er würde ihn herumführen müssen, in seinem Tal und auf der Baustelle. Hejo würde ihm auf die Schulter klopfen:
»Grundbesitz! Deine erste vernünftige Entscheidung, seitdem ich dich berate.«
Seine Frau würde in der Sonne sitzen, die Kinder Ostereier suchen.

*

Hinter einem Trupp Mountainbiker zuckelte Michael in seinem VW den Randaberg hoch, mit dem Telegramm in der Tasche. Er bog in die Allee mit Orangenbäumen ein und erkannte am Landrover, daß Tomeu da war. Er war an den Rosenstauden vor dem Haus beschäftigt. In der Hand hielt er eine Art Taschenmesser und war mit einer Operation so konzentriert an den Pflanzen beschäftigt, daß er sich nicht umwandte, sondern ganz nebenbei »Com va, Michael?!« sagte, während er eine Art Verband um den festen Stil eines Rosenstrauches legte. Er war dabei, die Rosen vor dem Haus zu veredeln, die Stärken zwei verschiedener Stämme zu vereinen. Wieder brachte er in den beigeschnittenen, alten Stamm vorsichtig einen T-förmigen Einschnitt an.

»Das Okuliermesser muß ganz steril sein, fast wie bei einer Operation.«

Tomeu klappte behutsam die Rinde an der senkrechten Schnittstelle auseinander.

»Sieh mal, du mußt genau so tief schneiden, daß du an die Schicht kommst, die das Leben führt. Das gleiche gilt für den Sproß, den ich hier aufpfropfen will.«

Aus einem feuchten Tuch holte er einen weiteren, vielleicht 2 cm langen Reis, in den er mit dem Messer einen Schnitt setzte.

»Das Auge hier vorsichtig von seinem holzigen Material säubern, dann liegt die lebende Knospe frei.« Damit schob er den jungen Edelreis mit seinem Auge in die Schnittstelle des alten Stammes, schloß die Wunde, verband sie mit Bast und gab etwas Baumwachs darüber.

»Was nun kommt, macht die Natur, wir können ihr mit unserer Kunst nur helfen.«
Michael war in Gedanken versunken. Er erinnerte sich an eine andere Hand vor vielen Jahren, die einen ähnlichen Schnitt an einen Baum mit Vogelkirschen setzte, die dann einen Reis mit Süßkirschen daraufpfropfte und ihn ebenso sorgfältig mit Bast und Baumwachs verband. Es war auf dem Hof seines Onkels, und sein erstes selbstgebautes Baumhaus in der Wildkirsche mußte er aufgeben, weil dieser Stamm mit den kleinen bitteren Früchten zu einer Süßkirsche veredelt wurde.
»Ich bin in diesem Jahr damit schon spät dran«, sagte Tomeu und setzte einen Schnitt in den Stiel. Michael gab Tomeu einen Scheck. Es war die Summe, die Tomeu über seinen Buchhalter für das kleine Grundstück der Carmen Rios vorgestreckt hatte. Tomeu, den Scheck, das Okuliermesser und einen Rosenstiel in der Hand, sah kurz auf:
»Du brauchst das Grundstück nicht zu kaufen, Michael, wenn du es nicht möchtest.«
Es war ihm ernst. Als Michael den Kopf schüttelte, steckte er den Scheck achtlos in seine Jackentasche.
»Mir ist es wichtig, daß in das alte Haus hier wieder Leben einkehrt. Daß die Bäume geschnitten werden und sich das ganze Gemäuer wieder in das Tal einfügt.«
Er fühlte sich Michael verpflichtet. Es war ja *sein* Vorschlag gewesen, die Ruine auszubauen, und es war einer seiner Landsleute, der versucht hatte, mit Michael ein besonderes Geschäft zu machen. Das erfuhr Michael von Toni. Tomeu hätte darüber niemals gesprochen. Ebenso, wie Michael nur sehr wenig über die Verhandlungen mit einer gewissen Tía

Inmaculada und den nachfolgenden Gesprächen mit Padre Guillermo in der Sakristei erfahren hatte. Was war von der Kaufsumme in den Klingelbeutel gewandert? Was war der Unterschied zu der Kaufsumme, die Michael bei Tía Inmaculada bezahlt hätte, ohne daß Tomeu als Käufer aufgetreten wäre? Auch hier waren nur bruchstückhafte Informationen über Toni zu Michael vorgedrungen. In seinem Tagebuch hatte Michael einige Konturen des mallorquinischen Systems festgehalten.

Dort stand unter der Überschrift »Kaufen & Verkaufen«:

Man wird einen Mallorquiner, mit dem man nicht bekannt oder befreundet ist, nicht dazu bringen, zuzugeben, daß er irgendein Interesse daran hätte, etwas zu verkaufen oder zu vermitteln. Das führt bei Verkaufsgesprächen oft dazu, daß der ausländische Käufer glaubt, der mallorquinische Verkäufer pokere auf mehr Geld. Eigentlich spekuliert er aber nur auf mehr Zeit, um sich – nach außen – lange genug überlegt zu haben, ob er diesen Käufer akzeptiert. Denn unter Mallorquinern spielt das Prestige des Käufers und irgendwie auch das Prestige des Verkäufers eine große Rolle, was auch für die Preisfindung erheblich ist. Der Extranjero, der Ausländer, oder der Forastero, der Festlandspanier, hat nur eine Möglichkeit, Prestige vorzuweisen, nämlich, indem er einen überhöhten Kaufpreis zahlt. Es sei denn – mein Glück –, er hat einen mallorquinischen Freund, der über entsprechendes Prestige verfügt und für ihn die Verhandlungen führt, so daß der Verkäufer später sagen kann, er habe an einen Freund von . . . verkauft. In einem solchen Fall besteht die Preisfindung aus einem Kompromiß zwischen dem Prestige des mallorquinischen Unterhändlers und der Kaufkraft des Freundes.

Die Witwe Tía Inmaculada konnte das Haus ihres verstorbenen Mannes ruhigen Gewissens an Tomeu oder seinen Freund, für den

Tomeu garantierte, verkaufen. Toni sagte mir, der Normalfall sei, daß der Extranjero sein Prestige durch hohe Kaufkraft ersetzen müsse. Deshalb dächten auf der Insel viele, daß Extranjeros grundsätzlich mehr zahlten. Toni meinte allerdings auch, daß einige meiner Landsleute inzwischen bereits ungefragt überhöhte Preise anböten. Aus all dem entsteht hier eine Spirale, die sich bei der steigenden Nachfrage steil nach oben dreht. Was hier vor fünfzehn Jahren 30.000 Mark gekostet hat, kostet jetzt 300.000 Mark oder mehr.

Tomeu hatte in den sechziger Jahren in Barcelona studiert, das wußte Michael, aber wie er ihn hier bei der Arbeit mit geschickten Händen und einem kleinen Lächeln die Schnitte setzen sah, fiel ihm auf, daß Tomeu, der reiche, vielbeschäftigte Geschäftsmann, in Wahrheit ein Gärtner war. Der Strand, die Felder und Täler um Llucmajor waren sein großer Garten, um den er sich kümmerte. Warum hatte Tomeu sich soviel Mühe mit ihm und seinem Leben auf der Insel gegeben, dachte Michael. Und Tomeu, der offenbar spürte, daß Michael sich Gedanken über ihn machte, sagte, während er sein Handwerkzeug einpackte:

»Im Herbst kümmern wir uns dann um deinen Garten.«

»Viel Zeit wird mir dazu nicht bleiben. Ich habe ein Flugticket für den 6. Oktober.«

»So, so, du hast ein Flugticket. Aber die Bäume bleiben hier, es sind nun deine Bäume.«

*

Drei Tage Frist hatte Toni dem Ziegelbrenner gegeben, um Zaun und Gebäude wieder verschwinden zu lassen. Aber erst nach dem vierten Tag hatte er seine Grenzbefestigungen abgeräumt. Toni hatte das vorausgesehen. Draht, Zaunstangen und Wellblechdach hatte Miguel Rios mit seiner Furgoneta noch in der Nacht auf das Grundstück des Mannes gekippt, der ihm den verhängnisvollen Tip gegeben hatte. Zornig war er, der Zwerg, als er mit Getöse das Material in der Nähe einer alten Mühle am Ortsausgang von Llucmajor aufschichtete. Lichter gingen an, er wurde gesehen. Die Geschichte war da. Am nächsten Tag sah man Enrique mit aufgeregten Schritten über den Marktplatz zum Frisiersalon herübereilen. Agustín schüttelte den Kopf und plumpste verwundert in den Sessel. Bis zum Karfreitag ließ sich der Mann, der soviel Draht, Eisen und Wellblech investiert und sich mit dem kleinen Ziegelbrenner verspekuliert hatte, am Marktplatz nicht mehr blicken.

Zum Umzug der Bruderschaften, die die Altäre mit Bildern aus der Leidensgeschichte Christi durch die Straßen von Llucmajor trugen, war er wie all die anderen unter einer Kapuze versteckt. Agustín aber, der Damián, den Schmied, an den Schuhen erkannte, hatte sich mit seiner brennenden Kerze neben ihn geschoben, um ihn zur Rede zu stellen.

Michael, der die farbenprächtige Prozession vor der Kirche beobachtete, ahnte nicht, daß hier noch mal über den Mann von Lluc-Alcari verhandelt wurde. Damián hatte sich hinter den Ziegelbrenner gestellt und wollte ein Geschäft auf eigene Rechnung machen. Schwitzend mußte er es unter seiner dunklen Kapuze Agustín gestehen. Aber der Trottel aus Porreres hatte ihm wirklich nicht verraten, daß das Grundstück nicht ihm, sondern seiner Schwester aus Palma gehörte. Das Dumme war, daß nun, da der Wüterich das Material vor Damiáns Tür gekippt hatte, die Geschichte bis zu Toni und Tomeu vordringen würde. Die hatten sich geärgert, soviel wußte man schon. Und unter klagend langgezogenen Gebeten mußte Damián erkennen, daß derjenige, der mit dem Teufel essen will, einen langen Löffel braucht. Er war bußfertig, und sein Gebet war ernst und inbrünstig empfunden. Vor allem, als sie an der Kirche vorüberzogen und er den Alemán erkannte, denn da fiel ihm erst ein, daß auch der schöne Auftrag für das schmiedeeiserne Geländer und die Tür von Toni zurückgezogen werden würde. »Ave, ave Maria.« Es sei denn, es geschehe ein Wunder. Ave Maria, so klang die Fürbitte, und Michael fragte sich, warum ihm zwei der Kapuzenmänner beim Vorüberziehen so freundlich zunickten.

*

»Der Lenz ist da!« Ohne diese Sprechblase wollte Hejo Lenz einfach nicht mehr auftreten. Aber sonst war er patent und zuverlässig. Claudia Lenz zog an dem sonnigen Ostervormittag mit den Kindern zu einem Spaziergang ins Tal, während Michael mit Hejo vor der Baustelle Ostereier verstecken durfte. Voller Bewunderung betrachtete Hejo den Rohbau und schritt das Grundstück ab.

»Tatsächlich, dein Geld liegt in diesem Tal besser als auf der Bonner Bank. Das Schlimmste, was dir hier passieren kann, ist, daß du es mit Gewinn verkaufst.«

Er blickte träumend in die Weite des Tals: »Und hier darf wirklich niemand bauen?«

»Wenn es dir gelingen würde, von den vielen Eigentümern insgesamt einhunderttausend Quadratmeter zu kaufen, dann könntest du eine Baugenehmigung beantragen. Das hieße aber noch lange nicht, daß es dir genehmigt würde.« Die Vision einer gewaltigen Dollarsonne hinter den Hügeln in der Ferne verschattete sich.

»Aber um so besser für dich, Michael. Dann ist dein Invest hier schon bald das Doppelte wert.«

Michael konnte es Hejo nie übelnehmen, diesen Blick, mit dem er in Sekundenschnelle über die ganze Welt und die Menschen sein ökonomisches, steuerliches Kalkül warf. Einmal hatte sich Hejo mit dem gesamten, scharfen Beratungsbesteck für Hochfinanzierungen auf Michaels winzige Steuerprobleme gestürzt. Das war zu Anfang ihrer Bekanntschaft gewesen, als er sich über Michaels treuherzig trotteliges Steuergebaren amüsierte.

»Kein vernünftiger Mensch zahlt Steuern!« sagte Hejo damals und rechnete, bis schließlich nur ein Posten von zehntausend Mark vor Steuern übrigblieb.

»So«, hatte er damals gesagt, während er einen siegreichen roten Strich unter die Angelegenheit zog, »und den Rest drücken wir mit Erdgas weg.«

Wie gesagt, er war ein treuer Freund, und man konnte sich in diesen Angelegenheiten auf ihn verlassen. Aber daß er ihn auch ein wenig in eine andere Angelegenheit eingeweiht hatte – seine Freundschaft zu Maria del Mar – das bereute er schon.

»Mensch, Michael, was Besseres kann dir doch gar nicht passieren! Was soll sein? Du heiratest die Frau! Steuerlich gesehen – wie heißt sie doch gleich, deine Maria vom Meer – ein Glücksfall. Da tun sich Türen auf. Möglichkeiten! Da geht einem ja das Herz auf. Stell dir nur vor, eine spanische

Gesellschaft für das Haus, mit der Möglichkeit, Immobiliengeschäfte zu machen. Deine Maria als Geschäftsführerin – das Gehalt kann abgesetzt werden. Du kannst wahlweise in Deutschland oder Spanien versteuern. Familienwohnsitz Mallorca. Da haben wir Spielmaterial. Wir kommen steuerlich endlich richtig in den grünen Bereich.«
Begeistert ließ Hejo mit derselben Inbrunst, mit der er in Deutschland Einkommen vor der Steuer versteckte, bunte Ostereier zwischen Blumen, Blättern und Steinen verschwinden. Mit dem leeren Eierkörbchen schritt er zufrieden das Grundstück ab und grüßte mit der ausgestreckten Rechten die Berge am Horizont.
»Mallorca wird das Florida Europas! Und mein kleiner verschnarchter Steuerzahler ist endlich aufgewacht und dabei!«
So hatte er immer geredet, und in seiner Bonner Kanzlei klang das auch alles witzig und überzeugend. Hier in seinem Tal klingelten die Worte nur durch den Ostermorgen. Da taten sich keine Möglichkeiten und Türen für Michael auf, und er unterließ es freundlicherweise, seinen Besuch aus Deutschland mit in die Räume und Zimmer hineinzunehmen, die er auf dieser Insel entdeckt hatte.
»Osterhäschen, Osterhas – komm mal her, ich sag' dir was!«
Claudia Lenz kam mit den Kindern durch das Tal über den alten Karrenweg zurück. Die Suche nach den versteckten Osterschätzen konnte beginnen.

22.

Der neue Wind

Menschen, Häuser und Schiffe brauchen Namen, wenn man sie erkennen will und damit man über sie sprechen kann. Son Oliver, Son Torelló, Son Janer, so hießen, je nach Umland und Lage, die Landgüter auf der Insel. Der alte Karrenweg vor Michaels Haus führte in Richtung Montuïri, vorbei an einer Finca, die auf einen kleinen Hügel gesetzt war. Sie hieß Son Vent, Finca Wind, wahrscheinlich nach der kleinen Dauerbrise, die hier oben auch im Sommer Menschen und Tiere erfreute und, nebenbei, für Mensch und Tier die ewige Plage mit den Fliegen abmilderte. Bei der Teilung der Güter und beim Neubau kleinerer Häuser wurde in Mallorca häufig der alte Name mit einem kleinen, erweiterten Zusatz versehen. »Son Vent Nou«, Finca Neuwind, so war Michaels Haus ehemals getauft worden, und als Toni mit dieser Geschichte rausrückte, war Michael mit diesem Namen für sein Haus sofort einverstanden. Vielleicht lag eine etwas anspruchsvolle Behauptung für sein Leben unter diesem neuen Dach darin. So war es aber ursprünglich nicht gemeint, und dennoch wollte es Michael als kleinen Hinweis lesen.

Bevor jedoch der Schriftzug an sein Haus angebracht wurde, regierte auf der Baustelle von Son Vent Nou das mallorquinische Handwerk. Jenseits aller modernen Baumaschinen war es das Regiment handbetriebener, kleiner Seilzüge mit Gummieimern, kleinsten Zementmischern, wie für den Hobbybedarf, oder der Senalla, der Allround-Gummischüs-

sel, mit der alles und jedes auf schwankenden Gerüsten heraus- und wegtransportiert wurde. Vor allem aber regierte die Pala. Ein spitz zulaufender Spaten mit einem kurzen, am Ende gebogenen Griff, der wie eine Speiskelle mit abgebrochenem Besenstiel wirkte. In der geschickten Hand eines mallorquinischen Bauarbeiters ein Universalinstrument zum Ausschachten, Speis anmischen, Glätten, Hacken, Gärtnern, Abladen und allen anderen möglichen und unmöglichen Arbeiten am Bau. Ganz Mallorca war mit dieser Pala errichtet worden. Toni hatte recht, jeder Einsatz moderner Baumaschinen hätte wahrscheinlich den Fortschritt auf der Baustelle verhindert. Der organische Zusammenhang der verschiedenen Bauarbeiter, vom Tempo ihrer Bewegungen mit der Pala vorgegeben, wäre schon durch einen motorbetriebenen Aufzug für Baumaterialien hoffnungslos zerrissen worden.
So war es also auch ein Sieg der Pala, als Toni Michael am 16. Mai den fertigen Rohbau präsentierte. Verschwunden waren die Paletten voller Zementsäcke, Ziegel und Dachpfannen, die mit Hilfe der Senalla und der Pala irgendwie in dieses Haus hineingezaubert worden waren. Ein schöner Moment, als Michael durch den Rundbogen der großen Tür und durch die Fenster daneben aus seinem neuen Wohnraum ins Tal und auf die gegenüberliegenden Hügel blicken konnte. Jetzt war das Gerüst abgebaut. Michael hatte sich eine alte Kiste dorthin gestellt, wo später der Eßtisch stehen sollte, und probierte zum erstenmal Platz und Blick im neuen Zuhause. Es war zum Anwachsen und Dableiben, das war vom ersten Moment an klar. Noch ungebrochen durch Pergola und Fensterrahmen, krachte die Sonne durch die Fensterlöcher und warf helle Flecke mit scharfen Kanten auf den ausgegossenen Est-

rich. Ein leichter Wind brachte den starken Duft von Thymian und Pinien in den Raum, wo er sich mit dem Staub vom Zement und den Modergeruch aus den abgestellten Wasserfässern vermischte.

War es ihr Schatten, der Michael aus solchen Träumen riß? In jedem Fall wußte er sofort, wer die Frau war, die als Schatten in den hellen Lichtfleck getreten war. Toni hatte ihm die Überraschung verschwiegen. Vor den Bauarbeitern gab es die mittlere Variante: kleine Berührung der Wangen und ein freundliches »Com va, Michael?«.

»Glückwunsch zum Rohbau. Da bin ich, wie versprochen, um über die Einrichtung zu sprechen. Hat Toni dir das etwa verschwiegen?«

Dann tauchte Toni im Türrahmen auf, begrüßte unschuldig die Innenarchitektin und eröffnete die Arbeitsbesprechung. Michael holte eine zweite Kiste, die er dicht neben seinen Platz stellte.

»Hier steht der Eßtisch«, er zeigte Höhe und Größe an, »und dort könnte man gut sitzen.«

Michael nahm Platz und bot Mar die Kiste daneben an.

»Nur zur Probe, Mar! Dein Herz als Innenarchitektin ist hier gefragt!«

Mar hatte schon verstanden, und mit hochgezogenen Augenbrauen und kleinem Lächeln kam sie herüber.

»Mein Herz nimmt Platz und sagt dir, der ganze Tisch muß drei Meter rüber, sonst geht die Symmetrie verloren.«

Sie rückte mit ihrer Kiste in Richtung Küche, und Michael folgte ihr. Oder war es doch am Kamin besser? Michael zog mit seiner Kiste quer durch den Raum. Mar mußte ihm diesmal folgen.

»Wenn das Stühlerücken beendet ist, komme ich wieder«, Toni ließ sich für einen Moment entschuldigen. Da saßen sie vor der Höhle, die einmal der Kamin sein sollte, auf zwei Kisten allein im neuen Haus. Draußen sprach Toni mit den Bauarbeitern. Sie sahen sich an, und jeder ahnte, was der andere dachte.

»Son Vent Nou, wie findest du den Namen?« fragte Michael vorsichtig.

»Me gusta!«

Schön sah sie aus, wie sie sich im hellen Sonnenlicht bewegte. Sie sahen den Staub, der in den grellen Strahlen aufwirbelte, und lachten dann über einen Schmetterling, der sich taumelnd durch das offene Fenster zu ihnen verirrt hatte. Mar stand auf und beendete den Moment der Verlegenheit.

»Das mit dem Tisch, Michael, laß uns das entscheiden, wenn du ihn gekauft hast. Ich habe die Einrichtung einer alten Finca bei Pollença übernommen. Ich will mir das morgen ansehen. Da sind sicher gute, preiswerte Stücke für dich dabei. Wie ist es? Hast du Lust? Kommst du mit?«

Michael nickte nur und wurde nachdenklich, als Mar hinzufügte:

»Ich hab' dir auch sonst etwas Wichtiges zu sagen.«

Danach sprach nur noch die Innenarchitektin. Für den Farbton an den Wänden schlug sie eine Mischung aus gemahlenem hellgelbem Sandstein und Eigelb vor.

»Ich hab' einen Mann gefunden, der diese alte mallorquinische Technik noch gut beherrscht. Die Wände tragen dann dieselbe Farbe wie die Felsen, die durch das Fenster in den Raum sehen.«

Toni nickte.
»Hier ist das Material billig, aber der Mann ist teuer – bist du einverstanden?«
Michael war einverstanden, vor allem, weil Mar ihm das Musterstück einer handgeschöpften Tonkachel zeigte, die sie für den Fußboden ausgesucht hatte. Die Felsen, die Wand, der Fußboden, alles bekommt den warmen, sonnigen Grundton der Insel. So gingen sie von Zimmer zu Zimmer. Als sie die Farben der Fensterläden und -rahmen besprachen, stand Mars Elfenbein gegen Michaels traditionelles Grün. Bei der Dachrinne setzte sich Mar mit Terracotta gegen Tonis Rinne aus Zink durch. Michael wurde bei alldem ganz schwindelig. Es schien ihm, das Haus sei morgen schon fertig. Denn morgen würde er mit Mar nach Pollença fahren und sich Möbel aussuchen. Aber was würde sie ihm zu sagen haben?

Als Mar am nächsten Vormittag wie verabredet mit ihrem Golf über den Kiesweg durch den Orangenhain rauschte, stand Michael schon wartend vor der Tür. Er hatte in der letzten Nacht nicht besonders gut geschlafen und war gespannt, was ihm dieser Tag bringen würde. Quer über das blühende Land fuhren sie nach Inca. Dann ging es hoch über Selva und Caimari ins Gebirge. Vorbei an steil abfallenden Schluchten schraubte sich die alte Paßstraße in immer enger werdende Serpentinen den Tausendern der Serra de Tramuntana entgegen. Die ständig wechselnden Landschaftsbilder waren so eindrucksvoll, daß Michael zu fragen vergaß, was Mar ihm sagen wollte. War es gerade noch der in steilen Terrassen angelegte Olivenhain mit seinen knorrigen, tausend Jahre alten

Stämmen, so öffnete sich das Gebirge hinter der nächsten Kurve mit einem riesigen Keil, zog den Blick auf in der Ferne liegende Gipfel, um dann, nach einer kurzen Fahrt durch einen Kiefernwald, mit einer neuen Wendung den Blick in einen tiefen Kessel zu ziehen, auf dessen Grund eine Finca mit Wiesen und Bäumen zu ahnen war. Immer wieder hatte diese Insel mit ihrer Vielfalt Überraschungen für Michael bereit.

Als sie auf einen Kaffee am hochgelegenen Kloster Lluc anhielten, bedankte er sich bei Mar für den kleinen Umweg. Michael hatte schon viel von dem Kloster gehört und gelesen. Das Kloster der Augustinermönche war schon im 13. Jahrhundert durch Spenden der umliegenden Gehöfte gegründet worden. Nach dem Erscheinen der »Madre de Deu de Lluc« wurde dieser Ort im Laufe der Jahrhunderte zu einem Riesenkloster ausgebaut, der zum zentralen Heiligtum der Insel wurde. Lluc, sagen die Gläubigen, ist das Herz der Insel. Schwarz war sie, die Madonna. Sie trug die Hautfarbe der maurischen Feinde, als sie sich von einem Schäfer in einer nahegelegenen Felshöhle finden ließ. Ihre Statue ist seitdem zur Anbetung aufgerichtet, und immer wieder wird neben der wohltätigen Erbauung auch von Wunderheilungen berichtet. Michael war überrascht, daß Maria del Mar bei ihrem Kaffee sitzen blieb und ihn nicht in die Klosterkirche begleiten wollte. Ein leuchtendes Piktogramm, Madonna und Kind, wies den Besuchern mit Richtungspfeil den Weg durch die düstere Kirche hinter den Altar. Dort schwebte die Statue der schwarzen Madonna in einer kleinen Kapelle vor goldenem Hintergrund, umgeben von Engeln über den Köpfen der Gläubigen, die hier zur Anbetung knieten oder über Treppen und ein kleines Podest zu Füßen der Madonna geführt wurden, wo sie in eine silberne Muschel mit einem Schlitz ihre Peseten versenkten. Außer dem gedämpften Flüstern war das Klicken und Klacken der in die Tiefe rutschenden Münzen das einzige Geräusch, an dem sich die Madonna erfreuen konnte. Eine deutsche Pilgergruppe, Muscheln um den Hals, stand Schlange. Kranke in Rollstühlen wurden unter die Augen der Madonna mit dem jungen Erlöser getragen. Verwundert betrachtete Michael die Mischung aus Religiösität, Erlösungssehnsucht und Aberglaube in der dunklen Kammer. Aber warum war die Frau dort drüben auf der durchsonnten Terrasse nicht mitgekommen, fragte sich Michael, als er wieder ins Freie trat.

Aber Mar wollte darüber nicht mit ihm sprechen. Sie hatte schon oft in ihrem Leben vor dem Heiligtum gestanden. Mit ihren Eltern war sie von Andratx herübergekommen, und während der Schulzeit hatte es auch einen längeren Fußmarsch, eine Art Pilgerfahrt, den Berg hoch nach Lluc gegeben. Mehr mochte sie darüber nicht sagen, und während sie schweigend durch das Gebirge vom Kloster Lluc in Richtung Pollença weiterfuhren, spürte Michael, daß es bei der Frau neben ihm am Steuer einen Raum gab, den er nicht betreten sollte. So nicht und jetzt nicht. Erst als sie das Meer von Pollença in weiter Ferne tief unter sich sahen und die Straße sie sanft herunterführte, fanden sie zu einem Gespräch zurück. Noch bevor sie auf Michaels Wunsch zum Kloster abgebogen waren, hatte Mar ihm von der Armut und Härte des Lebens in den Bergen erzählt.

»Viele Menschen aus meiner Verwandtschaft sind vor dem Elend um die Jahrhundertwende über das Meer nach Cuba ausgewandert.«

»Wie die Iren vor dem Kartoffelkäfer nach Amerika?«

Mar nickte: »Sie haben sich da als Schwammtaucher durchgeschlagen. Einige haben damit aus der Tiefe ihren Reichtum gefischt und kamen dann manchmal als reiche Leute zurück. Einer von ihnen hat das Haus der Bar Colón gebaut. Achte mal auf den Balkon im ersten Stock, da kannst du heute noch vier Löcher erkennen. Damals hatte der Cuba-Heimkehrer vier große Goldstücke dort einmauern lassen, als Zeichen seines neuen Reichtums.«

»Von zwanzig Jahrhunderten hat diese Insel neunzehn in Armut gelebt.«

Mit den Windungen der herabfallenden Bergstraße drehte sich unter ihnen bis nach Alcudia mal die Bucht von Pollença, mal der Küstenstreifen ins Bild.

»Das hat uns erst wirklich reich gemacht, die Sonne, das Wasser, der Sand.«

Wie in einem Gleitflug näherten sie sich dem Häusermeer von Port de Pollença und Pollença dort unten.

»Und eure großen Gehöfte, die Fincas, das war doch auch Reichtum«, sagte Michael.

»Am Ende des letzten Jahrhunderts, da hast du recht, aber dann kam die Reblaus und zerstörte den gesamten Weinanbau, eine wirtschaftliche Katastrophe. Gleich auf der Finca kannst du selbst sehen, welch ein Reichtum dort einmal war und was daraus geworden ist.«

Von der Hauptstraße war Mar inzwischen über einen kleinen Landwirtschaftsweg immer tiefer in ein langgestrecktes

Seitental gefahren. Die Winterschäden an den Mauern waren hier noch nicht beseitigt. Immer wieder sah Michael Löcher in den Mauern, wo der Regen große und kleine Felsstücke herausgespült hatte.

»Die Finca ist in wirtschaftlichen Schwierigkeiten, darum konnte ich einen Teil der Bilder und Möbel kaufen.«

Michael wollte es kaum glauben, so viele Mandelbäume, Olivenhaine, ganze Wälder von Orangenbäumen hatten sie in den letzten zehn Minuten durchquert. Auch verschieden große Schaf- und Ziegenherden, die auf sattgrünen Wiesen weideten, waren dabei.

»Das alles gehört zu dieser verarmten Finca!?« staunte Michael.

»Und noch viel mehr«, ergänzte Mar. »Mehr als drei Millionen Quadratmeter Landwirtschaft mit Tieren, Menschen und vielen Häusern darauf, und trotzdem ist das für den Besitzer nicht mehr rentabel zu bewirtschaften.«

Damit hielt sie an einer Koppel Schafe dicht vor dem Wirtschaftsgebäude. Unter Blöken und Strampeln wurden hier die Schafe am Ende des Gatters von zwei Landarbeitern gefaßt und ihre Wolle in dicken Lappen vom Leib geschoren. Dick und zottelig traten sie unter die brummenden Schermaschinen, um sich dann klein, nackt und sauber wieder davonzumachen.

»Wie früher beim Friseur«, sagte Michael.

»Mag sein«, sagte Mar, »aber Agustín verdient mit seiner Schere an deiner Wolle wahrscheinlich mehr als der Besitzer dieser Finca an der Wolle von zehn Schafen.«

»Und wenn ich an meinen Friseur in Bonn denke«, rechnete Michael weiter, »verdient der an meiner Schur soviel, wie hier fünfzig Schafe einbringen.«

»Mit dem Fleisch ist es genauso wie mit der Wolle, nach Abzug der Löhne und anderer Kosten bleibt nicht viel, fast gar nichts.«

»Und die Touristen«, Michael wollte es nicht glauben, »in Zehntausenden von Restaurants essen Millionen von Touristen Lammfleisch.«

»Richtig, aber das sind drei oder vier Monate im Jahr, und dann kommt das meiste Lammfleisch nicht von der Insel. In diesen Mengen können Schulter, Keule und Kotelett hier dann nicht geliefert werden. Gekühlt kommt es vom Festland, zu Preisen, mit denen wir hier nicht mithalten können. Ein Kilo Keule von den Tieren da«, sie zeigte auf die Koppel, »kostet hier im Supermarkt nur vier- bis fünfhundert Peseten. Ein lebendes Tier bringt dem Besitzer hier vielleicht achttausend Peseten. Von der Landwirtschaft kann man hier nicht leben und nicht sterben.«

»Du redest wie Tomeu«, sagte Michael, »ich habe mit ihm auch schon mal darüber gesprochen.«

»Ja«, sagte Mar, »das ist seine Sorge, es läßt ihn nicht ruhen. Immer wieder sucht er nach Möglichkeiten und Wegen, die uns aus dieser Sackgasse herausführen.«

Sie zog ihn zum Hauptgebäude, aus dem in diesem Moment zwei Möbelpacker einen großen Küchenarbeitstisch heraustrugen. Sie stellten ihn vor dem Haus neben einem Lastwagen ab. Verschiedene Stühle, Bilderrahmen und eine lange Holzbank waren hier schon zum Transport abgestellt. Aus den Fenstern im Nebengebäude beobachteten Frauen stumm, wie das edle Mobiliar der Herrschaft aus dem Allerheiligsten getragen wurde. Mar hatte Michaels Blick bemerkt:

»Da verschwindet für sie ein Herrschaftszimmer. Mehr als hundertfünfzig Jahre haben sie dort drinnen bei den Alcovers gestanden, und jetzt tragen wir die Möbel heraus, damit die Familie die Landarbeiter bezahlen kann. Manche von ihnen arbeiten sicher schon in der vierten Generation für die Alcovers. Die Alcovers selbst lassen sich für diesen Tag entschuldigen.«

Der große Arbeitstisch für die Küche hatte gleich Michaels Interesse gefunden. Er ließ die Hand über das helle glatte Holz gleiten.

»Schwere feste Kiefer«, sagte er. Er zog die an Scharnieren herunterhängende Platte zur Vergrößerung des Tisches hoch und betrachtete das ganz Ausmaß:

»Daran finden zehn Personen Platz.«

Sie fanden zu diesem Tisch passende Stühle, eine Kommode und einen alten Spiegel. Mar versprach, alles aufarbeiten zu lassen und so lange zu lagern, bis sie in Son Vent Nou ihren Platz finden konnten.

So wie sie in ihrer Jeans, der dunkelbraunen Lederjacke und der weißen Bluse vor dem Gebäude auf und ab ging, die Möbel auswählte und markierte, mit den Möbelpakkern Adressen und Wege besprach, mochte Michael sie sehr. Auf seinem Küchentisch sitzend, sah er ihr zu und dachte darüber nach, mit wie vielen völlig verschieden ausgestatteten Räumen sie in ihrem Inneren zu leben hatte. Welche würden ihm verschlossen bleiben, welche würde er betreten dürfen? Im großen Spiegel vor sich an der Hauswand sah er, wie sie näher kam, und er erinnerte sie zum zweiten Mal an diesem Tag, daß sie ihm etwas Wichtiges mitteilen wollte.

»Meine Eltern reisen noch in dieser Woche für einen Monat nach Cuba, und ich soll sie – «, sie verbesserte sich, »will sie dabei begleiten.«
»Haben wir deshalb heute schon die Möbel ausgesucht?« Michael konnte seine aufkommende Enttäuschung nicht verbergen.
Jetzt ging er zum Wagen, setzte sich auf den Beifahrersitz und sagte: »Ist es wegen Señor Pere, der für die Banken arbeitet? Hat er sich hinter deine Eltern geklemmt, so daß sie dich jetzt bis nach Cuba verschleppen?«
»Michael, du verstehst gar nichts!« Sie setzte sich neben ihn und startete den Wagen.
»Ich verstehe sehr gut!« sagte Michael, »ich hab' in der letzten Woche einen Freund hier oben besucht, in Alcudia, einen Bildhauer, der seit zwanzig Jahren hier lebt. Der hat mir ein deutsches Mädchen vorgestellt, die von einem Mallorquiner geschieden ist, und da hab' ich mich mal nach den mallorquinischen Frauen erkundigt.«
Mar prustete vor Lachen: »Du erkundigst dich nach mallorquinischen Frauen?«
»Ich interessiere mich dafür, falls du es nicht bemerkt hast.«
Mar entschuldigte sich. Es war für sie zu komisch, das Bild von Michael, der sich bei einer deutschen Frau nach mallorquinischen Frauen erkundigt.
Michael wurde zänkisch. »Diese Doris hat mir erzählt, ihr seid zur Unterwürfigkeit erzogen! Dein Vater muß nur mit dem Finger schnipsen, und du gehst mit nach Cuba.«
Die Ampel in Inca schaltete auf Grün. Die ausländischen Kennzeichen vor ihnen zeigten, daß die Saison begonnen hatte. Mar überlegte. Sie blickte rüber und sah, daß er ent-

schuldigend die Hände hob. Sie beobachtete ihn aus dem Augenwinkel:

»Bist du vielleicht eifersüchtig?«

Michael nickte: »Ja! Tut mir leid!«

»Kannst du noch klar denken?!«

»Knapp. Wenn du mir hilfst.«

Mar stellte das Ganze anders dar: Vorne, auf der Bühne, waren es die Männer, die die Arien sangen. Die Frauen gaben nur das Stichwort. Hinter den Kulissen konnte man aber sehen, wie die Frauen ihre Männer auf den Auftritt vorbereiteten und mit ihnen den Text probten, an dem sie so entscheidenden Anteil hatten.

»Auf der Straße würde eine mallorquinische Frau ihrem Mann immer das letzte Wort lassen, aber zu Hause wird das Gespräch fortgesetzt.«

»Und was wünschst du dir, Mar, für dein Leben?«

»In der Verbindung zu einem Menschen läßt sich vieles verändern, aber wir leben hier nicht allein. Vieles ändert sich, und vieles ändert sich zu schnell für eine Generation. Wir geben unsere Stützen auf, ohne daß wir gelernt haben, schon allein zu gehen. Viele fallen dabei auf die Nase.«

Michael erinnerte sich jetzt an das Gespräch bei ihrem ersten Treffen im Restaurant Es Parlament.

»Schickst du mir eine Postkarte aus Cuba?« fragte Michael nun etwas versöhnlicher.

»Ich würde dir sogar Briefmarken von Opa Castro draufkleben, wenn es helfen würde, aber ich glaube, ich bin schneller wieder bei dir als meine Postkarte.«

Sie waren den Berg in Randa hochgefahren, und Michael öffnete schnell die Pforte zum Orangenhain, damit Mar ihn noch vors Haus fahren konnte. Aber sie wollte nicht mit hinein, auf keinen Kaffee, keinen Cognac und keinen Magritte-Blick mit doppeltem Licht und angebautem Sonnenuntergang. Trotzdem drehte Michael den Zündschlüssel um. Der Motor stand still. Sie fuhr mit ihrer Hand durch seine Haare.

»Ein Jammer«, sagte sie, »diese Wolle kriegt jetzt Agustín. Was, sagst du, zahlt man in Deutschland dafür?«

»Fünfzig Schafe«, flüsterte Michael, und dann spürte er ihre Lippen.

23.

Rückkehr nach Ses Covetes

Zwei völlig verschiedene, machtvolle große Räume, von Mallorca weit entfernt, bestimmen im Lauf des Jahres das Wetter auf der Insel. Ihr Einfluß entscheidet über die endgültige Wende vom Winter über den Frühling in den heißen Sommer. Wenn die Macht des im Westen gelegenen Atlantischen Ozeans mit seinen Tiefausläufern von den heißen Wüstenwinden der Sahara, dem riesigen Sandmeer im Süden, gebrochen wird, spüren die Menschen auf der Insel, daß nun die unumkehrbare Reise in den Sommer begonnen hat. Aus dem Glutofen der Sahara legt sich der Wüstenwind wärmend auf das Mittelmeer, und mit der zusätzlichen Kraft der hochstehenden Sonne haben die Wassertemperaturen bald zwanzig Grad erreicht. Das Mittelmeer hatte mit seinem warmen Wasser die Kälte im Winter wie eine Thermoskanne von der Insel ferngehalten. Nun, im Sommer, milderte das Wasser den extremen Überfall der Hitze des afrikanischen Kontinents für Menschen, Tiere und Pflanzen.

Dieser Wandel im Wetter hatte sich in diesem Jahr erst in den ersten Maitagen angekündigt, und nun, gegen Ende des Monats, war es Sommer geworden. Vor dem Schaufenster von Agustíns *barbería* schlenderten die Menschen in kurzen Hosen und farbigen Blusen über den Marktplatz, dessen Stände schon die ersten Früchte dieses Sommers präsentierten. Michael hatte für seinen gußeisernen Frisiersessel an

diesem Tag ein leichtes Polohemd zu seiner Jeans und *espardenyas* angezogen. Diese unwiderstehliche Fahrt in den Sommer, die er in den letzten Wochen erlebt hatte, war die große Belohnung für die dunklen und kühleren Wintertage, die hinter ihm lagen. Der Sturzflug in den heißen Sommer, den sich so viele mit ihrem knappen Budget an Zeit und Geld zumuten müssen, bringt sie um die Erfahrung des deutlichen Wechsels der Jahreszeiten, um diese schöne Reise in die Wärme und das Licht. Michael hatte auf dem antiquarischen Frisiersessel Platz genommen. Er blickte in den Spiegel zu Agustín, der hinter ihm stand, und schob zwei Finger unter das Haar, um Agustín anzudeuten, wie wenig er diesmal abschneiden durfte.
»Es verano, señor – es ist Sommer.«
Aber Michael bestand auf seiner Vorgabe. Agustín unterwarf sich den Anordnungen, die gegen jede Vernunft, gegen die Jahreszeit und gegen den Preis standen. Er sollte nicht wissen, daß es inzwischen eine Schäferin gab, die ein gewisses Interesse an Michaels Wolle gezeigt hatte.
Vorbei am Fenster kam die kräftige Figur von Damián, der mit seinem ewig erloschenen Stumpen im Schnullermund im Vorübergehen fröhlich mit der Hand hereingrüßte. Das tat er schon seit einer Woche, immer wenn er Michael sah. Er tat es deshalb, weil Toni ihm trotz seiner kleinen Intrige mit dem Ziegelbrenner den Auftrag für die Tore und Gitter erteilt hatte. Es wird sich nie ermitteln lassen, inwieweit die Mutter Gottes, angefleht von dieser Kreatur in Llucmajor, ihre schützende Hand über den Schmied und seine Familie gehalten hatte. Soviel stand fest: Es war auch die Fürbitte Michaels bei Toni, die den Schmied wieder in Lohn und Brot setzte. Ein kluger Schachzug war das obendrein, der

ihm, weit über Agustíns Familie hinaus bis hin zur Combo im Frisiersalon Anerkennung und Respekt einbrachte.

»Son Vent Nou«, das kleine Schild in schmiedeeisernen Buchstaben, war so auch schon seit einigen Tagen montiert – eine Extradreingabe des Schmieds.

In der letzten Woche war ein wahrer Künstler auf der Baustelle eingefallen. »Der Gipser« hatte Toni ihn nur angekündigt, aber für Michael wurde er zum Wundermann. Sein Assistent hatte ihm zunächst im Wohnzimmer ein vielleicht 1,30 Meter hohes Gerüst als Zwischendecke eingezogen. In einer Art großer Wiege wurde immer wieder frischer Gips hereingereicht, den der Meister mit einem großen Holz unter der Decke auftrug und glattzog. Naß in naß mußte er arbeiten, und er tat das schnell und rücksichtslos. Was herunterfiel, blieb liegen und verteilte sich auf Mann und Gerüst, so daß Michaels Wohnzimmer und die frisch verlegten Kacheln alsbald in einem grauweißen Gipsmeer untergingen. Michael blickte erschrocken durch den Rundbogen in dieses Inferno, das sich allmählich von Zimmer zu Zimmer ausdehnte. Nach fünf Tagen hatte sich der gipsende Wirbelwind verzogen, und mit der wärmenden Sonne wurde das Wunder sichtbar. Der weiche graue Gips trocknete zu hartem Schneeweiß, und Michael brachte Toni zum Lachen, als er mit der Wasserwaage die Kanten, Ecken und Flächen seiner Räume kontrollieren wollte.

»No te preocupes, der kennt keine schrägen Stellen, wir nennen ihn die Wasserwaage – el nivel.«

»Genug, genug, Agustín«, wehrte sich Michael gegen die Schere des Barbiers, die mit ihrem Schnippschnapp gar nicht aufhören wollte.

»Das ist meine Sommerschere«, lachte Agustín und band ihm den Umhang ab. »Zurück nach Ses Covetes?« Michael nickte.
Vor zwei Tagen war er umgezogen, und inzwischen war es ihm eine Selbstverständlichkeit, daß das hier jeder wußte.
»Ich habe Catalina schon gefragt, für den Fall, sie hat Zeit.«
»Sie kann in dieser Woche anfangen«, sagte Michael. Er hatte schon damit gerechnet, alles über Agustín arrangieren zu können.

Am Tag, nachdem Mar mit ihrer Familie nach Cuba abgereist war, hatte auch Michael eine kleine Reise angetreten. Es war Tonis Vorschlag gewesen, aus Tomeus Herrenhaus nun wieder in sein Sommerhaus in Ses Covetes zurückzukehren. Nicht daß Tomeu ihm die Herberge verweigert hätte. Aber so, wie der Bau voranschritt, konnte Michael damit rechnen, schon im August in sein neues Haus einzuziehen. Da waren die drei Monate noch mal eine interessante Abwechslung. Der Brezelkäfer blieb beim Haus zurück, und es waren neben seinen Koffern nur wenige Dinge, die er in seinem kleinen Mietwagen von Randa nach Ses Covetes herüberfuhr. Das, was er sich auf der Insel gekauft hatte, paßte in einen Karton: Bootsschuhe, einige Bücher über Mallorca, ein Schäfermesser, ein Strohhut, ein Panoramastich der Stadt Palma und obenauf eine rote Kladde mit einem in Gold geprägten Schriftzug: »Mayor« – Hauptbuch.
Ses Covetes, die kleine Häuserzeile am Meer, hatte sich inzwischen deutlich verändert. Das Leben war in den kleinen Badeort zurückgekehrt. Die grünen, blauen und roten

Schlagläden waren wieder geöffnet. An langen Leinen flatterten Wäschestücke im Wind. Die Palmen, von ihrer Schutzfolie befreit, standen voll in der Sonne. Das Lachen von Kindern, das Klingeln von Fahrradschellen, Mopedgeknatter und Autohupen zeigten an, daß Bewohner und Gäste für den Sommer zurückgekehrt waren. Im Restaurant de Mar war die Kaffeemaschine wieder installiert, und bei einem ersten Begrüßungskaffee sagte Andrés zu Michael: »Auf Kosten des Hauses. Für den Mann, der den Winter hier fast nicht überlebt hätte«, fügte er hinzu, denn Michaels Flucht nach Randa war inzwischen bekannt in der Levante Mallorcas. Der Trenc-Strand und der Strand von Ses Covetes waren gesäubert worden, die Strandcafés geöffnet. Unter ihren strohgedeckten Vordächern saßen bereits die ersten Sommertouristen bei Kaffee und Limonade, während die Besitzer selber noch die Blendläden und Türen lackierten. Als Michael den Trenc-Strand in Richtung Sant Jordi entlanglief, sah er die Gäste schon auf den Liegen, die jetzt noch unter den kleinen Sonnendächern aus Stroh oder Bast hervorgezogen wurden. Im »Ultimo Paraiso«, dem kleinen Strandcafé auf der Mitte des Weges nach Sant Jordi, lief noch nicht der gräßliche Discomix, der im Sommer die Gäste unterhalten wird. Eine Arie aus einer italienischen Oper wehte ihm über den Strand entgegen. Dann sah Michael den Kellner mit mächtigem Schnauzbart in blauer Latzhose, der auf dieser Freilichtbühne noch seine eigene Musik spielte und herzerfrischend mitschmetterte.
Dabei drehte er mit größter Aufmerksamkeit das Zahnrad seines aufgebockten Mopeds, ölte andächtig die Kette und prüfte die Zündkerze. Drei alte Männer warfen Boccia-

kugeln in den Sand, und ein Hund wollte nicht begreifen, daß er diese Bälle nicht zurückbringen sollte. Auch in Colónia Sant Jordi hatte sich eine Geisterstadt in einen Badeort zurückverwandelt.

In seinem Haus am Meer in Ses Covetes hatte sich seit seinem Auszug nichts verändert. Der große Tisch mit der Eisenverstrebung und sein gemütlicher Sessel waren ihm noch vertraut. Im Ofen fand er noch die letzte Asche vom Dezember, und auch jetzt, Ende Mai, zündete er sich noch manchmal am Abend ein kleines Feuer an, mehr aus Freude an dem flackernden Licht als aus der Notwendigkeit, sich in der Nacht zu wärmen. Das an- und abschwellende Rauschen der Wellen war nun als ständige Begleitmusik in sein Leben zurückgekehrt. In solchen Stunden zog er seine rotbraune Kladde hervor, ein altes Kassenbuch, das er sich in Llucmajor besorgt hatte, und unter den antiken Druckbuchstaben von *Deber* und *Haber* notierte er sein persönliches Soll und Haben dieser Tage.

*

Einige Tage später erhielt Michael überraschend Besuch. Als er frühmorgens aus dem Fenster sah, war der Wohnwagen schon am Strand abgestellt. Ein glatzköpfiger Muskelprotz betrat die Szene und baute eine Staffelei an der Wasserlinie auf, auf der er dann das halbfertige Bild einer Flamenco-Tänzerin in leuchtenden Ölfarben abstellte. Was Michael am Fenster festhielt, war die Tatsache, daß dieser Maler – mit dem falschen Motiv am falschen Ort – daraufhin nicht zum Pinsel, sondern zu zwei wuchtigen Hanteln griff. Erst eine Stunde später wurde das Bilderrätsel von einer Kolonne Lastwagen, die an Michaels Haus vorbei an den Strand fuhren, gelöst. Die blauweißen Zeichen an den Lastwagen jagten Michael einen Schreck in die Glieder. Es waren die Signets seines Senders. Besuch von zu Hause. Sein Strand wurde zur Szene, und das Bild mußte ausgeleuchtet werden. Die geschäftig und wichtig wirkenden Männer des Fernsehens liefen am Strand hin und her. Gaben Zeichen, fanden Positionen, zogen Strippen, schoben die Kameras auf den Strand. Mit einem Ernst und einer Aufregung, als sollte hier am Nachmittag das Erscheinen der Mutter Gottes von Lluc live übertragen werden. Michael hatte sich nebenbei im Kopf die Kosten für diesen Auftritt addiert, als sich dann vor seinen Augen abzeichnete, welch ein Pfurz hier elektronisch vergoldet wurde. Einige fette Kerlchen mit schrillen Buschhemden waren die Stars, die soviel Manpower, Geräte und Kunst beanspruchten, die »Trillos«, eine Truppe neuer deutscher Volksmusikanten, die Michael einmal im Fernsehen gesehen hatte. Wie fett gewordene, kleine Lottokönige stapften sie mit ihren Begleiterinnen hin und her. Cognac und Champagner zum Frühstück inklusive. Michael wollte die Fenster schließen, aber die Stimme des Regisseurs aus dem Ü-Wagen veränderte die Szene plötzlich. Ein Trillo wurde mit zerfetztem Strohhut, Farbpalette, kurzem Hemd im Fischerlook, zotteliger Zigeunerhose und Bastschuhen vor die Staffelei geschoben. Eine Art Robinson Crusoe als grotesk mediterrane Behauptung. Dann donnerte ein RUHE BITTE! über den Strand. Die Wellen-Kamera erfaßte das Meer, die Wolken-Kamera schwenkte in die Wolken, und zwei weitere Kame-

ras, die den falschen Robinson Crusoe als Totale und Großeinstellung auflösten, gaben ihr O.K.
»Playback ab!« Und damit setzte sich der Trillo vor der Staffelei in Bewegung: »Am Strand von Mallorca malte ich meine Liebe . . .« »Aus!« donnerte es aus der Regie. Der Garderobier rückte den Strohhut zurecht. Hier waren böse Schatten auf das blonde Bärtchen gefallen. Außerdem bat die Regie den »lieben Fredi«, doch etwas auf die Lippensynchronität zu achten. Aber Fredi hatte sich schon den Vormittag über mit Cognac amüsiert und hatte das Problem, mit schwerer Zunge musikalisch Tritt zu fassen. Nach dem zwanzigsten Versuch des armen Fredi, lippensynchron »seine Liebe am Strand von Mallorca« zu malen, schloß Michael wirklich die Blendläden und ging entnervt in die Dünen. Vor seinem Haus würden sie noch eine Stunde lärmen, um dann für die zweite Liedzeile mit demselben Aufwand am Nachmittag eine Burgruine oder einen Marktplatz heimzusuchen. Das war es auch, was ihn bei seiner Rückkehr erwartete. Darauf lief es hinaus. Kindisches Fernsehen für Erwachsene, die mit immer neuen Spielen wie Kinder bei einer langen Urlaubsreise im Auto ruhiggestellt werden. Unterhaltung als Zerstreuung und Zeitverschwendung.
»Mit diesem kleinen Kasten könnten wir uns alle so gut über unsere gemeinsamen Probleme unterhalten«, so hatte Michael einmal bei einer Fernsehdiskussion seine Gegenposition formuliert. Ein Forum und Marktplatz für Lieder, Geschichten und Bilder, die wirklich von uns erzählen oder berichten. Nicht die Gebühren, sondern die Lebenszeit ist das Kostbarste, was uns die Menschen geben. Für das Privileg, senden zu dürfen, sind wir ihnen mehr Ernsthaftigkeit

schuldig, auch in der Unterhaltung und beim Vergnügen. Die Abgesandten des Privatfernsehens unterstützten gerne solche Positionen für das öffentlich-rechtliche Fernsehen, allerdings mit bösem Schmunzeln. Sie beanspruchten dafür den ganzen Unterhaltungsfernsehwerbekuchen. Diese Zwangs- und Notlage einer Schere, die immer weiter auseinanderging, hatte einen gebildeten Vorgesetzten dazu gebracht, Michael an die Seite zu nehmen:

»Weidling! Ich hab' Sie schon lange auf meinem Radar«, hatte er freundlich gesprochen, »Sie sind doch auch Lateiner! Also *intellegere* übersetzen wir mit einsehen, aber Sie arbeiten beim Fernsehen.«

Sein Stuhl in Deutschland war leer, der Platz aber für ein Jahr freigehalten. Er hatte jetzt einen Platz auf der Insel gefunden und bald auch seinen eigenen Stuhl unter seinem eigenen Dach. Wo gehörte er hin? Noch war Deutschland sein Zuhause und Mallorca die Fremde. Aber die Gewichte begannen sich zu verschieben, das spürte er deutlich. Vielleicht würde man auf beiden Stühlen sitzen können, dachte Michael. Aber bestand nicht auch die Gefahr, daß er genau dazwischen landete?

24.

Das andere Leben

Maria del Mar saß jetzt wahrscheinlich am Strand von Havana oder Varadero im Schatten eines Sonnenschirms. Einer dieser furchterregend schönen Latinos, dunkelhäutig, in weißen Matrosenhosen und T-Shirt, servierte am Pool, der bis zum Strand reichte. Auch Michael saß am Strand, blickte übers Meer und stellte sich die Szene zwölftausend Kilometer rund um den Globus auf der anderen Insel vor. »Der verschleppt seine Tochter in die subtropische Hölle von Cuba, zu diesen Riesenwellen, nur um sie zur Raison zu bringen.« Soviel hatte er verstanden, gegen Pere war er nicht die erste Wahl, und Vater Feliu wird seiner Tochter noch einmal deutlich vor Augen führen: »Wenn du Pere verprellst, und es klappt nicht mit deinem deutschen Journalisten, dann hat meine große Tochter mit Zitronen gehandelt.« Wie alle Väter wollte er das Beste für seine Tochter, wirtschaftliche Sicherheit und gesellschaftliches Ansehen. Ihre Mutter war, so wie Mar sie geschildert hatte, angeblich ganz anders. Sie würde Mar vielleicht raten, ihrem Herzen zu folgen. Nur: Wo wollte Mars Herz denn hin?

Seit vierzehn Tagen schlug Michael im *Diario de Mallorca* die Gesellschaftsseite *Sociedad* auf. Es war wie verhext, der »Art Consultant«, war aus den Nachrichten verschwunden. Michael hatte einen bohrenden Verdacht. Neben Maria del Mar, die am Pool ihre Piña Colada trank, sah er einen Schatten, der über den Strand auf sie zukam. Pere hatte einfach sein Herz für die cubanische Volkskunst entdeckt. Das waren Michaels Gedanken, wenn er allein am Strand saß und über das Wasser blickte.

In den ersten Junitagen wurde es immer schwieriger, einen wirklich ruhigen Fleck am Meer zu finden. Der Morgen war noch die beste Zeit. Die über Sant Jordi aufgehende Sonne verzauberte dann den Strand in eine azurblaue Bucht. Ein weicher, feiner, hellgelber Sandstrand fiel sanft zum Meer ab, so daß Michael einige Schritte gehen mußte, bis er das tiefere Wasser zum Schwimmen erreichte. Noch weit draußen erlaubte das glasklare Wasser einen Blick auf den Meeresgrund. Dann sah er kleine Felsen im Sand und manchmal Algeninseln mit Fischen darum. In der leichten Dünung konnte man sich lange auf den Wellen treiben lassen. Hier, im flachen Wasser der sanften Bucht, war das Meer schon auf zwanzig Grad erwärmt.

Jeden Morgen, wenn er vor dem Baden mit dem Handtuch den Strand entlanglief, begegnete er einer kleinen Frau, die allein und völlig nackt vorne am Wasser stand. Mit einer großen Angelrute warf sie die Köder weit ins Meer und wartete geduldig auf ihre Beute. Sie genierte sich nicht, wenn Michael neben ihr stehenblieb.

»Vacas«, sie zeigte stolz auf einen Plastikeimer, in dem schon größere Fische schwammen, Forellen sehr ähnlich, vielleicht etwas heller. Ihr Fangplatz am Strand war ein Gebiet, das auf den versunkenen Betonbunkern dahinter als *Playa Nudista* bezeichnet war. Aus der Nähe sah Michael jetzt, daß sie schon an die sechzig Jahre sein mußte. Ihr kurzgeschnittenes weißes Haar stand in einem schönen Kontrast zu dem täglich dunkler werdenden Körper. Sie strahlte, war glücklich und konnte sich offenbar stundenlang mit dem Meer, dem Fisch, dem Wind und den Wolken beschäftigen. Dann packte sie ihre Angel zusammen und verschwand mit den Fischen über die Dünen in den Wald. Michael hatte sich vorgenommen, einmal herauszufinden, wie und wo diese Frau in diesem Wald den Sommer verbrachte.

Täglich fuhr er den Weg über Llucmajor, um nach seiner Baustelle zu sehen. Die Straße an der Küste entlang über Sa Rápita und Estanyol war sein Lieblingsweg. Besonders der Weg von Estanyol bis Llucmajor bot eine Strecke, die, von interessant bewachsenen Mauern begrenzt, durch die Felder der großen Fincas führte. Wilde Olivenbäume hatten sich hier seit Jahrhunderten mit ihren Ästen auf das Mauerwerk gelegt und bildeten mit Johannisbrotbäumen und wilden Gräsern, Brombeeren und Pinien eine frische grüne Wand, die ihn auf der sanften Steigung bis nach Llucmajor begleitete. Auf der Rückfahrt gab es dazu jedesmal eine besondere Überraschung: Einige Kilometer vor Estanyol führte nach einer letzten Biegung die Straße geradeaus abfallend zum Meer herunter, das dann zwischen den Mauern von weitem am Horizont aufleuchtete.

Son Vent Nou hatte inzwischen Strom und Wasser. Der Elektriker hatte die Dosen gesetzt, und der Installateur hatte Bäder und Toiletten eingerichtet und das Gas installiert.
»Das Wasser aus der Zisterne wird mit einer Pumpe in den Vorratsbehälter auf dem Dach gepumpt und über einen Schwimmer reguliert.« Toni erklärte Michael das Wassersystem seines Hauses. »Für den Sommer habe ich dir schon

gestern zwei LKW-Ladungen Wasser in die Zisterne einfüllen lassen.«
»Heißt das, daß ich mich später mit Regenwasser duschen werde?«
»Regenwasser ist hier das beste Wasser«, sagte Toni. »Mit den ersten Schauern im Herbst läßt du dir dein Dach sauber waschen«, er zeigte ihm einen kleinen Kasten über der Zisterne. »Wir schließen hier das Loch und leiten das Regenwasser in den Garten. Der dritte und vierte Regen geht dann in deine Zisterne hier unten.«
Mit dem elektrischen Strom, ansonsten ein heikles Problem auf dem Land, hatte Michael Glück gehabt. Vor Jahren schon war eine Hauptleitung zu der hinten im Tal liegenden Finca gezogen worden. Von dort konnte der Anschluß gelegt werden. Das war das erste, was Tomeu geprüft hatte, noch bevor er ihm die Ruine gezeigt hatte. Viele Ausländer, die sich ein ruhig gelegenes Grundstück kaufen, rechnen nicht damit, daß sie auf Mallorca die Stromzuführungsleitung selbst bezahlen müssen. Je abgelegener, desto teurer.

In Llucmajor hatte sich jetzt auch außerhalb der Markttage das Leben auf die Straße verlagert. Auf dem Marktplatz traf Michael nun jeden Tag Menschen, die er in den letzten Monaten kennengelernt hatte – Maria, Lorenzo, Agustín. Aber auch Padre Guillermo, mit dem er sich inzwischen über Tía Inmaculada und sein Grundstück unterhalten hatte, nickte in seinem schwarzen Ornat, bevor er in der Sakristei verschwand. Die Fischfrauen mit silbrigem Zappelfisch in der Hand winkten, und der Scherenschleifer sah kurz auf. Die alten Männer beim Dominospiel murmelten beifällig

»bon dia, buenos dias«. Der Mann aus Lluc-Alcari hatte hier mit ihnen den Winter verbracht. »Jetzt hat er doch das Haus von Tía Inmaculada ausgebaut. Ganz ordentlich soll es aussehen, wenn man Bernardo glauben kann. Und die Geschichte mit der kleinen Feliu, vamos a ver que pasa – man wird ja sehen.«
Michael verstand kein Wort von dem, was sie sich da zwischen Zigarren und Zigaretten gegenseitig zupafften, aber er grüßte freundlich zurück, wenn er ging. »Bon dia!«
Bei solchen Gelegenheiten kam ihm unabweisbar der Gedanke, ob er vielleicht selbst eines Tages so dasitzen würde, um bei einer Tasse Kaffee stundenlang Schach zu spielen oder mit Toni und Tomeu Geschichten auszutauschen, von Extranjeros und Forasteros, die durch die Stadt stolperten, sich die falschen Grundstücke kauften, ohne Baugenehmigung und Strom.
»Diesen Leuten ist einfach nicht zu helfen, wenn sie an der falschen Stelle nachfragen und alles besser wissen wollen.«
Man konnte ihnen eben nicht helfen. So würden sie dasitzen und mitkichern. So könnte es kommen, wenn Llucmajor seine Stadt werden würde. Hier gab es alles, was der Mensch zum Leben braucht. In der gemütlichen Apotheke mit ihren Holzfächern und alten Fiolen – für Michael eine lustige Rückkehr in die fünfziger Jahre – war Señor Michael schon ein guter Bekannter. Hier traf er Tía Inmaculada, die einen Teil des Kaufpreises offensichtlich in Salben, guten Seifen, Tees und teuren Medikamenten anlegte. Dann mußte er von ihrem Haus erzählen. Trat auch der Notar dazu, nickte sie: »Ja, ja, es war die richtige Entscheidung, meinem seligen Mann hätte es gefallen, das Haus so zu sehen.«

Die cubanische Postkarte kam nicht. Sooft Michael am Ran de Mar vorbeiging, zeigte Andrés nun schon ungefragt mit dem Daumen nach unten »ninguna postal, señor Michael«. Schließlich, am 17. Juni, kam der Gruß, der ihm mitteilte, daß Maria del Mar gestern angekommen war.
Barfuß, Blue jeans, ein leichtes blaues Hemd, Badetasche unterm Arm, so saß sie auf der kleinen Steinmauer neben seiner Haustür. Michael kam vom Strand. Haare und Badehose noch ganz naß. Das Handtuch über der Schulter. In den letzten vier Wochen hatte er ebensoviel Farbe abbekommen wie sie in Cuba. Unwillkürlich ging er etwas langsamer und blieb dann einen Meter vor ihr stehen. Sie sah ihn an. Sah ihn zum ersten Mal so naß glänzend mit seiner braunen Haut und seinem kleinen Schielen, diesem Schafsblick der Verwunderung, auf den sie sich gefreut hatte. Dann spürte sie seinen nackten, kräftigen Rücken unter ihren Händen. Sie küßten sich zur Begrüßung.
»Te he echado de menos, Michael.«
Er drückte sie an sich und flüsterte ihr ins Ohr:
»Du hast mir auch gefehlt.«
Das Wasser spritzte unter ihren Füßen weg, als sie über den flachen Strand ins Wasser lief, hineinsprang, sich fallen ließ, untertauchte, um dann nach einigen Metern wieder in der blitzenden Sonne aufzutauchen. Michael folgte ihr. Bis zu den Hüften stand sie im Wasser. Das Meer schillerte auf ihrer braunen Haut, und Michael sah, wie schön sie war. Sie schwammen weit hinaus, um eines der Boote herum, die in der Bucht ankerten, und wieder zurück an den Strand. Beide waren sie gute Schwimmer, eine schöne Gemeinsamkeit, die sie hier entdeckten.

Sie ließen sich dann noch etwas auf dem Wasser treiben. Kaum lagen sie am Strand auf ihren Tüchern, hatten Sonne und Wind sie schon abgetrocknet. Sofort mußten sie sich wieder abkühlen. So ging das noch oft an diesem Tag. Hin und her. Später gingen sie ins kühle Haus. Sie tranken Kaffee und aßen Ensaimadas, die Mar am Vormittag mitgebracht hatte. Für den nächsten Tag, einen Sonntag, bat er sie, doch schon früh von Palma herüberzukommen. Sie wollten am Strand sein, wenn alles am schönsten ist, und er wollte ihr die geheimnisvolle Frau zeigen, die nackte Fischerin, die mit ihrer Beute in den Dünen verschwand.

Unbefangen und herzlich wie jeden Tag begrüßte am nächsten Morgen die Nackte Michael, der mit Maria del Mar über den Strand zu ihr kam.

»Hoy acompañado? – Heute in Begleitung?« Und damit zog sie energisch eine weitere Vaca mit ihrer Angel an Land. Drei Fische schwammen im Eimer. Sie sah die beiden an, und mit einem plötzlichen Entschluß reichte sie Michael den Eimer herüber.

»Wenn Sie mir die Fische nach Hause tragen, lade ich Sie zum Essen ein! Und Sie, meine Liebe, tragen die Angeln.«

Damit drückte sie Mar die Ruten in die Hand, band sich einen Sarong um die Hüfte und steuerte über den Strand in die Dünen. Auf einem ausgetretenen kleinen Pfad liefen sie vielleicht einen Kilometer tief in den Wald, bevor sie – umgeben von hohen Büschen – vor einer Art Erdhöhle anlangten. Mit Steinquadern aus einem nahegelegenen, aufgegebenen Steinbruch hatte sie sich in einer Erdwelle Wände aufgeschichtet, mit Draht und Wellblech ein Dach befestigt und das alles mit Pflanzen und Gras zuwachsen lassen. Eine kleine Pergola war zu einer gegenüberliegenden, ähnlich kleinen Hütte gezogen. Weinlaub rankte zwischen alten Laternen und zeigte, wie lange dieses Ensemble von Hütten um einen selbstgebauten Steinofen schon Bestand hatte.

»Ich lebe hier seit zwanzig Jahren jeden Sommer. Ich heiße Obdulia.«

Sie bot den beiden Platz auf den Bänken und Stühlen an, die um die Feuerstelle aufgebaut waren. Unter dem Schutz des hohen Pinienwaldes war es in der Senke unter der Pergola angenehm kühl. Während Mar und Michael die Fische ausnahmen und säuberten, kümmerte sich Obdulia um das Feuer. Sie hatte diesen Platz vor zwei Jahrzehnten noch gemeinsam mit ihrem Mann eingerichtet.

»In Tarragona waren wir normale Leute, aber hier haben wir ein anderes Leben gelebt, den ganzen Sommer lang. Am Anfang waren wir ganz alleine am Strand.«

Bei näherem Hinsehen zeigte sich, daß das kleine Haus geschickt eingerichtet war und viel mehr Größe, Tiefe und Licht hatte, als man von außen vermuten konnte.

»Das Leben im Sommer schenkt mir die Natur«, sie zeigte auf einen kleinen Gemüsegarten und einige Hühner, die um die Büsche liefen. Inzwischen waren die Fische fertiggeworden. Mit ein bißchen Knoblauch, Salz und Pfeffer schmeckten die »vacas« einfach gut.

Tage später stellte Michael ihr zwei Flaschen Rotwein vor die Tür, während sie wieder beim Fischen war. Für die einfache Frau, als die sie sich dargestellt hatte, konnte man sich mit Obdulia überraschend gut unterhalten. Nach einem Gespräch mit ihr über die Vögel und Pflanzen des Naturschutzgebietes Es Trenc war Mar nachdenklich geworden. Als sie am Strand weitergingen, sagte sie: »Michael, ich weiß nicht. So wie sie spricht, ist das nicht die einfache Frau, die sie sein will.«

»Und wenn schon, ist das denn wichtig?« Michael drehte sich noch einmal um. »Was die für ein Glück hat, sie hat schon wieder was an der Angel.«

25.

Ein alter Film

Auf einer großen weißen Papptafel klebte links oben ein Stück Holzfurnier. Daneben ein Dekostoff in den Farben Spaniens, gelb und rot. In der rechten Ecke Mosaikkacheln, eine Türklinke, einige Zentimeter Gardinenstange, ein Stück gelbweißer Duschvorhang. Dazu einige Fotos von Bidets, Toiletten und Waschbecken, die diese dadaistische Collage komplettierten.

»Mein Präsentationsbild«, sagte Mar, »vom Fußboden über den Vorhang bis zu den Möbeln zeig' ich meinen Kunden vorher, in welchen Farben, Tönen und Materialien sie sich bewegen werden.«

In einem Arbeitsraum, der hinter ihrem Geschäft in Palma lag, erzählte Maria del Mar Michael zum ersten Mal etwas von ihrer Arbeit.

»Das war zum Beispiel ein Hotel«, sagte sie und zeigte auf eines der Muster, »wir haben es im Winter umgebaut. Jetzt, für den Sommer, habe ich nicht viel Arbeit angenommen.«

»Aber mein Umbau«, sagte Michael und ließ sich in einen der großen, alten Korbstühle fallen, ganz so, als sei er hier zu Hause.

»Da hast du eben Glück gehabt.« Maria del Mar begann jetzt, den Raum abzudunkeln. »Privatkunden nehme ich nicht.«

»Wegen der nörgelnden Frauen?«

»Ja, aber es gibt auch anstrengende Junggesellen.«

Jetzt hatte sie einen Normal-8-Filmprojektor aus den dreißiger Jahren auf dem langen Arbeitstisch aufgestellt und begann vorsichtig, einen alten Film mit seiner Perforation über Rädchen und Führungsrollen am Bildfenster vorbei aufzuziehen. Der Perlenvorhang an der Tür zu den vorderen Geschäftsräumen öffnete sich, und die Angestellte fragte ihre Chefin, ob sie noch schnell aus der Bar um die Ecke zwei Kaffee rüberholen sollte. Michael schüttelte den Kopf, und auch Mar wollte jetzt nicht weiter gestört werden. Von den Stoffballen in den Regalen neben der Tür hing ein weißes Laken herab, auf dem nun der helle Strahl des Projektors aufflammte. Staunend sah Michael, wie hier nach und nach eine versunkene Zeit, das alte Mallorca, wiederkehrte. In einem wunderbaren Schwarzweiß zeigten die ersten Einstellungen die Stadt Palma, beherrscht von der Silhouette der Kathedrale.
»Ein impressionistisches Bild, wie von Turner, noch ganz im Morgenlicht. Und dann diese Segler und Dampfer im Hafen.«
»Mein Onkel liebt die Malerei, er hat versucht, davon etwas auf seine kleinen Filme zu übertragen.«
Michael stellte sich den würdigen, alten Bruder des Conseller Feliu – er hatte ihn einmal kurz mit Mar getroffen – als jungen Mann vor, wie er als begeisterter Filmamateur das Leben auf seiner Insel in den dreißiger Jahren mit einer Kamera entdeckte. Er sah ihn hinter der Kamera durch den Hafen gehen. Fischer, die hier auf dem Boden saßen und ihre Netze flochten, sahen nur kurz auf und nickten dem Mann mit dem komischen Kasten vor den Augen freundlich zu. ›Hielo‹ stand in geschwungenen Buchstaben auf einem Pferdewagen, der Michael an einen Milchwagen aus

seinen Kindertagen erinnerte. Ein Mann öffnete die Türen zu dem Kastenwagen, zog eine Stange Eis heraus, nahm sie auf die Schulter und transportierte sie in eine Bar gegenüber. Einige Kinder balgten sich um kleine Bruchstücke Eis, die auf die Straße gefallen waren. Der Mann mit der Kamera mußte ihnen etwas zugerufen haben. Jetzt sah man groß ihre Gesichter. Die schwarzen, strahlenden Augen lachten ihn direkt an. Sie lutschten an den Eisstücken, an diesem heißen Sommertag, ehe sie dann mit nackten Füßen in der nächsten Gasse verschwanden.
»Plaza de Cort«, Mar sprach das nur kurz wie eine Fußnote hinein. Die große Uhr am Rathaus, von der die Kamera auf den Platz darunter schwenkte, zeigte Viertel vor fünf. Ein Mann mit Schlägermütze und Schillerkragen geht über das Pflaster. Sein weißer Anzug verschwindet hinter einem hochräderigen Karren. Zwei Mädchen in dünnen Fähnchen treten aus dem Schatten einer Markise und stehen für einen Moment mit ihren dunklen Wuschelköpfen und den schönen Mandelaugen Porträt für die Kamera. Große, kräftige Zähne zeigen sie beim Lachen. Dann wenden sie sich um, gehen in die Tiefe, halten an, winken noch einmal. Sie haben noch viel vor, an diesem Sommernachmittag in Palma 1932.
Während die Kamera die scharfen Schatten der Palmen auf dem Paseo Marítimo wie Spinnennetze abschwenkt und nur eine Uniform und – etwas weiter – zwei Damen mit einem Sonnenschirm durch das Bild gehen, sagte Michael: »Mein Gott, wie leer die Stadt damals war!«
Dann sah man auf der Leinwand eine Schmalspurbahn am Bahnhof anhalten. Eine Menge sommerlich gekleideter

Menschen drängte aus den Waggons eine Hauptstraße herunter.
»Ein Feiertag in Llucmajor«, erklärte Mar. »Damals gab es noch viele Eisenbahnverbindungen von Palma über die Insel. Jetzt ist nur noch die Strecke von Palma durch die Berge nach Sóller übriggeblieben. Eine Attraktion für Touristen.«
Die Kamera ging durch das Gedränge des Festtages.
Die Menschen, noch weit entfernt von jeder Erfahrung mit dem Tourismus, drehen sich um und grüßen den Mann hinter dem Apparat. Er dreht sich um, der Bürger mit dem Borsalino. Ein junger Schwarzer schwenkt seinen hellen Strohhut und tanzt aus Spaß vor der Kamera her, macht ihr Platz im Gedränge. Drei Schüler mit Schillerkragen und kurzen Hosen, aus denen sie schon herausgewachsen sind, drehen sich um. Auch vier Schwestern vom Land, stämmig eingehakt, eine kleine Kampfgemeinschaft, die niemanden durchlassen will.
»Sie müssen alle deinen Onkel gekannt haben«, sagte Michael. »Auch der Kellner da, mit seinem Handtuch über dem Arm.«
Er sprach ganz leise, als ob er den Zauber der Wiederbelebung da vorne auf der Leinwand nicht stören wollte. Dort, wo sich unter dem Rattern des Projektors die Menschen in den Sonnenflecken dieses Sommertages in Llucmajor und in den vielen Schrammen, die nun über sie hinwegregneten, allmählich auflösten.
In dem dunklen, heißen Arbeitszimmer tastete Michael nach Maria del Mar und fand ihre Hand.
»Wie viele von ihnen schon verschwunden sind«, sagte er.

»Die mal ganz sicher.« Sie wies auf die alten Gesichter eines Bischofs und seiner Priester, die aus der Kirche von Llucmajor zu einem mit Seidentüchern umschlungenen Lastwagen gingen, der wie der Riesenkokon einer Seidenraupe wirkte. Andächtig schritten sie hinter dem Wagen her, der offenbar ein Heiligtum trug, bewacht von einem Spalier Soldaten, deren aufgepflanzte Bajonette als dunkle Schatten scharf gegen das unschuldige Weiß der Mutter Gottes standen.

»Disculpe«, vor der Leinwand war ein Kopf aufgetaucht und hatte gesprochen. Ein merkwürdiger Kopf war das, über dessen schmale und schöne Gesichtszüge jetzt die Mutter Gottes mit ihren Bajonetten hinwegzog. Maria del Mar kannte die Stimme, sie ließ Michaels Hand sofort los und bat das Gesicht, vorne in den Geschäftsräumen auf sie zu warten. Der Geist aus dem alten Film war Pere Morey, der durch einen Zufall oder nach einem Hinweis in den Laden gekommen war und die beiden im Hinterzimmer überrascht hatte. Nach einem kurzen, sehr förmlichen »buenas tardes« verschwand er wieder durch den Perlenvorhang. Die Filmrolle war ausgelaufen und schlug jetzt klappernd gegen den Projektor, der nur noch einen leeren, weißen Fleck auf die Leinwand schickte. Sie waren beide aufgestanden und sahen sich an. Mit einer kleinen Bewegung näherte sich Michael. Er spürte ihre Hand, faßte sie und hielt sie fest.

26.

Margalida bläst ins Feuer

»*Santa Margalida l'encen i Sant Bernat l'apaga.*«
Die Heilige Margalida entfacht das Feuer, und der heilige Bernhard löscht es.
Das Feuer war die Sonne, und mit dem heißen Wind der Sahara verwandelte sie die Insel bald in einen Glutofen. Das Leben zog sich von den Straßen in die verschlossenen Häuser zurück. Hier im Schatten ihrer Gärten und Patios warteten die Menschen auf den kühleren Abend. Der glühende Ball dort oben am Himmel war jetzt ein Feind. Kein Leben spendendes Element, mehr ein Vernichter. Die Sonne verbrannte die Insel. Auch die Gäste aus dem kühlen Norden, ansonsten entzückt von der ununterbrochenen Kette sonniger Tage, retteten sich nun vor der Mittagshitze in die kühleren Schatten der Sonnenschirme und Markisen.
In den flachen Badebuchten erwärmte sich das Wasser jetzt bis auf dreiundzwanzig Grad. Immer noch eine erfrischende Abkühlung und Erholung von den heißen Tagen. Die angenehmste Art, solche Tage auf der Insel zu verleben, war es allerdings, weit draußen mit einem Boot auf dem Wasser zu fahren.
Zehntausende von Booten liegen in den Häfen Mallorcas. Wer es sich von den Insulanern nur irgendwie leisten kann, hat ein kleineres oder größeres Boot in einem Schuppen, einer Garage oder an einem Liegeplatz. Wohlhabendere Mallorquiner verbringen im Juli manchmal vierzehn Tage

auf ihrem Boot. Mit Familien oder Freunden ankern sie vor den Badestränden, gehen am Abend in den verschiedenen Häfen an Land und essen und trinken in den Restaurants ihrer schönen Hafenstädte San Telmo, Port d'Andratx, Port de Pollença, Port de Sóller oder Porto Colom. Sie übernachten auf ihrem Schiff, mit dem sie jeden Tag in einer neuen Badebucht vor Anker gehen.

Mit Toni hatte Michael eine Zweitagetour auf der Alzina verbracht. An Arenal und Palma vorbei waren sie über Port d'Andratx bis zum Port de Deià gesegelt. Die Terrassengärten von Banyalbufar, das Haus von Luis Salvador mit dem Lusttempel Son Marroig, die Bergstraße zwischen den Pinien- und Kiefernwäldern und den schönen Villen, all das, was er bei seiner Ankunft auf der Insel kennengelernt hatte, sah er jetzt noch einmal vom Meer aus.
»Lluc-Alcari – tipi tim, tipi tam«, Toni erinnerte ihn an ihre erste Fahrt über die Berge. Michael erkannte den Ziegenpfad und seinen Badeplatz dort, wo der Wind die knorrigen Pinos mit ihren immergrünen Wipfeln verformt hatte. Dazwischen die weißen Flecken der Landhäuser und Stallungen. »La vida es fácil« – eine Wasserfrau wohnte dort oben in einem alten Steinhaus. Aber das war schon lange her. Michael ging nicht an Land.

*

Der Conseller Feliu hatte sein Boot das ganze Jahr über im Hafen von Arenal liegen. Eine klassische *llaüt* von zwölf Metern mit Deckaufbauten, Segeln und einem starken Dieselmotor. Von frühester Jugend an war Mar mit ihrer Familie im Sommer auf dem Wasser gewesen und hatte schon bald von ihrem Vater gelernt, wie man so ein Schiff sicher vor der Küste manövriert. In einem grünblau gestreiften T-Shirt und kurzen weißen Shorts stand sie jetzt barfuß an Deck und zurrte das dunkelblaue Sonnensegel hoch. Bei den vielen Booten im Hafen hätte Michael die Frau an Deck mit der weißen Schirmmütze über dem hochgesteckten kastanienbraunen Haar kaum erkannt. Seit einer Stunde war Mar damit beschäftigt, die Vent Blau zum Auslaufen klarzumachen. Der Diesel tuckerte schon, als Michael an Bord kommen durfte. Der Skipper gab sein Okay für die Tagestour an Bord. Michael war als Bootsjunge engagiert und durfte Mar beim Einholen der Leine und Hochziehen der Fender helfen, während sie ablegte und ihr Schiff sicher an den Reihen der Boote vorbei in Richtung Hafenausfahrt steuerte.

Sie steuerten von Arenal auf den Leuchtturm von Cabo Blanco zu, um dann an Ses Covetes vorbei um die Insel im Südosten herumzufahren. Keine Wolke zeigte sich am Himmel, und durch die sanfte Dünung zog das Boot seinen weißen Streifen an der Küste entlang. Michael überließ sich ganz der Bewegung des Bootes im Wasser. Ein leichtes Auf und Ab, ergänzt von einem Wiegen zwischen den Wellen. Immer wieder grüßte Mar herüber, wenn sie anderen Booten begegneten. Das war so Brauch auf dem Wasser. Eine Hand auf dem Steuerrad, saß sie im Schatten des Sonnensegels und zeigte Michael die Orte, an denen sie linker Hand vorüberfuhren. Auf das Kajütendach gelehnt stand Michael auf der Treppe und ließ sich vom Fahrtwind kühlen. An den Stränden und auf den Felsen der Badebuchten lagen die Menschen zu Tausenden wie die Robben und brüteten in der Sonne. Hier draußen auf dem Wasser ließ es sich leben. Die Hitze, die über dem Land lag, war auf dem Boot kaum spürbar. Über den Besuch von Pere in Mars Geschäft hatte sie nicht mehr gesprochen. Die Einladung aufs Schiff war für Michael auch eine Antwort. Mars Gesicht mit den dunklen Gläsern der Sonnenbrille lag als Silhouette ganz im Schatten. So allein, so nah beieinander waren sie noch nie gewesen. Der Widerspruch in ihrem Gesicht wurde durch die dunklen Gläser besonders betont. Die hochgezogenen Augenbrauen und die weiche Linie ihrer Lippen, die Zurückweisung und Distanz gegen die Einladung. Sie schmunzelte, als Michael sie über den Rand seiner Sonnenbrille ansah. Mit der rechten Hand hatte er betont die Brille auf die Nase heruntergezogen. Er wollte ihr in die Augen sehen.

»Backbord, Bootsjunge«, mit ihrer linken Hand schob sie seinen Kopf von sich weg in Richtung der Insel, »da gibt es auch was zu sehen, Michael. *Torre de Vigilancia*, einer dieser Wachtürme, mit denen sich meine Vorfahren gegen die Seeräuber gewehrt haben. Von Turm zu Turm haben sie sich Zeichen gegeben – mit Feuer und Rauch – um die Menschen zu warnen.«

»Manchmal habe ich das Gefühl, die sind heute noch immer besetzt.«

Gegen Mittag steuerte Mar die »Vent Blau« zwischen einem kleinen Hotel auf einem Felsen und dem Leuchtturm in die schmale Hafeneinfahrt von Cala Figuera.

Langsam tuckerte der Diesel an den Häusern des kleinen Fischerdorfes vorbei, das an dieser schmalen und tiefen Bucht wie an einen Fluß gebaut wirkte. Auf der Höhe der

Wasserfläche hatten die schmalen, dreistöckigen Häuser große grüne Garagentore, in denen die Boote untergebracht waren. In den zwei Stockwerken darüber wohnten die Fischer oder die Touristen. Auf der linken Seite, an der Mar das Boot längsseits an einem Kutter festmachte, war der kleine Fischerort hoch übereinandergeschichtet an den Felsen gebaut. Die Mittagshitze, die in den Felsen hing, überfiel sie hier um so stärker. In einer Bar aßen sie ein paar Tapas. Bei einem Fischer unten am Hafen besorgte Mar noch ein paar Tintenfische und Gambas, die an Bord für später in der Eiskiste verschwanden. Dann steuerte Mar die Vent Blau wieder aus dem Hafen und setzte die Reise an der Küste über Porto Petro und Cala Dor, vorbei an Porto Colom in Richtung Cala Ratjada fort. Die *Sierra de Levante* senkte sich hier mit einer sanften Bewegung zum Meer, wo die Insel dann steil ins Wasser abstürzte. Überall dort, wo sich die Felswände öffneten, waren Badebuchten oder größere Hafenanlagen eingerichtet worden. Mar zeigte auf die zahllosen Landhäuser, die sich von den Bergrücken bis ins Tal zwischen den Olivengärten verteilten.
»Das ist der Unterschied zur steilen Nordküste, die du mit Toni gesehen hast. Hier ist der dichtbesiedelte Teil der Küste. Die Tramuntanas im Norden, die Tausender, sind die große Windbarriere für Mallorca. Wir fahren jetzt auf der guten, windgeschützten Seite der Insel. Bei größeren Unwettern oder Sturm liegen draußen Dutzende großer Frachtschiffe und Tanker. Hier liegen die Schiffe oft tagelang im Schutz der großen Berge und warten, bis das Unwetter vorbei ist, um dann ihre Reise Richtung Sizilien oder Málaga fortzusetzen. Das war sicher schon immer so, seitdem sich die Menschen auf dem Mittelmeer bewegen.«

Michael blickte über die Wellen zur Küste, dort, wo das Meer in einem weißen Saum an den graubraunen Fels schäumte. Vor einiger Zeit hatte er es noch gelesen: Phönizische Händler und Krieger waren hier gelandet und hatten ihre Depots angelegt. Am Rande ihrer Mittelmeerwelt hatten dann die Griechen diese Insel entdeckt. Danach wurde Mallorca von den Römern erobert, die hier mit ihren Galeeren langgefahren waren. Nicht anders werden die Kreuzfahrer des Mittelalters und die Freibeuter die Küste gesehen haben, dachte Michael. Er sah, wie das dicke weißgraue Tauwerk am hellgelben Mast in der Sonne schaukelte. Der Fahrtwind blähte knatternd das Sonnensegel. Der große Holzbügel der Ruderpinne im Heck folgte den Bewegungen Mars am Steuerrad. So pflügten sie ihre weiße Furche ins Meer, die nach kurzer Zeit von den Wellen weggespült wurde.

»Es ist schön zu leben«, sagte Michael plötzlich. Dann gab er Mar einen Kuß auf die Wange, so daß sie überrascht ihre Brille abnahm und ihn forschend ansah. Mit ihrer linken Hand prüfte sie seine Wolle, wie damals vor Tomeus Haus. Sie zog ihn dicht an sich heran.

»Me gusta, me gusta mucho estar aquí contigo.«

Am späten Nachmittag fand Mar ihren Anlegeplatz. Ein schmaler Spalt zwischen zwei Felsen, den man leicht übersehen konnte, wurde in der Nähe zu einem Portal, hinter dem sich eine Bucht öffnete. Von den Bergen war dieser Platz nur über einen steilen, wilden Torrent zugänglich, der über einen kleinen Streifen weißen Sand ins Meer mündete. Mar ließ den Anker herunter, der sich unten im Wasser in den weißen Sand bohrte. Michael blickte hinterher. Aus der

Tiefe tauchte ein Schwarm neugieriger Fische auf, die plötzlich wegzuckten, als Mar die Badeleiter an der Reling befestigte. Michael hörte noch, wie sie ins Wasser sprang, dann war sie schon unter das Boot durchgetaucht und kam prustend an seiner Seite wieder hoch.

»Die mallorquinischen Männer gehen nicht gerne schwimmen. Wie steht es denn mit dem Alemán da oben?«

Ihr zusammengebundenes Haar hatte sich gelöst, und die nassen Strähnen hingen ihr lustig über Stirn und Wangen. Einen Augenblick später schwamm Michael neben ihr im Wasser. Nach dem langen Tag an Bord eine herrliche Erfrischung und ein Vergnügen dazu. Sie war zum Strand vorausgeschwommen, und Michael hatte Mühe, sie einzuholen.

»Tu me gustas, me gustas mucho, Mar!«

Diesmal hatte es Michael gesagt. So wie er sie jetzt im Arm hielt, war sie ganz leicht. Michael hatte im flachen Wasser Sand unter den Füßen gespürt und Mar, die etwas kleiner war, zu sich herangezogen. Er schmeckte das Meersalz auf ihrer Haut und den Lippen. Das Wasser war warm, aber Mar zitterte, als Michael sie fester an sich zog. Die Bucht war das Ende ihrer Reise an diesem Tag. Nicht daß sie darüber sprachen. Sie würden die Nacht hier ankern, das war ihre Überraschung für Michael.

Nackt schwammen sie zur Vent Blau zurück. Eng umschlungen lagen sie unter dem großen Sonnensegel im Boot, und sie ließen es geschehen, so wie das Meer ihrem Schiff im leichten Schaukeln kleine Stöße versetzte. Sie waren sich nah und fern. Fremd und dicht beieinander. Nord und Süd. Mann und Frau. Frei und gebunden. Mar trank die Luft in schweren Zügen, dann lief ihr Atem schneller und schneller.

Sie öffnete weit ihre Augen, wollte ihn sehen und erkennen, und zur Lust die Liebe dazu. Sie rief seinen Namen, und Michael antwortete ihr.
Später in der Dämmerung saßen sie mit Weißbrot und Wein um eine Pfanne mit den Tintenfischen und Gambas. Sie tranken und erzählten, bis der Mond und die Sterne mit einer unverschämten Klarheit über ihnen leuchteten.

Als Michael am nächsten Morgen die Augen aufschlug, war er allein. Er sah die Kajüte, erkannte ihre Kleider und begriff allmählich, daß dieser Traum Wirklichkeit war. In tiefen Zügen zog er die frische Morgenluft draußen an Deck ein. Mar, die schon rausgeschwommen war, kam über die silberne Badeleiter aus dem Wasser. Mit einer kleinen Drehung des Bootes im aufkommenden Wind trafen sie die ersten Sonnenstrahlen in der Bucht. Das Wasser auf ihrer nackten braunen Haut leuchtete. Für einen Moment hielt sie in ihrer Bewegung inne, als sie bemerkte, daß Michael sie ansah. Dann stieg sie aus dem Meer und kam an Bord. Stolz und ohne Scham. Sie war schön, wie eine Frau nur schön sein konnte, und er sollte es sehen. Noch einmal blies die heilige Margalida in die Glut.

Nach einem Schiffsfrühstück blieben sie noch bis zum Mittag. Dann lichteten sie den Anker, und Mar steuerte die Vent Blau die Küste entlang zurück in Richtung Arenal. Auf der Höhe von Ses Covetes passierten sie auf Backbord die Insel Cabrera. Michael erinnerte sich an die Rückfahrt mit Toni von dieser Insel und an ein Bild, das er damals gesehen hatte. Illusion oder Traum, hatte er sich gefragt.

»Was gefällt dir denn so, daß du lächelst?« fragte ihn Mar.
»Ein Geheimnis!«
»Was für ein Geheimnis?«
»Vor vielen Wochen war ich schon einmal an Bord mit dir, hier an dieser Stelle.«
»Déjà vu?«
»Mehr als das!«
»Dann will ich dir auch ein Geheimnis verraten«, sagte Mar. »Mit keinem anderen Mann bin ich vorher in meine Bucht gefahren.«
»So sicher bist du dir?«
»Schon lange.«
»Was war es denn?« fragte Michael.
Mar setzte ihre Sonnenbrille wieder auf, lachte und war amüsiert.
»Es war der andere Kuß.«
»Welcher?«
»Tu beso, cariño.«

27.

Bernardo löscht die Glut

Im Backofen von Palma stieg die Temperatur auf dreiundvierzig Grad im Schatten. Wie tot lag das Land unter der Sonne. Auf den Höfen, an denen Michael vorbeifuhr, waren die Felder abgeerntet und wirkten versteppt. Wo waren die Tiere? In die Schatten der Mauern und Sträucher gedrückt, konnte man die wenigen Ziegen kaum erkennen. Kühe, Schafe, Schweine und Pferde hatte man zum Schutz vor der Gluthitze in die Ställe gebracht. In fettem Grün standen jetzt nur die Feigen da, unter deren dichten Zweigen Esel und Ziegen besonders kühle Schattenplätze fanden. Seit vielen Wochen war kein Tropfen Regen gefallen. Nur die frühen Morgenstunden brachten noch eine kleine, spürbare Abkühlung.

In der Bar Colón drehten sich den ganzen Tag die Ventilatoren. Im *Diario de Mallorca* las Michael jetzt jeden Tag die Berichte über die Wasserprobleme Mallorcas. Geschichten, die er schon bei seiner Ankunft in der Zeitung gefunden hatte, konnte er nun am eigenen Leib erleben. Das Grundwasser hatte seinen Jahrestiefststand erreicht. Die großen Stauseen in den Bergen waren bis auf eine kritische Marke leergelaufen, und es konnte noch Wochen dauern, bis der Leben spendende Regen Ende September die Insel von der großen Dürre erlöste. Gerade die Stauseen in den Bergen am Puig Major hatte Michael schon lange besuchen wollen.

Auch eine der Wanderungen auf den Reitwegen des Erzherzogs Luis Salvador standen auf seinem Programm. Aber die Insel hatte ihre eigenen Pläne mit ihm gehabt. Außerdem: Mañana – morgen und übermorgen war auch noch ein Tag. Den Filofax hatte er längst über Bord geworfen. Was mußte man sich nach dem mallorquinischen Kalender auch schon groß merken?

Tomeu hatte ihm gesagt, daß er in diesem Monat unbedingt die Palme vor das Haus pflanzen mußte. Der August war der beste Monat, um eine große Palme zu versetzen. In alten Tagen, als die Insel noch dünn besiedelt war, zeigten die in der Ebene oder in den Bergen hoch herausragenden Palmen den Reisenden und Wanderern den Weg zu einem Haus, einer Wasserstelle oder einer Siedlung. So war das fast überall in den Ländern am Mittelmeer. Die Wurzeln der Palme wachsen bis in eine Tiefe von zwanzig Metern und mehr, um sich das Wasser von dort unten zu ziehen. Noch heute kann man überall auf der Insel große, manchmal mehr als hundert Jahre alte Palmen neben einem Gehöft sehen. Das war die Tradition, die Michael für sein Haus Son Vent Nou fortsetzen wollte.

»Una casa como la tuya necesita una palmera«, hatte ihm Tomeu gesagt, und bald hatte er für Michael auch ein schönes Exemplar gefunden, das man ausgraben und verpflanzen konnte. Tomeu hatte eine Bedingung daran geknüpft:

»Solange nicht der Zement und der letzte Bauarbeiter verschwunden sind, fangen wir mit der Palme und dem Garten nicht an. Zementstaub ist Gift für Pflanzen!«

Auf der Baustelle war inzwischen auch der Weinkeller in der alten Zisterne fertig geworden. Aus dem ehemaligen, gro-

ßen ummauerten Kakteengarten neben dem Haus war ein geschützter Garten mit einem Swimmingpool entstanden. Ein Teil der alten Mauern hatte man stehenlassen, und eine großzügige Pergola überdachte den Platz zwischen Haus und Wasserbecken. Rote, gelbe und lila Bougainvilleas sollten hier für das nächste Jahr angepflanzt werden. In den großen gelbgrauen Mares-Sandsteinplatten, die den Boden bildeten, waren überall schon Pflanzbecken für die Blumen und Sträucher eingelassen. An den Mauern hatte man einige der schönsten lindgrünen Kakteensträucher stehenlassen. Alles war von Toni im Stil und Material so geschickt gebaut worden, daß man bei geschlossenem Portal vor dem großen Fenster den Eindruck einer alten Finca hätte haben können. Auf Tonis Anraten war dieses große Portal erhalten geblieben. Michael war froh darüber. Jetzt, im August, begriff er einen Unterschied zwischen den Mallorquinern und ihren Gästen. Die Menschen aus dem Norden suchen im Sommer die Sonne. Der Mediterran flieht in den Schatten.
So sah das aus, am 16. August, als in der Frühe ein Kleinlastwagen mit einer acht Meter langen Palme, längs über das Führerhaus gebunden, den alten Karrenweg im Tal heraufkam. Am Abend zuvor war unter Tomeus Aufsicht die Wurzel der Palme endgültig freigegraben worden, während gleichzeitig ein zwei Meter tiefes Loch neben dem Pool von Son Vent Nou ausgehoben wurde. Tomeu hatte Salz und Sand in das Loch streuen lassen. »Einen kleinen Kranz von Salz, dann den Sand. Das zieht die Feuchtigkeit und hält sie in den nächsten Wochen an den Wurzeln fest.«
Fünf Helfer waren notwendig, um die Palme mit Hilfe von Tragebändern an ihrem neuen Platz aufzurichten und einzu-

graben. Nach sechs Seiten wurde sie mit Seilen und Stützhölzern am Boden fixiert. Wie ein Fahnenmast stand sie da. Ihre Krone sollte allerdings noch mindestens so lange zugebunden bleiben, bis die Einwurzelung an dem neuen Platz gelungen war.

Nun konnten die Maler kommen.
»Zwei Mann, zehn Tage, und du kannst einziehen.«
So hatte es ihm Toni versprochen. Es war auch höchste Zeit, denn Ende August hatte Toni Familienbesuch aus Katalonien. Das Haus in Ses Covetes mußte freigemacht werden.

*

Eine wirkliche Ebbe und Flut, einen Tidenhub, wie ihn Michael von der Nordsee kannte, gab es an der Küste Mallorcas nicht. Eine andere Art Flut war es, die Michael an der Küste erlebte und die ihn drei Kreuze schlagen ließ, als sich der Umzug nach Son Vent Nou näherte. Diese Flut kam aus dem Norden. Sie kam mit dem Flugzeug, dem Auto und mit der Fähre. Aufs Jahr gerechnet waren es mehr als vierzehn Millionen Besucher. Michael rechnete aus, daß jeder Mallorquiner damit fast fünfzig Gäste zu Besuch hatte. Die meisten von ihnen schienen sich den Strand vor Michaels Tür ausgesucht zu haben. Ab zehn Uhr am Vormittag sickerten sie durch die Wälder und über Dünen auf den Strand. In Ameisenstraßen bewegten sie sich über sandige Trampelpfade von den Parkplätzen zu den Badeplätzen. An den Wochenenden fühlten sich viele der rund dreihunderttausend Einwohner Palmas ermuntert, sich noch dazuzulegen. Komplette Großfamilien mit Oma, Opa, Mama, Papa, riesiger Kühlbox und zahllosen Enkelkindern mit Gummitieren belagerten den immer knapper werdenden Sandstreifen am Meer. Zahllose Boote, die im flachen Wasser anhielten, brachten zusätzliche Gäste. Nackt bei Hose, Hose bei nackt. Kunterbunt mischten sich die Badelustigen. Schöne braune Männer hockten glänzend eingeölt auf den versunkenen Bunkern und bewachten vergeblich vom Strand aus diese Zitadelle des Nudismus. Weiße Hühnerpopos und Frauen mit unglaublichen Scheinwerfern verrieten noch ihren Ankunftstag. Eine kleine schöne Frau, die mit einer Angel nackt am Strand stand, fiel in diesem Gemisch nicht mehr weiter auf. Gegen den stetig anschwellenden Lärm macht dann auch das beste Meer am Mittag mit seinen Wellen schlapp. Schäumend und mit tiefem Gebrumm zogen starke Motorboote Menschen auf Wasserski am Horizont entlang. Mit dem bösen hohen Ton von Hornissen knatterten nervende Wasserskooter über die Wellen. Vom Strand antworteten ihnen Kassettenrecorder und Radios. Sollte noch etwas fehlen, so tauchte freundlicherweise am Horizont ein Kleinflugzeug auf und brummte mit seinem Rasenmäher dicht über die Köpfe hinweg. Michael verstand die Taucher, die er manchmal in der Ferne beobachtete. Sie waren bei den Fischen, um dieser Lärmzange endgültig zu entkommen. Es war eben Urlaubszeit, der Mensch mußte sich erholen.

Schön waren dagegen immer noch die ersten Stunden, wenn Michael und Mar den Strand und das Meer für sich alleine hatten. Oft schwammen sie vor dem Frühstück weit hinaus, bevor Mar dann in ihr Geschäft nach Palma fuhr. Manchmal begleitete er sie bei ihren Fahrten über die Insel zu Töpfereien und Webereien, mit denen sie zusammenarbeitete. Sie fuhren zu verschiedenen Händlern, die kostbare Bilderrahmen, Vasen und Silberteile verkaufen wollten. Dabei vervollständigte sich seine Einrichtung mit einer Reihe einfacher Möbel und Gegenstände, die sie bei diesen Touren nebenbei entdeckten. In seinem Haus in Ses Covetes stapelte sich schönes Eßgeschirr aus der Töpferei in Santa Maria neben Gartenmöbeln, Gläsern und einer Kiste mit altem Besteck vom Flohmarkt in Palma.

Mar hatte es aufgegeben, sich zu verstecken, und Michael war glücklich, frei mit ihr zusammensein zu können. Er wußte sehr genau, was das für Mar bedeutete, und er erlebte eine Nähe und Verbundenheit, die er so noch nie gespürt hatte.

Eines Abends waren sie die letzten Gäste in Can Pep auf der anderen Seite der Bucht von Ses Covetes, als Michael zum erstenmal von seiner Abreise sprach.

»Mit dir, Michael, kann ich mir vorstellen, überall zu sein.« Sie sprach das aus, was er selber empfand. Der 6. Oktober war nur noch irgendein Datum.

*

Der heilige Bernhard kam nachmittags übers Meer. Er kam schnell, überraschend und mit großer Gewalt. Am Mittag hatte noch eine bleiernde Hitze unter blauem Himmel auf dem Land gelegen. Die Segler hatten kraftlos am Horizont gedümpelt, die Menschen in Zehnerreihen zur Abkühlung im Wasser gestanden. Ihnen allen blies plötzlich der Heilige den Marsch. Zunächst war es nur eine kleine Brise, die dann den stärker werdenden Wellen Löwentatzen machte. *Xotets* – Schäfchen nennen es die mallorquinischen Fischer und Segler, wenn der aufkommende Sturm die grüne Meerwiese mit den weißen Tierchen bevölkert. Eine besondere Melodie, das Stakkato des sirrenden Gebläses, ließ die Schiffe und Boote wenden und sofort den Schutz des nächsten Hafens suchen. Ein großer schwarzer Wolkenvorhang, der über diese Szenerie gezogen wurde, beunruhigte auch die Badenden am Strand. Ein erstes Packen und Abwandern setzte ein. Viel zu spät und viel zu langsam. Michael hatte inzwischen alle Blendläden geschlossen und betrachtete das Schauspiel vor der Haustür. In wenigen Minuten hatte sich das Bild schlagartig verändert. Aus dem Zwielicht war schnell ein drohendes, schwefelig-gelbes Licht geworden. Ferne Blitze zuckten durch die Luft. Dann erschien eine Nebelwand auf dem Wasser am Horizont, die beim Näherkommen als eine Wand aus Wasser und Sturm erkennbar wurde. Der Wind hatte mit ungeheurer Kraft das Meer hier hochgewirbelt und überfiel nun in wenigen Minuten mit orkanartiger Macht Strand und Küste. Liegestühle, Katamarane und Papierkörbe reisten durch die Luft. Messerscharf wurde ihm der Sand ins Gesicht geblasen. Michael mußte hinters Fenster treten. Viel zu spät knallten die Leuchtpistolen auf den Seglern und zeigten mit ihren dunkelrot glühenden Leuchtkugeln, daß sie in Seenot geraten waren. Mit ihren Masten waren einige von der Kraft des Orkans quer aufs Wasser gedrückt worden. Andere tanzten auf den Wellen, tauchten ab und waren für Michaels Blick endlos lang verschwunden. Am Horizont rollten rasselnd Güterwagen. Dann plötzlich ließ eine ohrenbetäubende Explosion Michaels Fenster erbeben. Vielleicht hundert Meter vor ihm auf dem Meer hatte ein grellweißer Blitz das Dunkel auseinandergerissen. Unwillkürlich war Michael zusammengezuckt. Ein kreatürlicher Schrecken und eine Angst vor der elementaren Gewalt der Natur, die er so noch niemals erlebt hatte, ergriff ihn. Vergeblich versuchte er, sich dem entgegenzustellen. Mit jedem dieser grellweißen Pfeile, die aufs Meer herunterstürzten und den schwarzen Vorhang aufrissen, zuckte er erneut zusammen und zitterte am ganzen Leib. Dann schütteten tiefschwarze Wolken eine Regenflut über das Land. Eine Stunde später war alles vorbei. Über einem unschuldig plätschernden Mittelmeer schien friedlich die Abendsonne. Nach diesem Tag sanken die Temperaturen um zehn Grad. Das große Feuer war für dieses Jahr ausgeblasen.

28.

Ein Sohn des Mittelmeers

Vier Ernten könnte die Insel haben, in jeder Jahreszeit eine, wenn es nur genug Wasser gäbe. Reife Früchte und neue Blüten am selben Baum. Das war ein Bild, das sich Michael in Tomeus Orangenhain eingeprägt hatte. Vor allem in der milden Jahreszeit erzeugte die Insel den Eindruck eines immerwährenden Schlaraffenlandes. Auch der Markt von Llucmajor zeigte die Fruchtbarkeit Mallorcas. Rote und grüne Paprika, tief lilafarbene Auberginen und rote Bohnen lagen in Hügeln aufgehäuft im Schatten der Markisen und Sonnenschirme, an denen Michael und Mar vorbeischlenderten. Es war Markttag, Freitagsmarkt im September. Der große Markt, auf dem Kleinbauern und Händler ihre Waren bis weit in die Seitenstraßen hinein anboten. Die beiden hatten eine große Einkaufstasche aus Bast am Arm. Auf der Suche nach Gemüse, Fisch oder Fleisch für ein besonderes Abendessen. Michael hatte Toni, Aina und Tomeu eingeladen, heute abend unter der Pergola von Son Vent Nou mit Mar den Tag des Einzugs zu feiern. Der Farbgeruch war aus dem Haus, und gestern hatte Michael mit Mar schon die wenigen Möbelstücke aufgestellt. Heute nachmittag würden Kühlschrank und der Herd angeschlossen. Er würde die Koffer auspacken. Die erste Nacht unter dem Dach von Son Vent Nou. Grund genug, die Freunde zu bewirten.
Von den Lastwagen hinter den Ständen wurden Käfige mit Tauben, Kaninchen und Truthähnen heruntergereicht und

auf die Straße zu den Perlhühnern, Wachteln und Enten gestellt. Dazwischen tapsten in großen Kartons junge Hunde oder ein Wurf Katzen.
»Llampuga«, sagte Mar, »laß uns doch zuerst zur Fischhalle rübergehen und sehen, ob sie jetzt Llampuga haben.«
»Llampuga?«
»Ein Fisch, den man nur wenige Wochen im Jahr kaufen kann«, erklärte sie, während sie sich an den Blumenständen vorbeidrängelten. »Llampuga gibt es nur nach dem ersten großen Herbstgewitter, und dann kann man ihn nur noch einige Wochen lang vorne in Strandnähe oder bei Sandbänken fischen.«
»Llampuga?«, fragte die Fischfrau, die einen zappelnden Caproig in der Hand hielt.
Der Caproig platschte zurück zu seinen Brüdern aufs Eis.
»Llampuga todavía mejor que lubina, señor. Y suerte que hoy hay y me quedan«, sie zeigte auf einen Hügel kleiner Fische, die in ihrer rötlichen Sandfarbe an Muscheln oder Steine im flachen Wasser erinnerten. Vielleicht zwischen zehn und fünfzehn Zentimeter waren die Tiere groß, die Mar sich in eine Kiste mit Eis abzählen ließ. Sie konnten fünfundzwanzig Exemplare ergattern, das müßte reichen. Mar verhandelte über den Preis. Die beiden würden sie erst später abholen. Das alles ging an Michael vorbei, über seinen Kopf hinweg, er war überflüssig. Das setzte sich so fort beim Knoblauch und den roten Paprikas. Michael kam gerade dazu, ein »bon dia« zu sagen, dann lief die Verhandlung ohne ihn weiter. Mar war hier die anerkannte Gesprächs- und Verhandlungspartnerin. Der Fremde bekam die Tüte und durfte zahlen.

Eine große Eisenpfanne und Olivenöl waren schon in Michaels Gepäck, als Mar ihn zu dem langgezogenen Stand mit den Greixoneras herüberzog. Auf dem Pflaster aufgestapelt sah er die kleinen und großen Tonkochtöpfe. Von hellem Rotbraun bis zum tiefen Schwarz, in allen Farben der Tonböden Mallorcas, aus denen sie gebrannt waren, standen sie dort zum Angebot. Mar hob eine größere dunkelrote Greixonera hoch und schlug mit ihrem Handknöchel gegen den Boden.

»So! Hörst du?!« sagte sie, »das muß einen satten, vollen Klang geben, dann ist die Greixonera richtig gebrannt. Sie kann uns dann auf dem Feuer nicht mit einem verborgenen Sprung überraschen.«

Michael probierte auch den Klang und fand, daß er satt und voll war. Mar verhandelte, Michael zahlte. Bevor sie den Llampuga abholten, tranken sie noch einen Cortado in der Bar Colón. Lorenzos Frau Maria bediente sie. Sie wechselte einige schnelle Worte auf Mallorquín mit Mar, und Michael sah zu Lorenzo rüber, der hinter der Bar Gläser abtrocknete und ihm freundlich zunickte. Monatelang, wenn er allein gekommen war, hatte ihn Lorenzo bedient. War es ein Zufall, daß ihnen heute Maria den Cortado brachte?

Am Nachmittag ergab es sich dann, daß Mar und Michael in dem neuen Wohnraum auf den neuen Stühlen saßen und aus dem großen Bogenfenster ins Tal hinaussahen. Es war der gleiche Platz, auf dem sie vor Monaten zum ersten Mal auf zwei Kisten zur Probe und Planung nebeneinandergehockt hatten. Nun war der Kamin fertig. Die Tonkacheln am Boden, die hellgelbe Sandsteinfarbe an den Wänden und das zarte Elfenbein der Fensterkreuze, alles zeigte den sonnigen, hellen Grundton der Insel, wie die Felsen, die sie durchs Fenster in der Ferne sahen. Die Mandelbäume unten im Tal trugen jetzt Früchte. Die große Tür zur Pergola vor dem Haus war geöffnet, und der Wind brachte ihnen den Duft von Fenchel, Rosmarin und Thymian aus dem Tal ins Haus.

Michael füllte zwei Gläser mit Cava. Obwohl sie mit den Vorbereitungen zum Abendessen anfangen mußten, wollte er diesen Moment nicht einfach vorbeiziehen lassen. Einen Schluck auf den Anfang von etwas Neuem, einem anderen Leben vielleicht. Später, als er mit seinen Koffern die Steintreppe in die obere Etage gegangen war, um auszupacken und einzuräumen, trat er noch einmal ans Fenster. Durch die freie Pergola sah er, wie Mar unten den Tisch für die Gäste deckte. Sie legte Kräuter und wilde Blumen zur Dekoration neben die Kerzen auf den Tisch, und wäre nicht die kunterbunte Zusammenstellung von Gläsern, Tellern und Besteck gewesen, hätte man denken können, daß es schon immer so war und sich die Frau dort unten niemals um einen anderen Tisch auf dieser Insel gekümmert hätte. Was würde nächstes Jahr sein? dachte Michael. Maria del Mar, die noch einmal um den Tisch gegangen war, hielt plötzlich inne. Sie faßte sich mit der Hand in den Nacken und sah dann zu ihm hoch.

*

Der Llampuga wurde mit der knusprigen Haut gegessen. Auch für Toni, Aina und Tomeu war das eine Spezialität, an die sie nicht alle Tage gelangen konnten. Für den Wein hatten die Gäste selber gesorgt. Die Sonne war untergegangen. Der volle Mond zog auf und übernahm die Beleuchtung in dem dunklen Tal vor dem Haus. Toni erzählte, wie er vor einem Jahr in der Bar Colón spät am Abend einen gottverlassenen Alemán auf seinem Koffer entdeckt hatte:

»Der war irgendwie verlorengegangen«, sagte er, »den mußte ich erst mal mit einem Rotwein ins Leben zurückholen.«

»Es sind ein paar Gläser mehr geworden«, sagte Michael, der den anderen die Geschichte zu Ende erzählte.

»Auf daß es noch viele Gläser werden«, sagte Tomeu, und darauf tranken sie.

»Hier brauch' ich ja keine Gardinen anzubringen.« Aina erzählte dann von einem verrückten Alemán, der im Winter in ein Haus am Meer eingezogen war. Jeder auf seine Weise hatte dazu beigetragen, daß sie hier in dieser Nacht zusammen auf einer Terrasse saßen, vor einem Haus, das im letzten Jahr noch eine Ruine gewesen war. So lachten sie und tranken und waren stolz auf sich selber und ihre Freundschaft. Nur Tomeu hielt sich zurück und wirkte etwas melancholisch. Fast förmlich bedankte er sich dann bei Toni, Michael und Mar für das gelungene Haus, obwohl er selbst mitgeholfen hatte, daß sie jetzt hier saßen.

»Wir brauchen noch viele solcher Menschen wie dich, Michael, die ein Teil ihres Jahres bei uns leben und sich kümmern, Ruinen und Mauern wiederaufbauen, Gärten bewirtschaften und pflegen. Das klingt vielleicht merkwürdig. Auf den ersten Blick sieht unsere Insel doch schön aus: Kleine Gärten mit Mandelbäumen und diese malerischen Terrassen voller Olivenbäume. Manche tausend Jahre alt. Aber so unrentabel wie noch nie in ihrer Geschichte. Am wertvollsten sind sie noch, wenn wir sie ausgraben und als antike Zierpflanzen in irgendeinen Vorgarten setzen. Es lohnt sich doch kaum noch, die Mandeln zu ernten. Die Orangen verfaulen am Boden. Die Schweine fressen die Feigen. Ich kann nicht einmal die Arbeiter mit der gesamten Aprikosenernte bezahlen, die sie einbringen. So blüht und fault es dahin, in unserem Paradies!«

Toni lachte: »Wir verkaufen nicht mehr die Mandeln, sondern die Mandelblüte!«

»Nicht ganz«, Tomeu schüttelte den Kopf, »den Besitzern der Mandelblüten gehören nicht die Hotels. Auf Michael! Dir gehört jetzt dieses kleine Hotel, das Land, die Bäume und die Blüten dazu. Salud y bienvenido. Dein Garten ist für die nächsten sechs Monate bestellt.«

Nach dem Kaffee und den Ensaimadas, die Aina mitgebracht hatte, gab es noch einige Hierbas Secas und Brandys, bevor Tomeu die Gitarre aus dem Auto holte. Dann sang Tomeu das Lied vom Mediterran:

Soy Cantor, soy Embustero.
Bin ein Sänger, bin ein Schwindler,
brauche das Spiel und liebe den Wein.
Hab' die Seele eines Matrosen,
ich muß ein Sohn des Mittelmeers sein.
Nací en el Mediterraneo.

29.

Letzte Tage, erste Tage

Als Michael vor einem Jahr im Oktober auf Mallorca angekommen war, lagen zwölf Monate vor ihm, unüberschaubar lang wie eine Kette von zwölf Tälern und Hügeln.
Leere Zeit, ungeordnete Zeit ohne absehbares Ende. So schien es ihm damals. Ein Gefühl wie zu Beginn der großen Sommerferien, die für den zwölfjährigen Schüler damals auch jedesmal wie die endgültige Entlassung aus der Schule wirkten. Warum dehnt sich die Zeit zu Beginn einer Geschichte und schnurrt am Ende zu einem Nichts zusammen?
September, sein letzter Monat auf der Insel, sollte Mar und ihm gehören. Er wollte so viele Stunden wie möglich mit ihr verbringen. Dann begann es zu regnen. Tagelang. Regen in Bindfäden wie in Deutschland.
»Gota fría«, sagte Mar, »kalte Tropfen, die ersten größeren Regenschauer im Herbst.«
»Das Land saugt den Regen auf wie ein trockener Schwamm.«
Sie saßen hinter dem großen Fenster von Son Vent Nou und blickten in das von grauen Wolken verhängte Tal. Der Regen trommelte auf die roten Tonpfannen der Pergola. Michael war vergnügt.
»Gota fría, das ist ein Regen, der mir gefällt. Er füllt meine Zisterne auf. Das Leben kommt zurück.«
»Wenn wir Glück haben, bringt uns der Regen die ersten Schnecken.«

Michael erinnerte sich an ein kleines Mädchen mit einem Eimer. Das war fast vor einem Jahr, als er aus den Bergen weg und zurück nach Llucmajor gefahren war.
»Sie haben sie gepflückt wie man Beeren von Sträuchern streift.«
Er erzählte ihr von den ersten Tagen bei Lluc-Alcari. Von Deià und dem Haus der Möllers. Über die Frau im Steinhaus verlor er kein Wort. Als Michael am nächsten Mittag von Llucmajor über den immer noch feuchten Hohlweg mit seinen Einkäufen zurückkam, stand die Vergangenheit vor der Tür. Er erkannte den Bund wilder Rosen sofort. Ein Brief mit einer Botschaft unter einem Stein bestätigten seine Vermutung. Barbara hatte am Telefon alles von Petra Möller erfahren. Hejo war ja dagewesen, und wirklich: »Glückwunsch zu deinem Haus, willkommen im Kreis der Residenten!« las er. »P. S. Soll das alles Zufall sein? Die Sterne lügen nicht!«

In diesen letzten Septembertagen lebte Michael noch auf Mallorca, aber es gab nun auch wieder einen anderen Michael Weidling in Deutschland, der seine Aufmerksamkeit verlangte. Dieser Michael Weidling hatte schon für den Oktober ein Hotelzimmer in Washington gebucht. Er hatte eine feste Sendezeit, um über den Besuch des Außenministers in den USA zu berichten. Seit September stapelte sich in Son Vent Nou die deutsche Tagespresse. Michael war auf dem Rückweg. Er lernte wieder, deutsche Politik zu buchstabieren. Einen Kalender mußte er sich kaufen, um sich die wichtigsten Termine, die ihm aus Deutschland durchtelefoniert wurden, einzutragen. Die Kommunikation lief über

das Telefon der Bar Colón. Dort wurde Michael jetzt immer häufiger gesehen. Niemand in der Bar wunderte sich daher, als Michael sich bei Maria für die Annahme so vieler Nachrichten und die Benutzung des Telefons mit einem schönen Strauß wilder Rosen bedankte. Warum auch? Hier erkannte ja niemand den Strauß und wußte nicht so böswillige Zusammenhänge herzustellen, wie es ein paar Meter weiter in Agustíns Frisiersalon geschah.
Auf dem Weg zu Michaels Haus war Barbara nämlich Bernardo in die Herde geraten. Was für ein Glück auch. Selbstverständlich konnte er ihr Auskunft geben! Natürlich kannte er den Alemán. Die Frau sprach ein ziemlich gutes Spanisch, und nach einem »Wohin und woher des Wegs« ergab sich noch manche Einzelheit aus Deià und Lluc-Alcari. Diese Rosen hier in der Bar hatten vorher auf dem Beifahrersitz gelegen. Soviel war sicher. So hatte es Bernardo gerade seiner Vertrauensperson Agustín im Frisiersalon berichtet. Bald darauf war die Combo im Salon vollständig. Kein Zweifel, der Mann aus Lluc-Alcari hatte noch eine Frau in Lluc-Alcari. Arme Maria del Mar! Oder sollte man es besser verschweigen? Seit Wochen schon war sie ein regelmäßiger Gast in Son Vent Nou, und mehr als das, sie blieb über Nacht! Bernardo wußte alles. Seitdem der Mann aus Lluc-Alcari eingezogen war, seit dieser ersten Nacht, ging das schon so. Der weitsichtige Schäfer hatte auch ein gutes Gehör. Er legte seine Hände hinter die großen Blumenkohlohren: »Le he oído con mis propios oídos . . . – mit meinen eigenen Ohren hab ich alles gehört«, berichtete er.

*

Der Rückflug war für den 6. Oktober gebucht und bestätigt. Für den Tag davor hatte sich Michael noch einmal mit Mar zu einem Badetag in Ses Covetes getroffen. Das Wetter hatte sich etwas stabilisiert. Es war einer der letzten schönen Badetage, wie man sie im Oktober am Es Trenc Strand erleben kann. Die Urlaubsebbe hatte den ganz großen Betrieb vom Strand gezogen. In kleinen Gruppen saßen die Badegäste nun weitläufig verteilt. Die Strandbar war fest in der Hand eines deutschen Kegelclubs. Die Kegelfrauen, die von deutscher Ordnung deutlich Urlaub genommen hatten, schenkten sich schon am Vormittag vom spanischen Schaumwein nach: »Viva España . . .«

Vom langen Sommer war das Wasser noch ganz warm. Gemeinsam schwammen Michael und Mar ein Stück in die Bucht hinaus und ließen sich von den Wellen langsam zurücktreiben. Wie er sie so sah, als sie vor ihm aus dem Wasser auf den Strand zuging und sich in der Sonne abtrocknete, wußte Michael, daß all das nun erst einmal für Monate vorbei sein würde. Für einen Moment blieb er noch im Wasser. Das war also ein Jahr seines Lebens gewesen. Und was für ein Jahr! In die leichte Melancholie des Abschieds mischte sich große Freude. Es war ein Abschied vom Sommer, aber kein Abschied von Mallorca. Mit leichtem Gepäck würde er morgen nach Deutschland zurückkehren. Ein anderer Teil blieb auf der Insel. Er konnte nun jederzeit, ja sogar noch am Abend zum Flughafen fahren, mit der Zeitung unterm Arm einen der letzten Plätze in einem Charterflug zu einem Spottpreis ergattern. Drei Stunden später war er auf der Terrasse von Son Vent Nou. Was sprach dagegen? Aus dem Wasser winkte er ihr zu. Sie sah den Alemán, der dort mit kräftigen Zügen durchs Meer kraulte. Er war gerade noch im richtigen Moment in ihr Leben getreten. Pere gehörte seiner Mutter, wie die vielen anderen kleinen Prinzen hier ihren Müttern gehörten. Michael bewegte sich alleine in der Welt. Bald würde sie ihn in Deutschland besuchen. Mallorca und das große Netz ihrer Familie, all das könnte bleiben. Aber mit Michael käme ein Abstand und eine Freiheit dazu, nach der sie sich eigentlich immer gesehnt hatte.

Mit dem großen weißen Handtuch trocknete sie ihn ab, als er aus dem Wasser kam. Sie warfen sich T-Shirts über und brachen zu einem Strandspaziergang auf. Dann liefen sie an der Wasserkante, dort, wo die Wellen ihre nackten Füße überspülten. Über ihre Zukunft sprachen sie kein Wort. Ein Wind kam auf und trieb die beiden vor sich her.

30.

Epilog

Der Mann aus Lluc-Alcari saß auf seinen Koffern vor der Theke in der Bar Colón.

»Caballero, usted se va o viene? – Kommen Sie oder gehen Sie?« fragte ihn Toni, der zu einem Abschiedsschluck in die Bar gekommen war. Michaels Überraschung war gelungen, und Toni hatte verstanden. Wie am ersten Tag bestellte er zwei Gläser Rotwein, mit denen sie sich ans Fenster setzten. Draußen auf dem Marktplatz zogen Männer auf Leitern Papiergirlanden auf. Ein kleines Holzpodest für die Kapelle wurde in der Mitte aufgebaut. Die alten Männer an den Tischen in der Nachmittagssonne sahen den Vorbereitungen für die große Fira zu. So war das hier immer gewesen. Vor Jahren hatten sie selbst auf den Leitern gestanden, und andere hatten ihnen zugesehen. Enrique stolperte über den Marktplatz. Die Lose flatterten am Revers. Als er Toni und Michael am Fenster in der Bar erkannte, steuerte er auf die Eingangstür zu.

»No se tiren al golpe! Nur nicht drängeln! Hay suerte para todos. Ich habe Glück für alle!«

Noch niemals hatte Michael Enrique in diesem Jahr ein Los abgekauft. Der Mann der O.N.C.E. war überrascht, als der Alemán nun gleich einen ganzen Zehnerblock haben wollte und ihm obendrauf ein großzügiges Trinkgeld schenkte.

»Es para mañana, Señor! Morgen ist die Ziehung, Sie sollen Glück haben.«

»Morgen bin ich in Deutschland«, sagte Michael und verabschiedete sich von Enrique.
Die Hälfte der Lose verschenkte Michael an Toni, der darauf bestand, ihm dafür einen *duro* zu geben.
»Fünf Peseten, Michael, für jedes Los eine Pesete, sonst kann es kein Glück bringen.«
Nun war die Zeit um. Toni reichte Michael die Hand.
»Adios, caballero y hasta muy pronto. Bis bald«, und dann auf deutsch: »Aufwideseen.«
Toni bat Lorenzo um die Rechnung. Der zeigte auf Michael:
»Ya está pagado. Alles bezahlt.«

*

Während der Tristar langsam an Höhe gewann und mit einer letzten Schleife über Mallorca Richtung Marseille abdrehte, fand dort unten in der Bar Pou, schräg gegenüber der Bar Colón, eine Versammlung statt. Enrique hatte die Verschwörer zusammengetrommelt, er hatte wichtige Nachrichten:
»Man würde es ja nicht glauben, wenn man es nicht selbst erlebt hätte! Ein Jahr lang bin ich mit meinem Glück an der Jacke dem Alemán hinterhergelaufen. Und heute, zum Abschied, hat der Mann aus Lluc-Alcari einen ganzen Zehnerblock mit der Endzahl 7 gekauft. Es sind nur noch zwei ganze Blocks da.« Enrique zeigte auf seine Lose am Revers:
»Hat der Mann aus Lluc-Alcari nicht immer Glück gehabt?!«
Agustín nickte: »Der hat die Nabelschnur nach oben gedreht! Wir dagegen . . .«

Schweigend sahen sich die Freunde an. Damián saugte mit seinem Schnullermund aufgeregt an seinem Stumpen: »Ich kaufe den Rest!«
»Kommt nicht in Frage«, sagte Agustín, »keine Extrageschäfte mehr. Hier wird geteilt!«
Am nächsten Tag gab es dann wirklich etwas zu teilen. Der Alemán und die 7 hatten ihnen Glück gebracht. Agustíns Salon blieb geschlossen. In Damiáns Schmiede wurde nicht gearbeitet. Vergeblich warteten die Leute auf Enrique und seine Lose. Die Freunde saßen in der Bar Pou und tranken Cava. Schon seit längerer Zeit. Auch Catalina, die sich ins Glück eingekauft hatte, hob ihr Glas. Sie tranken auf den Mann aus Lluc-Alcari, diesen Señor Weidling, der nun im fernen Alemania war. Ob der wußte, was er auf der Insel gewonnen hatte?

Sachregister mallorquinischer Ausdrücke

barbería	Herrenfrisier- und Rasiersalon
ca de bestiar	mallorquinischer Wach- und Schäferhund
camaiot	Blutwurstart
cap-roig	Drachenkopffisch
colmado	Lebensmittelgeschäft
conseller	Minister der autonomen Regierung der Balearen
consellería	Ministerium der autonomen Regierung der Balearen
contrabandista	Schmuggler
covetes	kleine Höhlen hier: in die Felsen der Küste und des Strandes gebaute Bootshäuser
espardenyas	Leinenschuhe mit Bastsohle
fira	mallorquinisches Volksfest und Landwirtschaftsschau
frit	mallorquinisches Gericht aus Innereien und Gemüse
greixonera	mallorquinischer Tonkochtopf
llaüt	mallorquinischer Bootstyp mit Segel- und Motorantrieb
llampuga, span. lampuga	Dorade (coryphaena hippurus)
matances	Schlachtfest
porc negre	schwarzes Schwein (Rasse)

quarterada	mallorquinische Landmaßeinheit 7.103 m^2
senalla	Korb
Suau	Mallorquinischer Weinbrand
torrent	Wildwassersturzlauf, der die meiste Zeit des Jahres trocken ist
vent	Wind
vi	Wein
xotets	Schäfchen, fig.: weiße Wellenkämme

Sachregister spanischer Ausdrücke

albañil	Maurer, Bauarbeiter
Alzina	Eigenname, hier: Tonis Boot
antiguedades	Antiquitäten
balada	Ballade
café con leche/cortado	Milchkaffee/kleiner Milchkaffee
cala	Bucht
camino	Weg
carne	Fleisch
casa de aperos	Geräteschuppen auf dem Land
cava	spanischer Schaumwein
caza	Jagd
cena	Abendessen
cerdo	Schwein
cerveza/caña	Bier/Bier vom Faß
ciego	blind
coto	Privates (Jagd-) Gelände
cuestos	Biskuits
dorada	Zahnbrasse
duro	Fünfpeseten-Stück
empanada	gefüllte Teigtasche
ensaimada	süßes Schmalzgebäck, mallorquinische Spezialität
estanque	Wasserreservoir
extranjero	Ausländer
fiesta	Feier, Fest

forastero	Festlandspanier
furgoneta	kleiner Transporter/Lieferwagen
garriga, garrigue	fr. garrigues, mediterrane Niedergebüschformation (Heide, Gras, aber auch Buscholive, Thymian und Rosmarin)
gota fría	hier: heftige Niederschläge, die oft mehrere Tage dauern und große Überschwemmungen verursachen
hierbas secas	Kräuterlikör, trocken
jardinero	Gärtner
jotul	Kaminofen/Marke
lubina	Wolfsbarsch
lubina a la sal	Wolfsbarsch in der Salzkruste
marés	mallorquinischer Tuffstein
matasuegras	Tröte
O.N.C.E.	Organización Nacional Ciegos España/Lotterie der Behinderten zur Finanzierung ihrer Renten
pala	kleiner Spitzspaten
palmera	Palme
pan moreno	mallorquinisches dunkles Brot ohne Salz
panecillos	Brötchen
patio	Innenhof
persiana	Fensterladen, Jalousie

pimentón	gemahlenes Paprikagewürz, dulce, süß oder picante, scharf
pinos	Pinien
playa	Strand
playa nudista	FKK-Strand
rey/reina	König/Königin
sala	Saal
salud	Gesundheit
siesta	Mittagspause
vaca serrana	zur Familie des Ziegenbarsches gehörender Fisch
vino	Wein

Christoph Gottwald
Endstation Palma
Ein Mallorca-Roman

KiWi 512
Originalausgabe

»Endstation Palma« führt den Leser in die Welt der deutschen Residenten auf Mallorca, die auf der Trauminsel ein scheinbar perfektes Leben führen. Doch bei der Suche nach einer verschollenen jungen Frau muss der Journalist Manuel Blum feststellen, dass sich hinter der glitzernden Fassade der High-Society tiefe Abgründe auftun – das Paradies zeigt Risse.

Jürgen und Marita Alberts
Die Farben des Fado

Ein Roman aus Portugal

KiWi 820
Originalausgabe

In einer Lissabonner Tageszeitung liest Amando: »Für eine längere Reise durch Portugal Landsmann mit guten deutschen Sprachkenntnissen gesucht.« Neugierig antwortet Amando. Wer mag hinter dieser Anzeige stecken? Als er Hannah zum ersten Mal begegnet, stellt sie sich ihm als Reisejournalistin vor, die für ihre Recherche Unterstützung braucht. Damit beginnt eine gemeinsame Reise, die zunächst an die Algarve und später in das unbekannte Alentejo führt. Langsam kommen sich die Beiden näher und verlieben sich ineinander. Als Hannah in Fátima plötzlich verschwindet, macht Amando sich auf die Suche nach ihr und der Wahrheit.

KiWi
Paperbacks bei Kiepenheuer & Witsch

Jürgen und Marita Alberts
Sieben Rosen im Atlantik
Ein Roman von den Kanarischen Inseln

Mit Rezepten traditioneller
kanarischer Gerichte im Anhang
KiWi 526
Originalausgabe

Ein Roman von den Kanarischen Inseln, der in die verborgensten Winkel von Teneriffa, Gran Canaria und Lanzarote führt und Geheimnisse enthüllt, von denen Reiseführer nie erzählen.
Während der Ferien auf Teneriffa verliebt sich das Ehepaar Ehrenstein in das kanarische Inselparadies. Hier ein Häuschen zu haben, das wäre ihr Traum. Frohen Mutes machen sich die beiden auf die Suche, ohne zu ahnen, dass sie schon bald in eine aufregende Geschichte verwickelt werden, die ihre Kreise bis nach Gran Canaria und Lanzarote zieht ...

Vicki Baum
Liebe und Tod auf Bali
Roman

KiWi 700

Aus ihrer reichen Kenntnis schildert Vicki Baum das intakte, von Ritualen bestimmte Leben eines balinesischen Dorfes und seine Vernichtung durch holländische Kolonisatoren am Anfang des 20. Jahrhunderts – den Moment eines historischen »Weltunterganges«, in dem sich die Poesie vom Leben und Sterben einer östlichen Tradition verdichtet, die inzwischen wiederentdeckt worden ist und immer mehr an Faszinationskraft gewinnt.

KiWi

Paperbacks bei
Kiepenheuer & Witsch

Charlotte Hager
Lavendelsommer

Ein Roman aus dem Süden Frankreichs

KiWi 552
Originalausgabe

Ein ganzes Jahr lang mit dem Wohnmobil durch Südfrankreich – so hatten Anna und Henrik es geplant. Doch nun, nach dem Tod ihres Lebensgefährten, steht Anna plötzlich allein da. Sie beschließt, trotzdem zu fahren, um den gemeinsamen Traum zu erfüllen. Ganz bestimmt hat sie nicht vor, sich zu verlieben. Als Anna auf einem Campingplatz Pascal begegnet, merkt sie schnell, dass ihr Leben eine neue Wendung nehmen wird. Gemeinsam reisen sie weiter durch die Provençe, Camargue, den Languedoc und den Roussillon, bis zur spanischen Grenze. Doch beide wissen: Am Ende ihrer Fahrt steht eine folgenschwere Entscheidung an ...

Paperbacks bei Kiepenheuer & Witsch

KiWi

Peter Ustinov
Die endlose Reise

Neue Geschichten von unterwegs

KiWi 516
Originalausgabe

Die schönsten Geschichten und Anekdoten eines Weltgereisten. Peter Ustinov ist eigentlich immer unterwegs. In Thailand beobachtet er, wie sich altgediente Militärs dem König auf allen vieren nähern: grübelt in einem Luxushotel irgendwo auf der Welt, ob es wirklich Luxus bedeutet, vor Inbetriebnahme der Hightech-Dusche – unbekleidet bis auf die Brille – die komplizierten Instruktionen studieren zu müssen: erinnert sich in Wimbledon an die Zeit als es darum ging, die Deutschen vernichtend zu schlagen (Boris Becker und Steffi Graf sind nicht gemeint); und muss bei einem Frühstückstermin in New York entdecken, dass er sich als einziger wie zum Frühstück angezogen hat. Oder die Geschichte vom Elefanten-Polo vor dem Sommerpalast des Maharadscha von Mysore…
Peter Ustinov unterwegs: ein Feuerwerk skurriler Beobachtungen, pointierter Weisheiten und liebevoll-boshafter Einblicke in die Eigenarten verschiedenster Völkerschaften.

KiWi

Paperbacks bei Kiepenheuer & Witsch

Peter Ustinov
Die Reise geht weiter

Neue Geschichten von unterwegs

KiWi 726
Originalausgabe

»Planen Sie einen gewaltsamen Sturz der amerikanischen Regierung?« wird Peter Ustinov bei der Ankunft in New York gefragt: »Von dieser Frage fühlte ich mich stets geehrt, da ich nicht einmal wüsste, wie ich das anstellen sollte.«

Sir Peter ist wieder unterwegs – und berichtet von seinen Erlebnissen und Begegnungen in Australien, Indien, Thailand, Südafrika, Kanada, in den USA, in Russland, Italien, in der Schweiz, in Deutschland und Österreich.

Paperbacks bei Kiepenheuer & Witsch

KiWi

Herbert Rosendorfer
Rom
Eine Einladung

KiWi 758
Vollständig überarbeitete und aktualisierte Ausgabe

Diese Einladung nach Rom ist ein Intensivkurs besonderer Art. Mit seiner Kennerschaft und Lust, Orte und Zeiten überraschend und plaudernd miteinander zu verbinden, Gegenwart durchsichtig und Geschichte aktuell zu machen, führt Rosendorfer immer tiefer in das Geheimnis der Ewigen Stadt, die »seit zweitausend Jahren *die Stadt*, die Mutter, die Seele, das Herz der Welt ist«.

Paperbacks bei
Kiepenheuer & Witsch

Herbert Rosendorfer
Venedig
Eine Einladung

KiWi 303
Originalausgabe

Noch gibt es Venedig, diese Stadt, die längst zum Traum ihrer eigenen Schönheit und Vergangenheit geworden ist. Rosendorfer nimmt uns mit auf die gewundenen Wege ihrer Entwicklung und Topographie und führt uns in die Einzigartigkeit ihrer Symbiose aus Natur, Geschichte, Reichtum und Kunst ein. Seine Einladung ist dringend, Venedig, dieses Wunder einer »Inszenierung« des Lebens, bald zu besuchen, bevor es stirbt.